Conto de Fadas

Danielle Steel

Tradução
Sandra Martha Dolinsky

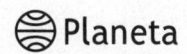

🌐 Planeta

Copyright © Danielle Steel, 2017
Copyright © Editora Planeta do Brasil, 2023
Copyright da tradução © Sandra Martha Dolinsky
Todos os direitos reservados.
Título original: *Fairytale*

Preparação: Andréa Bruno
Revisão: Bonie Santos e Wélida Muniz
Projeto gráfico e diagramação: Márcia Matos
Capa: Lynn Andreozzi
Adaptação de capa: Camila Senaque
Imagem de capa: Hayley Paige Spring, 2014 CollectionDori Dress/Style 6413JLM Couture

Dados Internacionais de Catalogação na Publicação (CIP)
Angélica Ilacqua CRB-8/7057

Steel, Danielle
  Conto de fadas / Danielle Steel; tradução de Sandra Martha Dolinsky. – São Paulo: Planeta do Brasil, 2023.
  256 p.

ISBN 978-85-422-2129-9
Título original: Fairytale

1. Ficção norte-americana I. Título II. Dolinsky, Sandra Martha

23-0669   CDD 813

Índice para catálogo sistemático:
1. Ficção norte-americana

Ao escolher este livro, você está apoiando o manejo responsável das florestas do mundo

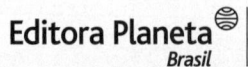

Este livro foi composto em Linux Libertine e impresso pela Geográfica para a Editora Planeta do Brasil em março de 2023.

2023
Todos os direitos desta edição reservados à
EDITORA PLANETA DO BRASIL LTDA.
Rua Bela Cintra, 986 – 4º andar
01415-002 – Consolação
São Paulo/SP
www.planetadelivros.com.br
faleconosco@editoraplaneta.com.br

Aos meus amados filhos Beatie, Trevor, Todd,
Nick, Sam, Victoria, Vanessa, Maxx e Zara.
Que todos os seus contos de fadas sejam reais.
Que o mal nunca os toque, que sejam fortes, sábios e
corajosos, se for preciso, e que todas as suas histórias
tenham finais felizes. E saibam sempre o quanto os
amo, com todo o meu coração e a minha alma.

Com todo o meu amor, mamãe/D.S.

Prefácio

Caro leitor,

Todos nós precisamos de um pouco de magia na vida, e a maioria das pessoas, secreta ou abertamente, acredita em contos de fadas, acredita que um pouco de magia pode acontecer com cada um de nós. Os contos de fadas têm uma mensagem útil e poderosa no mundo de hoje: dão-nos a esperança de que tudo vai acabar bem. Adorei a ideia de traduzir uma história moderna em uma espécie de conto de fadas, sem varinhas mágicas nem fadas-madrinhas, mas povoado por pessoas reais que aparecem na hora certa, dão uma mãozinha, defendem o que é correto e nos ajudam a mudar as coisas quando necessário, independentemente de quão terríveis as circunstâncias ou quão sombrios os resultados possam parecer. Como todos os contos de fadas, este é, essencialmente, uma batalha entre o bem e o mal. E não há como negar: o mal existe e mostra sua cara feia às vezes, em todas as vidas e mundos que possamos conhecer.

Madrastas ardilosas, astutas, espertas e gananciosas existem inclusive na vida real. Um pai ingênuo pode fazer uma infeliz escolha de companheira ao se casar de novo, colocando os filhos em circunstâncias bastante desagradáveis. Todos nós já ouvimos essas histórias e, às vezes, as vivemos. Se somarmos meios-irmãos desagradáveis, teremos uma receita para momentos também desagradáveis e conflitos horrorosos. Sem um aliado ou protetor, podemos acabar lutando contra as forças do mal sozinhos. E, por falta de uma fada-madrinha para resolver o problema com um pó mágico e uma varinha, temos que ser corajosos e criativos para travar as batalhas que se avizinham e lutar pelo que é certo e justo. Com sorte, podem aparecer aliados inesperados e, com perseverança, coragem e o certo do nosso lado, o bem pode, de fato, prevalecer sobre o mal – nem sempre é fácil, mas a batalha pelas forças do bem pode levar à vitória no final. É bom que todos nos lembremos disso.

Com uma infância feliz e fácil, no cenário lindo, exuberante e pacífico de Napa Valley, ninguém espera que a tragédia e o mal mostrem sua cara feia, mas tempos difíceis podem surgir em qualquer lugar. E, assim, começa a batalha. Não há abóboras nem ratos brancos neste conto de fadas, mas sim uma fascinante e charmosa madrasta francesa, um pai ingênuo que acredita nas mentiras que uma mulher encantadora lhe conta e um acidente do destino que desafia uma jovem a lutar pelo que é dela por direito, inclusive pela própria vida, enquanto uma avó engraçada, acolhedora, ruiva, inteligente e excêntrica chega muito perto de ser uma fada-madrinha. E, como deve ser, o Bem prevalece sobre o Mal, o que deve nos lembrar de permanecer em nosso caminho, perseverar, nunca desistir e fazer o que sabemos ser certo até o fim!

Que todos os seus contos de fadas terminem com *felizes para sempre*.

Com amor, Danielle

Capítulo 1

Era março em Napa Valley, região a menos de cem quilômetros ao norte de San Francisco, a época do ano favorita de Joy Lammenais. As colinas ondulantes exibiam um verde-esmeralda vivo que desapareceria quando o tempo esquentasse e ficasse seco e quebradiço no calor do verão. Mas, agora, tudo era fresco e novo, e os vinhedos se estendiam por quilômetros ao longo do condado. Os visitantes o comparavam com a Toscana, na Itália, e alguns, com a França.

Joy havia ido para lá pela primeira vez com Christophe vinte e quatro anos antes, época em que ela fazia mestrado em administração de empresas em Stanford, e ele cursava pós-graduação em enologia e viticultura. Ele havia sido meticuloso ao lhe explicar que enologia era o processo de se fazer vinho, e viticultura, o de plantar e cultivar uvas. A família dele produzia vinhos famosos em Bordeaux havia séculos, e lá o pai e tios dele administravam a vinícola e os vinhedos; mas seu sonho era ir para a Califórnia e estudar mais sobre os vinhos, vinhedos e vinicultores de Napa Valley. Confidenciara a Joy que queria uma vinícola pequena, própria. A princípio, era apenas uma vaga esperança, uma fantasia que ele nunca se permitiria concretizar. Já assumira que voltaria à França para seguir o caminho esperado, assim como seus ancestrais e parentes. Mas Christophe se apaixonou pela Califórnia e pela vida nos Estados Unidos e ficou cada vez mais apaixonado pelos vinhedos de Napa Valley durante o ano que passou em Stanford. A morte súbita do pai, em tenra idade, enquanto Christophe ainda frequentava a universidade americana, deixou-o com um dinheiro inesperado para investir e, de repente, fez de sua ideia de estabelecer a própria vinícola nos Estados Unidos não apenas atraente como também viável. Depois que ambos terminaram os estudos em junho, ele foi passar o verão na França para explicar tudo à família e voltou no outono para realizar seu plano.

Joy era a mulher mais fascinante que ele já conhecera, com uma grande diversidade de talentos. Tinha um dom natural para qualquer coisa relacionada a negócios ou finanças e, ao mesmo tempo, era pintora e artista, estudara na Itália durante vários verões e poderia facilmente ter seguido uma carreira artística. Durante um tempo, na faculdade, ela teve dificuldade para tomar uma decisão. Seus professores da Itália a encorajaram a esquecer a área empresarial, mas, no fim das contas, seu lado mais prático venceu: ela manteve a pintura como um hobby que amava e focou as metas empresariais. Tinha uma noção instintiva de quais eram os melhores negócios e queria trabalhar em uma das empresas de investimento em alta tecnologia do Vale do Silício antes de abrir a sua própria, de capital de risco. Falava com Christophe sobre isso o tempo todo.

Ela não entendia nada de vinhos quando se conheceram, mas ele lhe ensinou tudo durante o ano que passaram juntos. Joy não estava interessada em vinhedos e vinícolas, mas a maneira como ele lhe explicou tudo deu vida ao tema e o fez parecer quase mágico. Ele adorava fazer vinho, tanto quanto ela amava pintar; ou tanto quanto era fascinada por investimentos criativos. A agricultura lhe parecia um negócio arriscado. Muita coisa poderia dar errado: uma geada precoce, uma colheita tardia, muita ou pouca chuva. Christophe lhe dizia que isso fazia parte do mistério e da beleza, e que, quando todos os ingredientes necessários se juntavam, o resultado era uma safra inesquecível, da qual as pessoas falariam para sempre, que poderia transformar um vinho comum em uma notável dádiva da natureza.

Quando começou a visitar Napa Valley com Christophe, ela passou a entender que fazer vinho estava na alma e no DNA dele, e ter um rótulo próprio respeitado seria a maior conquista para ele e o que esperava que acontecesse. Na época, ela tinha vinte e cinco, e ele, vinte e seis anos. Ela tivera a sorte de arranjar um emprego em uma lendária empresa de capital de risco logo após a formatura e adorava o que fazia. E quando Christophe voltou da França no final do verão, procurando terras para comprar e vinhedos que pudesse replantar exatamente do jeito que quisesse, de acordo com tudo que aprendera na França, pediu que ela o acompanhasse. Ele respeitava os conselhos de Joy sobre todos os aspectos financeiros de qualquer negócio. Ela o ajudou a comprar seu primeiro vinhedo e, em novembro, ele já havia comprado seis, todos adjacentes.

As vinhas eram velhas, e ele sabia exatamente o que queria plantar ali. Dissera a Joy que queria uma vinícola pequena, mas que, um dia, produziria o melhor pinot noir de Napa Valley, e ela acreditou nele. Ele lhe explicava os detalhes dos vinhos que provavam, o que havia de errado ou certo neles, como poderiam, ou deveriam, ter sido diferentes ou melhores. E lhe apresentou os vinhos franceses e o que sua família fazia e exportava do Château Lammenais havia gerações.

Ele havia comprado mais um terreno na colina, com vista para os vinhedos e o vale, e disse que construiria um pequeno château ali. Enquanto isso, morava em um chalé com um quarto e uma confortável sala de estar com uma lareira enorme. Passavam muitas noites aconchegados ali nos fins de semana; ele compartilhando suas esperanças com ela, e ela explicando como fazer o lado empresarial funcionar e como elaborar o plano financeiro.

Passaram o Natal juntos no chalé e, de manhã cedo, ficaram na varandinha admirando a natureza em seu melhor momento. Como o pai havia morrido recentemente, e a mãe, muitos anos antes, ele não queria voltar à França para passar as festas com os tios; queria ficar com Joy. Ela também não tinha família. A mãe morrera jovem, de câncer, quando Joy tinha quinze anos, e o pai, muito mais velho, ficara arrasado e morrera de tristeza três anos depois. Ela e Christophe criaram seu próprio mundo no lugar aonde ele a levara. E ele fizera uma ceia de Natal extraordinária: ganso e faisão, o que combinou perfeitamente com os vinhos que escolhera.

Na primavera, ele começou a construir o château, exatamente como havia dito. Joy descobriu que Christophe era uma espécie de visionário, mas sempre fazia o que dizia e transformava ideias abstratas em realidade concreta. Nunca perdia de vista seus objetivos, e Joy lhe mostrava como chegar lá. Ele descrevia o que via no futuro, e ela o ajudava a realizar seus sonhos. Ele tinha lindos planos para o château.

Christophe mandara buscar as pedras na França; não queria nada muito imponente nem muito grande. Baseara vagamente seu projeto no château de sua família, uma construção de quatrocentos anos, e dera ao arquiteto inúmeros esboços e fotografias como referência do que tinha em mente, além das alterações que achava que funcionariam no terreno que havia escolhido, e fora implacável sobre as proporções – nem muito grande nem muito pequeno. Havia escolhido uma colina com lindas árvores antigas ao redor da clareira onde queria construir sua casa. Disse que colocaria roseiras vermelhas em todos os lugares, como tinham na França, e discutiu tudo com um paisagista, que ficou entusiasmado com o projeto.

O château já estava bem adiantado no verão quando Christophe pediu Joy em casamento. Estavam namorando havia mais de um ano. Ele estava construindo a vinícola entre os vinhedos simultaneamente com o château, que era uma preciosidade. Casaram-se em uma pequena cerimônia em uma igreja próxima, no fim de agosto, com dois funcionários do vinhedo como testemunhas. Ainda não tinham amigos de verdade em Napa Valley. Mas tinham um ao outro, o que era mais que suficiente para começar. Diziam que o resto poderia chegar mais tarde. Estavam iniciando uma vida juntos, e Joy admirava a paixão de Christophe pela terra e seus terrenos. Ele a levava nos ossos, nas veias e no coração. As uvas que cultivava eram seres vivos para ele, e deveriam ser acariciadas, acalentadas e protegidas. E ele sentia o mesmo por sua esposa.

Estimava-a como a um presente precioso, e ela desabrochava e prosperava no calor de seu amor e o amava profundamente.

O château ainda não estava pronto no primeiro Natal que passaram casados; ainda moravam no chalé simples dele, que combinava com a vida tranquila que levavam. Joy estava grávida de três meses na época, e Christophe queria que a casa ficasse pronta a tempo de levar seu primeiro filho para lá quando nascesse, em junho. Joy largara o emprego no Vale do Silício quando se casaram, visto que não poderia percorrer uma distância tão longa todos os dias, e trabalhava muito para ajudar Christophe a montar a vinícola. Ela cuidava da administração e ele cuidava das vinhas. Sua barriga estava redonda e grande quando se mudaram para o château em maio, exatamente como Christophe havia prometido. Passaram o primeiro mês lá, ela pintando lindos afrescos e murais à noite e nos fins de semana, esperando a chegada do primeiro filho e trabalhando no escritório da nova vinícola todos os dias. Ele a batizara em homenagem a ela: Château Joy, que era a descrição perfeita da vida dos dois, já que seu nome também significava alegria.

Acordavam animados para trabalhar todos os dias e almoçavam juntos em casa para discutir o progresso e os problemas que estavam enfrentando. Ele havia plantado suas videiras usando todos os preceitos que aprendera desde criança; dois de seus tios foram visitá-los, aprovaram tudo que estavam fazendo e disseram que, em vinte anos, seria a melhor vinícola de Napa Valley. As vinhas que haviam plantado estavam crescendo bem, e o château já era o lar deles. Mobiliaram-no com antiguidades provincianas francesas que encontraram em leilões e lojas especializadas; escolheram tudo juntos.

O bebê chegou gentil e pacificamente, assim como os demais planos deles haviam tomado forma nos últimos dois anos. Foram para o hospital de manhã, quando Joy dissera que estava na hora, logo após o café. Desceram a colina até o hospital e, no fim da tarde, Joy tinha uma linda menininha nos braços, sob o olhar de admiração de Christophe. Tudo havia sido muito fácil, simples e natural. A menina tinha os cabelos louro-claros e a pele branca da mãe, e os profundos olhos azuis do pai, desde o momento em que nasceu. Era óbvio que seus olhos continuariam azuis, visto que os da mãe também eram dessa cor. E sua pele era tão clara e macia que Christophe disse que ela parecia uma flor. Deram-lhe o nome de Camille.

Foram para o château no dia seguinte para começar a vida a três. E Camille cresceu com pais amorosos em um château pequeno e elegante, em meio à beleza de Napa Valley, com vista para os vinhedos do pai. E a previsão dos tios de Christophe se provou verdadeira. Em poucos anos, estavam produzindo um dos melhores pinot noirs de toda a região. Os negócios eram sólidos, o futuro estava seguro, eles eram respeitados e admirados por todos os importantes vinicultores de Napa Valley e muitos lhe pediam conselhos. Christophe tinha anos de história familiar por trás, além de instintos quase infalíveis. Seu amigo mais próximo era Sam Marshall, dono da maior vinícola da região. Não tinha o histórico de Christophe nem o conhecimento da viticultura francesa, mas tinha uma intuição para o cultivo de vinhos impressionantes, era corajoso e inovador e possuía mais terras que qualquer outra pessoa no vale, e Christophe gostava de trocar ideias com ele.

Barbara, esposa de Sam, também era amiga de Joy, e os dois casais costumavam passar os fins de semana todos juntos com os filhos. Os Marshall tinham um menino de sete anos quando Camille nasceu. Phillip ficava fascinado com a bebê quando as famílias almoçavam juntas aos domingos. Christophe preparava um grande almoço francês para todos, conversando com Sam sobre negócios, enquanto as mulheres cuidavam das crianças. Joy deixara Phillip segurar Camille quando ela tinha duas semanas; mas, na maioria das vezes, ele preferia subir nas árvores, correr pelos campos, colher frutas nos pomares ou andar de bicicleta.

Sam Marshall, nascido na região, havia batalhado por tudo que tinha e levava seus negócios a sério – assim como Christophe, e por isso o admirava. Sam sempre se aborrecera com empresários bem-

-sucedidos da cidade, ou de Los Angeles ou Nova York, que compravam um terreno, plantavam algumas videiras, diziam-se viticultores e vinicultores e se exibiam, sem nenhum conhecimento e cheios de pretensão. Sam os chamava de "viticultores de domingo" e não os tolerava. Nem Christophe. Ele acreditava que os segredos de fazer um vinho excelente deviam ser transmitidos por várias gerações e respeitava Sam por ter aprendido tudo em uma só. Mas Sam era tão trabalhador, tão faminto por aprendizado e tão respeitoso com a terra e com o que ganhava dela que Christophe sentia profunda afeição por ele, e ambos preferiam a companhia de vinicultores sérios como eles, que tinham informações e experiências valiosas para compartilhar. O ramo do vinho atraía muitos amadores, pessoas que tinham dinheiro e compravam vinícolas já estabelecidas – a maioria novos ricos que queriam se exibir. E a aristocracia da Velha Guarda de San Francisco também fora para Napa Valley ao longo dos anos. Formavam um grupo elitista, fechado, davam festas requintadas e esnobavam todos os demais. Mas, ocasionalmente, demonstravam valorizar os vinicultores mais importantes, incluindo Christophe, que não tinha interesse neles.

Camille cresceu naquela atmosfera feliz que seus pais criaram, entre as dinastias vinícolas de Napa Valley e amigos íntimos. A propriedade deles foi crescendo. Seu pai ia comprando mais terras, plantando mais vinhedos, e contratou um gerente italiano chamado Cesare, da Toscana. Camille sabia que sua mãe não gostava dele, porque ela fazia careta ou saía da sala toda vez que ele entrava no escritório.

Joy continuava cuidando da administração da vinícola enquanto Camille crescia, passeava por ali ou brincava nos vinhedos depois da escola. A menina sempre dizia que queria ser como os pais, e um dia trabalhar na vinícola e estudar em Stanford como eles. Achava que tudo que eles faziam era perfeito e queria seguir as mesmas tradições. Havia ido a Bordeaux muitas vezes com os pais para conhecer primos e tios e tias-avós, mas adorava ficar em Napa Valley e achava que era o lugar mais bonito do mundo. Assim como seu pai, não queria morar na

França, e Joy concordava com os dois. Os Marshall continuaram sendo seus amigos mais próximos, e, durante a infância, Phillip alternava entre ser inimigo e herói de Camille. Sete anos mais velho que ela, ele a provocava muito. Ele estava no último ano do ensino médio quando ela tinha apenas dez anos. Porém, mais de uma vez, o garoto a protegera quando vira alguém a intimidando. Ela era como uma irmã mais nova para Phillip, e ficou triste quando ele foi para a faculdade e ela passou a vê-lo só durante as férias.

Joy tinha quarenta e quatro anos e Christophe um ano a mais no verão em que Camille completou dezessete anos, quando Joy descobriu, em uma mamografia de rotina, que estava com câncer de mama, e isso abalou o mundo deles. Os médicos decidiram remover apenas o tumor, e não o seio, e pensaram que levaria um ano para curá-la com quimioterapia agressiva e radiação. Christophe ficou fora de si, e Joy passava muito mal depois dos tratamentos, mas ia à vinícola todos os dias, por um período curto, e Camille fazia tudo que podia para ajudá-la. Joy foi incrivelmente corajosa e determinada a vencer a temida doença. Passaram alguns momentos muito sombrios naquele inverno, mas Joy nunca perdeu a vontade de viver e fez o que tinha que fazer para se curar. Depois, contou que havia feito isso por Camille e Christophe e, um ano depois, estava livre do câncer, em remissão, e todos puderam respirar de novo. Havia sido um ano angustiante, e o fato de Camille ter sido aceita em Stanford não significou nada para nenhum deles até saberem que Joy estava saudável de novo.

Comemoraram a formatura de Camille no ensino médio e lhe deram uma festa pouco antes do fim do ano letivo, em seu aniversário de dezoito anos. Estava tudo certo no mundo deles de novo.

A festa era para os jovens da idade de Camille, principalmente seus colegas de classe, mas um grupo de pais foi curtir a celebração com Joy e Christophe. Os Marshall estavam lá e disseram que Phillip viajava bastante a trabalho, promovendo os vinhos deles e indo muito bem. O rapaz havia passado seis meses no Chile, trabalhando na vinícola de um amigo, e estivera na Cidade do Cabo no ano anterior, visto que ambas eram regiões de cultivo de uvas, muitas vezes comparadas a Napa Valley. Ele estava aprendendo sobre o setor no mundo todo.

Estavam aliviados por ver Joy tão bem e, depois do jantar, a esposa de Sam confidenciou a Joy que havia feito a mesma descoberta e faria uma cirurgia em San Francisco na semana seguinte. No caso dela, uma mastectomia dupla. Ela era dez anos mais velha que Joy e estava muito preocupada com o futuro. As duas conversaram sobre isso por um longo tempo, e Joy insistia que ela ficaria bem. Barbara parecia querer acreditar nela, mas não conseguia. Estava com muito medo, e Sam também. A princípio, decidiram não contar a Phillip, pois não queriam preocupá-lo, e adiaram o quanto puderam. Mas, com a cirurgia iminente de Barbara, dariam as más notícias quando ele voltasse de viagem.

Joy sempre foi muito aberta com a filha. Camille havia visto como a mãe ficava durante a quimioterapia. Joy ficara preocupada devido ao histórico da família, visto que sua mãe morrera de câncer de mama aos quarenta anos, mas Barbara não tinha nenhum histórico familiar da doença. Um raio a atingira aleatoriamente, do nada, e não importava o sucesso de seu marido, nem quanto dinheiro tinham para o tratamento, nem o quanto se amavam – Barbara estava muito doente. Ela era uma mulher bonita e admitiu a Joy que estava com medo de ficar desfigurada e sentir dor devido à cirurgia de reconstrução. O casamento deles era tão sólido quanto o de Joy e Christophe, e esse era o maior desafio que já haviam enfrentado – assim como fora para os Lammenais. Eles sabiam que outros casamentos em Napa Valley não eram tão saudáveis quanto o deles; sempre havia muita fofoca na comunidade local, sobre quem estava dormindo com quem. Era uma área pequena, muito competitiva, com muita ambição social e muitos casos extraconjugais entre as pessoas que conheciam.

Joy e Christophe nunca fizeram parte de nenhum grupo mais atrevido, nem queriam fazer. Tampouco Sam e Barbara. Eles eram pessoas com os pés no chão, apesar do enorme sucesso de Sam. Barbara havia sido comissária de bordo antes de se casarem. E agora ele tinha a maior e mais lucrativa vinícola do vale, o que atraía os alpinistas sociais e os novos ricos. Havia muito dinheiro investido em Napa Valley e muitos vinicultores fazendo grandes fortunas, como Sam e Christophe, e vários outros. A única concessão dos Marshall à sua posição e ao império que Sam havia fundado era o Baile da Colheita, que eles davam todos os anos em setembro. Começou mais como uma brincadeira, depois de uma viagem a Veneza que eles fizeram. Barbara fez um baile de máscaras um ano, com fantasias elaboradas, e todos os convidados gostaram tanto que os Marshall continuaram fazendo e estabeleceram uma tradição anual. Joy e Christophe iam todos os anos, apesar dos protestos dele, que dizia que se sentia ridículo com a fantasia de Luís XV, com calça de cetim até os joelhos, peruca e máscara.

— Se eu tenho que me fantasiar, você também tem — dizia Sam a ele repetidamente. — Barbara me mataria se eu não me fantasiasse — ele falava com tristeza.

Ele a satisfazia de bom grado para fazê-la feliz, e ela ficava linda todos os anos, com qualquer fantasia que usasse.

— Deveríamos ter feito um churrasco no primeiro ano, assim não teríamos que nos vestir de bobos sempre — resmungava Sam, bem-humorado.

Mas era sempre uma noite espetacular, com bufê fabuloso, dança ao som de uma orquestra de San Francisco e fogos de artifício sobre seus intermináveis vinhedos. Ao contrário do pequeno e elegante château de Joy e Christophe, a casa deles era vasta e moderna, cheia de alta tecnologia. Fora construída por um famoso arquiteto mexicano e abrigava a mundialmente famosa coleção de arte moderna e contemporânea deles. Eles tinham sete Picassos que emprestavam com frequência a museus, vários Chagalls e obras de Jackson Pollock que deixavam Joy emocionada ao vê-las, dado seu profundo amor pelas belas-artes.

Camille passou o verão após a formatura trabalhando no escritório da vinícola com a mãe, como fazia todos os verões desde que completara quinze anos. Era seu quarto ano, e seus pais estavam animados com sua ida para Stanford, assim como ela. Camille pretendia fazer MBA em administração depois de trabalhar com seus pais durante alguns anos, para dar um tempo antes da pós-graduação. Não tinha intenção de trabalhar em outro lugar, apesar de seu pai lhe dizer que um ano com a família em Bordeaux lhe faria bem e a ajudaria no francês, que era útil naquele ramo. Mas ela nunca se afastara deles, nem pretendia. Era mais feliz no Château Joy, com seus pais, trabalhando e morando com eles.

Joy visitou Barbara Marshall regularmente durante o verão. Quando começou a quimioterapia, Barbara ficou muito mal e, sempre que os Lammenais os viam, o marido e o filho dela estavam aterrorizados. Ela estava ainda mais doente do que Joy estivera. Camille começou a estudar em Stanford, mas voltava para casa aos fins de semana com mais frequência do que sua mãe achava que deveria. Joy comentou com Christophe que a filha era muito apegada a eles e levava uma vida mais isolada do que seria bom para sua idade. Achava que Camille deveria se aventurar no mundo, pelo menos por um tempo.

— Ela gosta de ficar aqui — dizia ele, sorrindo para a esposa, e depois a beijava. — Ela é nossa única filha, não a afaste.

Ele adorava quando Camille estava com eles e o fato de que a filha queria estar lá. O casal havia falado muitas vezes sobre ter outro filho quando Camille era mais nova, mas a vida lhes parecia perfeita demais, e, depois que Joy se curara do câncer de mama, já era tarde demais.

Christophe sempre dizia que não se importava por não ter um filho. Queria que Camille administrasse a vinícola um dia, quando fossem mais velhos, e tinha certeza de que a filha seria boa nisso. Ela tinha a cabeça da mãe para os negócios, e ele havia mantido a vinícola e os vinhedos de um tamanho manejável intencionalmente. Não queria um império tão grande quanto o de Sam Marshall e fizera do Château Joy algo especial, pequeno e exclusivo por escolha. O que tinham parecia ser do tamanho perfeito para eles, e ele e Joy o administravam com facilidade, com uma ocasional batalha com Cesare por causa dos vinhedos.

Cesare estava com eles havia anos, e Joy ainda o tratava como um intruso e não confiava nele. Era desleixado com o dinheiro e achava que prestar contas a ela era um autoritarismo desnecessário. Ela o desafiava impiedosamente, o que enfurecia os dois, e eles discutiam o tempo todo. Era raro ele sair do escritório dela sem bater a porta. Christophe suspeitava que ele embolsava pequenas quantias do dinheiro das despesas, mas Cesare conhecia intimamente suas uvas e vinhedos e os tratava como se fossem seus filhos. Tinha instintos impecáveis sobre o que precisava ser feito, por isso Christophe o considerava o melhor gerente de vinhedos do vale e, em troca, tolerava seu desleixo com o dinheiro. Importava-se mais com suas uvas que com seu dinheiro. Joy não tinha paciência com Cesare e não estava disposta a relevar, e discutia com Christophe também por isso.

Christophe perdoava com facilidade as pequenas transgressões de Cesare, pois conhecia seu profundo amor pela vinícola e sabia que ele entendia do assunto e era meticuloso em relação às uvas. Alguns dólares extraviados das contas de despesas não pareciam um problema para ele em comparação com todo o resto.

Christophe era o brilhante vinicultor do Château Joy, que o transformara no sucesso que era, e sua esposa era o lado prático do negócio, que cuidava de todos os detalhes e mantinha as contas em ordem. Formavam uma equipe perfeita.

Camille estava feliz em Stanford e conhecera muitas pessoas de todo o país e do mundo, mas, no instante em que tinha a chance de voltar para casa, voltava. Ela estava fazendo especialização em economia, assim como Joy fizera. E a maioria dos alunos que conhecia esperava arranjar emprego em empresas financeiras da área de tecnologia no Vale do Silício ou pretendia ir para Nova York trabalhar em Wall Street. Tudo que Camille queria era terminar os estudos e ajudar os pais na vinícola. Faltavam três meses para a formatura, o TCC e as provas finais para passar. Quando esteve em Napa um fim de semana, notou um papelzinho na mesa da mãe: um lembrete de que era hora de fazer uma mamografia. Isso trouxe de volta a Camille, instantaneamente, o terrível momento de cinco anos antes, quando a mãe fora diagnosticada com câncer. Mas passara por tratamento durante um ano e não tinha recidiva desde então.

Barbara Marshall não tivera a mesma sorte. Havia definhado na quimioterapia, enquanto o câncer continuara se espalhando, e morrera oito meses depois de ser diagnosticada. Sam e Phillip ficaram arrasados. Ela morrera havia pouco mais de três anos, quando Camille estava para se formar. Phillip administrava a vinícola com o pai, tinha uma boa reputação na região e saía com várias garotas. Gostava de carros velozes e caros e de mulheres bonitas, e Camille o via frequentemente com sua Ferrari vermelha, e nunca duas vezes com a mesma garota. Brincava com ele sobre isso. Ele ainda a tratava como uma irmã mais nova; os sete anos de diferença entre eles ainda eram significativos aos vinte e dois e vinte e nove. Ele fazia parte de um mundo adulto, entre os vinicultores sérios de Napa, cujos filhos tinham praticamente a mesma idade que ele e tinham em comum as responsabilidades que teriam que assumir um dia. Havia muito a aprender nesse meio-tempo, e Phillip levava isso a sério; os dias de faculdade haviam ficado para trás. Ele comentou que Camille tinha tempo antes de ter que tomar seu lugar no mundo adulto, e isso a irritou. Ela sabia tanto sobre a vinícola de sua família quanto Phillip sobre a do pai. Mas ele ainda a tratava como uma adolescente, e não como a mulher adulta que ela achava que era.

Camille havia ouvido seus pais dizerem que Sam estava namorando uma congressista de Los Angeles havia quase dois anos, mas ela não a conhecia, e Sam estava sempre sozinho ou com Phillip quando ela o via. Perder Barbara o envelhecera; ele estava mais sério que antes. Havia sido uma perda triste para todos e sempre deixava Camille nervosa quando pensava em sua mãe.

— Você ainda faz mamografia duas vezes por ano, não é, mãe? — perguntou Camille depois de ver o lembrete em cima da mesa.

— Claro — disse Joy, sentando-se com um de seus livros enormes e sorrindo para a filha. — Mal posso esperar para entregar um pouco disto aqui a você quando voltar para casa.

Ela tinha plena consciência da capacidade de Camille, que era organizada e eficiente. Havia aprendido com a mãe. E Camille sabia muito mais que sua mãe sobre as complexidades de fazer vinho. Christophe lhe ensinara muito, desde criança, muito mais do que Joy aprendera depois de anos no ramo. Estava no DNA de Camille também, assim como no de seu pai. Joy estava envolvida em operações e finanças. Camille e Christophe eram apaixonados por vinhos.

— Espere um pouco, voltarei daqui a três meses — disse Camille, sorrindo para a mãe. Joy havia arrumado um escritório para a filha e estava animada com a perspectiva de vê-la ali todos os dias. Era a última parte do sonho deles se tornando realidade: vê-la trabalhando na vinícola, lado a lado com eles. E, um dia, ela assumiria tudo quando eles estivessem prontos para se aposentar. Mas isso estava longe. Joy tinha quarenta e nove anos e Christophe havia acabado de fazer cinquenta.

Depois da visita de Camille, Joy manteve-se ocupada no mês seguinte com uma infinidade de projetos que apareceram sobre sua mesa, e Christophe estava escolhendo rótulos para um novo vinho e queria a ajuda dela para selecioná-los. Joy mesma desenhava os rótulos, e ele não conseguia decidir entre os dois de que mais gostava. Camille já havia votado quando estivera em casa.

Quatro semanas depois da última visita de Camille, Joy encontrou o lembrete em uma pilha de papéis que havia enfiado em uma gaveta e ligou para o hospital para marcar a mamografia. Marcou com urgência, pois, mesmo tendo acabado de ultrapassar a marca de cinco anos e ser considerada curada, ficava nervosa; não queria que o raio caísse nela de novo. Sua mãe havia morrido quando era mais nova que Joy, mas, como Christophe dizia, eles levavam uma vida encantadora e nada de ruim lhes aconteceria. Ela sempre tentava não pensar no triste destino de Barbara Marshall quando ele dizia isso.

Joy marcou o exame e aproveitou a oportunidade para fazer outras coisas na cidade, visto que não ia para lá com frequência. Ficava a uma hora e meia de distância, mas San Francisco parecia estar em outro planeta quando ela estava em Napa Valley. Não tinha vontade de ir a lugar nenhum, mesmo com Christophe viajando periodicamente para promover seus vinhos, indo para a Europa e a Ásia. E ele estava louco para levar Camille junto quando ela começasse a trabalhar em tempo integral.

O hospital tinha o histórico de Joy e a mamografia era de rotina. A técnica lhe pediu que esperasse para se vestir até que um médico olhasse as chapas, mas a mulher sorriu como se estivesse tudo bem, e Joy ficou aliviada, pois estava sentada sozinha em uma sala de exames, respondendo a mensagens de trabalho.

O médico que entrou na sala era jovem e ela não o conhecia. Não conseguiu interpretar nada em seus olhos quando ele puxou um banquinho e se sentou diante dela. Estava com as chapas da mamografia dela na mão, dentro de um envelope, e falou com ela enquanto as colocava em uma caixa de luz na parede. Apontou para uma área cinzenta no seio que não havia tido câncer e se voltou para ela, sério.

— Há uma sombra aqui que não me agrada, sra. Lammenais. Se tiver tempo, gostaria de fazer uma biópsia hoje. Com seu histórico, não acho bom esperar. Não vai demorar muito, mas eu gostaria de saber o que é isso.

O coração de Joy parecia querer pular do peito ou parar. Ela havia ouvido essas mesmas palavras cinco anos antes.

— Está preocupado? — perguntou, e sua voz pareceu o coaxar de um sapo para seus próprios ouvidos.

— Eu ficaria mais feliz se essa sombra não estivesse aí. Pode não ser nada, mas temos que saber.

Depois disso, ela ouvia a voz dele de muito longe, ininteligível, e, como se fosse um robô, seguiu a técnica até outra sala, onde tiraram sua bata, deitaram-na na mesa e a cobriram com um lençol. A seguir, anestesiaram a área e fizeram a biópsia, que foi dolorosa. Seu coração batia disparado o tempo todo. Ela não parava de pensar no ano infernal de quimioterapia que tivera, em Barbara Marshall morrendo depois de oito meses do diagnóstico, na própria mãe, que morrera de câncer de mama aos quarenta anos. Lágrimas escorriam de seus olhos enquanto faziam a biópsia, e quando tudo acabou, já estava soluçando enquanto corria para fora do hospital e descia rapidamente os degraus. Disseram que ligariam para ela com os resultados, mas ela não queria saber. Já podia sentir o que estava por vir. Dizem que um raio não cai duas vezes no mesmo lugar, mas ela já sabia que era mentira. Sentia em sua alma. E o que diria a Christophe e Camille se estivesse com câncer de novo? Não podia nem imaginar. Já se sentia morta quando entrou no carro e voltou para Napa Valley, cega pelas lágrimas. Tentava se concentrar na direção, mas, pela primeira vez, teve certeza de que ia morrer. Como poderia ter sorte duas vezes?

Capítulo 2

Ligaram para ela cinco dias depois com os resultados da biópsia. Para Joy, era como se estivesse ouvindo através de uma parede de algodão. Ela conhecia toda a linguagem e os termos. A biópsia mostrara que o tumor era maligno; eles lhe explicaram todos os detalhes pertinentes e, dessa vez, recomendaram uma mastectomia dupla, por segurança, dado seu histórico. Queriam fazer a cirurgia o mais rápido possível e começar a quimioterapia assim que ela se recuperasse. Parecia uma sentença de morte, e ela se lembrou de Barbara Marshall lhe contando o que estava passando.

— Eu entro em contato — disse Joy a seu médico, e desligou.

Não queria que nada estragasse a formatura de Camille em Stanford, e, se contasse a Christophe, ele ficaria tão preocupado que a filha perceberia. Podia esperar três meses. Que diferença faria? Se o câncer havia voltado, Joy temia estar condenada de qualquer maneira. Precisava de tempo para encarar a realidade. Ligou para o médico três dias depois. Queria agendar a cirurgia para a semana após a formatura de Camille, mas o médico sugeriu um meio-termo: três sessões de radiação antes da cirurgia para encolher o tumor. Ela concordou e não disse nada ao marido nem à filha. Foi à cidade quando Christophe passou o dia em Los Angeles. Da segunda vez, foi quando ele teve que ir para Dallas, e a terceira vez quando estava em uma conferência de vinicultores na vinícola de Sam Marshall.

Assim, fez as três sessões de radiação antes da formatura de Camille e ninguém soube.

Ela temia a mastectomia e não tinha certeza quanto à cirurgia reconstrutiva. O médico lhe disse que usariam uma forma mais agressiva de quimioterapia dessa vez e que estava cautelosamente confiante de que a cirurgia, a quimioterapia e a radiação seriam suficientes. Ela queria acreditar nele, mas não conseguia.

Quando Camille chegou em casa para passar um fim de semana com duas amigas, antes da formatura, Joy agiu como se tudo estivesse normal, mas se sentia como se estivesse debaixo d'água. Teria que se aguentar até a formatura e, depois, fazer a cirurgia e um ano de quimioterapia e radiação.

A cerimônia de formatura foi linda, como Camille esperava, e fez Joy recordar a sua. Houve despedidas chorosas dos amigos da faculdade e uma longa viagem de volta a Napa, com todos os seus pertences na van da vinícola. No dia seguinte, deram um jantar no L'Auberge du Soleil. E, dois dias depois, Joy lhes contou. Foi como se houvesse jogado uma bomba neles – a mesma que havia caído sobre ela com a má notícia da presença de um tumor maligno no seio direito. Christophe e Camille choraram, chocados. Joy tentou não desmoronar, pelo bem deles, e cada um consolava o outro dizendo que ela ficaria bem. Ninguém mencionou Barbara Marshall. Christophe agarrou-se a Joy na cama naquela noite, e ela sentiu as lágrimas dele em seu rosto.

— Eu vou ficar bem — prometeu, abraçando-o.

— Eu sei que vai. Tem que ficar. Camille e eu precisamos de você.

Ela assentiu, mas não conseguia falar. Ficou acordada enquanto ele dormia, pensando no quanto os amava e em como a vida era injusta e cruel às vezes. Tinham uma vida tão maravilhosa, e esse horror vinha para estragá-la pela segunda vez. Rezou para que eles estivessem certos e ela se curasse de novo. Tinha que se curar, por eles.

A cirurgia foi o mais tranquila possível, e em uma semana Joy estava de volta à casa, movimentando-se devagar. Com mais uma semana, já estava de volta ao escritório. Havia muita coisa que queria ensinar a Camille, só por precaução, para que ela pudesse ajudar o pai, se precisasse, quando Joy passasse mal.

Camille era uma ótima aluna e aprendia as lições rapidamente. Sabia pelo que sua mãe estava passando e achava que isso poderia ajudar a aliviar o fardo durante a quimioterapia.

Quatro semanas depois, os tratamentos começaram. Joy os realizou de novo no hospital de Napa Valley para não perder tempo indo à cidade. Passou tão mal quanto da primeira vez e começou a perder o cabelo logo depois do início da quimioterapia. Passou a usar a peruca que usara antes, o que a deixou profundamente deprimida. Foi um verão longo e doloroso e, em meados de agosto, Joy não pôde mais ir ao escritório. Tudo que ela podia fazer era sair da cama por alguns minutos e passear por seu quarto do château, mas Camille lhe garantiu que tudo estava sob controle no escritório. Estava, mas o humor de Christophe era sombrio, o que ele nunca admitiu para Joy.

Em setembro, ela estava fraca demais para ir ao Baile da Colheita. Christophe comentou, com pesar, que não iria, mas Joy se opôs vigorosamente.

— Você não pode fazer isso com Sam — disse ela com firmeza, parecendo até mais forte. — Ele conta conosco e precisa de seu apoio. Ele comentou comigo no ano passado que continua dando o baile em homenagem a Barbara. Você tem que ir. Leve Camille, somos do mesmo tamanho, ela pode usar meu vestido. Vocês vão se divertir juntos.

Ele protestou, mas sabia que a esposa estava certa. Joy pediu a Camille que se vestisse em seu quarto para poder vê-la e ajudá-la com a fantasia. Estava linda quando saiu com o pai, parecia uma jovem Maria

Antonieta. Joy se emocionou ao vê-los. Foram ao baile no Aston Martin de Christophe, seu orgulho e alegria, e Camille de repente se sentiu muito adulta saindo com o pai com a fantasia da mãe.

Sam ficou visivelmente aliviado no momento em que os viu chegar.

— Que bom que você veio — disse a Christophe, grato pelo esforço do amigo, e sorriu para Camille, reconhecendo-a mesmo com a máscara.

E então, com semblante sério, fitou Christophe.

— Como está Joy?

— Está muito difícil agora, mas você sabe como ela é; é uma mulher forte, vai superar — disse Christophe, e Sam assentiu, torcendo para que o amigo estivesse certo.

No bufê, havia uma incrível variedade de frutos do mar, champanhe e caviar, além de vodca para quem preferisse. Também um leitão assado, uma mesa de culinária indonésia e carne Kobe, importada do Japão, que dava para cortar com o garfo. A comida estava excelente, e os melhores vinhos de Sam foram servidos. Os convidados dançavam ao som da orquestra de dez músicos, e era difícil reconhecer as pessoas, pois usavam máscaras.

Camille tirou a dela quando Phillip se aproximou. Ela o havia visto com uma linda garota que parecia uma modelo, mas ele a deixou por alguns minutos para conversar com Camille, pois fazia meses que não a via – desde antes de Joy adoecer. Ele estivera fazendo heli-esqui no Natal quando ela estava em casa e, além de encontros ocasionais em St. Helena, seus caminhos não haviam se cruzado mais. Andava ocupado, estava muito mais velho, e eles se moviam em universos diferentes. Camille ficara o verão todo em casa ajudando a mãe e a levando para a quimioterapia. Nem ia à cidade para fazer as coisas, odiava deixá-la.

— Lamento que sua mãe esteja doente — disse Phillip, com gentileza. — E parabéns pela formatura. Bem-vinda ao mundo profissional.

Phillip sempre provocava Camille e ela sorria, mas ele percebeu que a moça estava cansada e preocupada, e ficou sentindo por ela.

— Vou visitar vocês um dia desses — prometeu, sorrindo para ela.

Sam também havia dito que queria visitar Joy, mas não enquanto ela estivesse se sentindo tão mal, para não ser inconveniente. Camille notou que a acompanhante dele, a alguns metros de distância, estava impaciente e irritada. Mas Camille não era uma ameaça; Phillip ainda a via como uma criança, mesmo com a elaborada fantasia da mãe. Perto dele, ela se sentia uma garotinha brincando de vestir roupas de adulto.

— É melhor eu voltar — disse ele, olhando por cima do ombro para sua acompanhante, e Camille assentiu.

Ela dançou com o pai uma vez e depois foram para casa. Havia sido mais cansativo que divertido com aquelas quinhentas pessoas ali. A propriedade estava lindamente decorada, tinha fileiras de árvores alugadas cortadas com topiaria e tantas coisas mais. Seu pai cumprimentara muitas pessoas que conhecia e também estava cansado. Ambos estavam preocupados com Joy; ela estava dormindo profundamente quando chegaram em casa. Camille deu um beijo de boa-noite no pai e foi para seu quarto, feliz por tirar a fantasia e a peruca branca e vestir a camisola.

Joy quis saber de tudo no dia seguinte, e Christophe fez parecer mais divertido do que havia sido. Depois de dar o café da manhã para a mãe e ajudá-la a amarrar um lenço para cobrir a cabeça calva, visto que ela não usava peruca o tempo todo, Camille foi para o escritório, mesmo sendo sábado. Queria colocar o trabalho em dia, e era uma boa distração da realidade que estavam vivendo. A alegria estava desaparecendo e não havia nada que pudessem fazer para impedir. Christophe estava em negação e ficava dizendo a Joy que ela estava ganhando a luta, mas não parecia. Ela havia perdido uma quantidade chocante de peso e, enquanto a colheita acontecia em seus vinhedos, ela dormia a maior parte do tempo. Não tinha ideia do que acontecia fora de seu quarto.

Joy tinha outra quimioterapia agendada, mas sua contagem de glóbulos brancos estava muito alta e ela estava muito fraca, por isso adiaram. Ela ficava se lembrando de coisas para dizer a Camille e deixava um bloquinho ao lado da cama para não esquecer. Era como se estivesse tentando esvaziar sua mente na da filha, transmitir tudo que sabia sobre a vinícola e como administrá-la, e todas as coisas que a garota precisava fazer para ajudar o pai. Por fim, nos últimos dias, a natureza assumiu o controle e Joy dormiu o tempo todo e, um por um, os sistemas foram deixando de funcionar. Ela passou a última noite cochilando e sorrindo nos braços de Christophe, enquanto Camille entrava e saía do quarto para ver como estavam. A jovem estava sentada calmamente ao lado do pai, segurando a mão dele, quando sua mãe deu o último suspiro. Christophe a abraçou; Camille se sentou ao lado dela na cama e chorou baixinho. Então se abraçaram, mas Joy já estava em paz, já havia partido.

O funeral foi sóbrio e digno, na igreja que Camille havia enchido de flores brancas. Todos os vinicultores importantes de Napa Valley estavam lá, e muitos menores, além dos amigos e funcionários das vinhas. Os homens foram de terno e as mulheres usavam vestidos apropriados. Sam Marshall foi um dos que carregaram o caixão e, após o culto, Phillip foi abraçar Camille com lágrimas escorrendo pelo rosto. Não havia nada que ele pudesse dizer a ela, então ficaram abraçados como crianças que entendiam perfeitamente quanta dor o outro estava sentindo. Palavras não eram necessárias.

— Meus sentimentos — sussurrou ele antes de deixá-la, e foi embora com o pai na Ferrari vermelha.

Relembraram a própria perda de quase quatro anos antes, quando a mãe de Phillip morrera.

Centenas de pessoas foram ao château depois. Camille havia encomendado com os fornecedores da vinícola um bufê de sanduíches, saladas e comida leve, e Christophe abriu seus melhores vinhos, que todos apreciaram. Foi um dia terrível para pai e filha. Nenhum dos dois podia imaginar a vida sem Joy. Ela sempre fora a força e a espinha dorsal de tudo que fizeram. Ele reconhecia que ela não era apenas a base de tudo que faziam, mas também a inspiração e a magia. Camille entendeu por que sua mãe se apressara tanto para lhe ensinar tudo que pudesse; ela sabia que estava morrendo, e agora cabia a Camille cuidar do pai e ajudar a administrar a vinícola. Querendo ou não, ela tinha que seguir os passos da mãe. O futuro do Château Joy dependia dela agora também. Era um fardo imenso para carregar, e ela teria que encontrar uma maneira de fazê-lo, custasse o que custasse.

Capítulo 3

Na segunda-feira após o funeral da mãe, sentindo que tinha chumbo nos ossos, Camille se obrigou a sair da cama, tomar banho e vestir-se, e desceu para fazer o café da manhã para o pai, como sua mãe fazia antes de adoecer. Christophe passara a fazer o próprio café enquanto Camille cuidava da mãe. Mas agora ela queria fazer para ele. Raquel, a empregada, viria mais tarde para limpar a casa e deixar o jantar pronto, mas tinha que levar os filhos à escola pela manhã, por isso chegava às dez.

Camille entregou o jornal ao pai e lhe serviu uma xícara de café. Ele a fitou com surpresa; não esperava que ela já houvesse descido e ficou impressionado ao vê-la tão desperta e organizada. Ela era muito parecida com a mãe, e isso sempre o fazia sorrir.

— Tenho muita coisa para fazer no escritório hoje — disse ela, com calma, enquanto colocava um prato de ovos mexidos na frente do pai, do jeito que ele gostava, com duas fatias crocantes de bacon e torradas de trigo integral.

— Sua mãe pediu para você fazer isto por mim? — perguntou ele, com lágrimas nos olhos.

Camille negou com a cabeça. Joy não havia pedido nada. Nem precisava, pois Camille sabia o que tinha que fazer. Não havia mais ninguém para cuidar dele agora.

Ela fez uma torrada e uma lista de tudo que tinha que fazer naquele dia. Havia deixado de lado umas coisas de contabilidade na semana anterior, mas prometera à mãe que checaria as contas de Cesare de novo.

Sabia que seria doloroso estar no escritório e não ver a mãe. E seu pai parecia um fantasma. Nos últimos dias de vida, sua mãe sussurrara para ela várias vezes "cuide dele" antes de voltar a dormir. E Camille pretendia fazer isso e ser diligente no escritório. Percebeu que sua infância havia acabado; tinha que ser adulta agora e ajudar o pai. Ele estava acostumado com uma mulher forte ao seu lado, e Camille sabia que ele ficaria perdido sem Joy.

Foram juntos para o escritório depois do café da manhã. Seu pai desapareceu em sua parte do prédio e Camille foi para seu escritório, ao lado do de sua mãe, que agora estava silencioso e vazio. Quando entrou, encontrou Cesare mexendo em uns papéis na mesa de Joy. Ele deu um pulo quando a viu.

— O que está fazendo aqui? — perguntou ela sem rodeios.

Ele deu de ombros e disse que estava procurando os registros de suas despesas.

— Entreguei a ela semana passada e não consigo encontrar minha via. Eu ia tirar cópia da dela.

— Ela não vinha aqui desde agosto — corrigiu Camille com voz firme.

Ele sempre mentia, o que deixava Joy louca.

— Ora, então entreguei antes disso. Você entendeu o que eu quis dizer.

Ele estava irritado e tentou parecer intimidador quando falou com Camille, como se ela fosse uma criança. Mas ela estava longe disso, especialmente agora. Devia à mãe manter as coisas em ordem e tinha conhecimento para isso, quer Cesare acreditasse ou não.

— Não, não sei o que você quis dizer. E não venha vasculhar a mesa dela. Se quiser algo, peça a mim. Muitos arquivos dela estão em meu escritório agora, incluindo os registros de despesas. Estão em meu cofre — disse ela.

Não era verdade, mas ela não queria que ele bisbilhotasse os papéis de sua mesa. O homem era muito presunçoso, e aquela atitude era típica dele. Como Christophe o valorizava muito, Cesare se aproveitava ao máximo.

— Então entregue-me meus registros de despesas — disse ele, rude. — Quero acrescentar umas coisas e receber. Não sou reembolsado há meses.

— É, sim. Eu vi minha mãe assinar um cheque para você na última vez que ela esteve no escritório.

— Era só parte do que ela me devia — teimou ele, tentando intimidar Camille ao erguer a voz.

Ele estava agitado, balançava os braços enquanto falava com ela, assim como fazia com Joy.

— Vou olhar meus arquivos, mas, se você tem despesas extras, preciso dos recibos — disse ela, indo direto ao ponto.

— O que foi que sua mãe fez? Ensinou você a me deixar louco, assim como ela fazia? Recibos, recibos, sempre recibos. Acha que estou roubando vocês? Era o que ela pensava.

Camille suspeitava que sua mãe estava certa. Não grandes quantias, mas ele devia roubar das pequenas despesas do vinhedo, o que para ele era suficiente.

— Não acha que é meio cedo para pedir seu registro de despesas? O enterro foi sábado; vou acertar tudo esta semana. Basta me entregar os recibos — disse ela friamente.

Ele olhou para ela, saiu da sala e bateu a porta, assim como fazia com a mãe dela. Camille sorriu. Aparentemente, algumas coisas jamais mudariam, como o fato de Cesare não ter recibos para justificar seus gastos e Camille saber que seu pai o deixava escapar impune. Era improvável que mudasse agora.

Camille foi ver se o pai estava bem várias vezes naquela manhã e revisou alguns arquivos de sua mãe à tarde. Christophe almoçou com dois novos vinicultores, e Camille comeu uma salada em sua mesa.

A semana parecia interminável sem a mãe, e as noites eram longas e tristes. Seu pai ia para a cama todas as noites às oito horas, e ela se deitava e lia alguns arquivos que trazia do escritório. Mas no final da semana já estava com tudo em dia. Não se permitira atrasar nada, mesmo quando a mãe estava doente. Foi trabalhando que ela manteve sua sanidade enquanto sua mãe definhava.

O Dia de Ação de Graças foi difícil e o Natal foi horrível. No primeiro, comeram sozinhos na cozinha. Christophe disse que não queria peru e recusou todos os convites que receberam. Disse que era cedo demais para querer sair, e Camille também não queria; então, ela fez um pernil de cordeiro ao estilo francês, com muito alho, purê de batata e vagem que ficou surpreendentemente bom. Seu pai lhe ensinara a fazer esse prato anos antes, enquanto ela o observava cozinhar. Enfim, conseguiram passar o dia. Mas o Natal foi ainda pior.

Camille comprou os presentes para os funcionários e vários presentinhos para seu pai, do tipo de coisas que Joy teria comprado para ele, além de um suéter de cashmere que ela sabia que ele adoraria. Pediu a dois funcionários da vinícola que a ajudassem a montar uma árvore no château, e Raquel a ajudou a decorá-la. Seu pai ficou muito triste quando chegou em casa e a viu. E continuou triste na festa de Natal do escritório. Sam Marshall os convidara para passar a véspera de Natal em sua casa, pois sabia como seria difícil para eles – já havia passado por isso, mas Christophe recusou. Não aceitou nenhum convite para o Natal naquele ano. Joy morrera havia dois meses e meio e a ferida ainda era muito recente também para Camille. Mas ela estava sempre tão ocupada cuidando do pai que não tinha tempo para pensar em mais nada, exceto no trabalho. A missão que sua mãe lhe dera era cuidar dele, e ela estava tentando cumpri-la.

Foram à Missa do Galo na véspera de Natal e deram uma volta de bicicleta no dia seguinte após a troca de presentes. Camille ficou aliviada pelo recesso de fim de ano estar quase acabando. Estavam agonizando; ela sabia que as coisas iam melhorar, mas aqueles primeiros meses estavam difíceis; e também sentia falta da mãe. Ela sabia que o pai estava tentando fazer o máximo, mas havia sido amado e cuidado por uma esposa dedicada durante vinte e três anos, e se acostumar a ficar sozinho de novo era horrível para ele, mesmo com Camille tentando antecipar todos os seus humores e necessidades.

Ela teria gostado de reencontrar seus velhos amigos nas festas, mas não queria deixar o pai sozinho. Na véspera de Ano-Novo, ele acabou indo para a cama às nove, e ela ficou vendo TV sozinha. No dia seguinte, ele disse que teria que viajar a trabalho em janeiro. Foi um alívio ouvir a notícia; ele havia negligenciado todos os grandes clientes desde que Joy adoecera. Camille sabia que sentiria falta dele, mas era melhor para ele se manter ocupado e sair ao mundo de novo. Era mais saudável que ficar mergulhado no luto dia após dia.

Sua primeira viagem foi para a Grã-Bretanha, a Suíça e a França, e ele passou um fim de semana em Bordeaux para ver a família. Camille o achou melhor quando voltou, mais vivo que nos últimos meses. Até conseguira um cliente novo em Londres! Eles tinham vendedores e representantes que cuidavam dos clientes mais comuns, mas, durante todos aqueles anos no ramo de vinhos, Christophe visitava pessoalmente os mais importantes, e isso era muito bom para os negócios. Ele era um homem charmoso e inteligente e sabia tudo que havia para saber sobre viticultura. Toda a sua vida foi dedicada a isso, tanto na França quanto nos Estados Unidos. E ninguém promovia seus vinhos melhor que ele. Christophe estava planejando uma viagem à Itália e à Espanha em março, à Holanda e à Escócia em algum momento de abril, e estava pensando em ir ao Japão, Hong Kong e Xangai em maio. Tinha muito a fazer com seus grandes clientes estrangeiros.

Em março, ele havia acabado de voltar de sua viagem à Itália, que havia corrido bem, quando foi convidado para um grande jantar que seria dado para os vinicultores mais importantes do Napa Valley, e Camille lhe perguntou, enquanto jantavam na cozinha aquela noite, se ele iria. Sentira-se sozinha enquanto ele estivera fora, mas se ocupara com todo o trabalho que tinha para fazer. Estava sobrecarregada e exausta, e com um resfriado forte.

— Estou cansado por causa do jet lag, não quero ir — disse ele, servindo-se com moderação dos tacos de Raquel, que normalmente adorava.

Ele havia perdido muito peso desde que Joy morrera.

— Seria bom para você, pai — disse ela, encorajando-o. — Tenho certeza de que Sam vai. Por que não vai com ele?

Doía-lhe vê-lo tão triste o tempo todo.

— Tenho certeza de que ele prefere ir com uma mulher, não comigo — disse o pai, desanimado, cansado da viagem.

— Ele ainda está namorando a congressista de Los Angeles?

Ela sabia daquilo por alto, mas nunca os vira juntos, mesmo depois de tanto tempo da morte de Barbara. Sam Marshall era um homem atraente e bem discreto com sua vida privada.

— Acho que sim, mas ele não fala sobre isso — comentou Christophe.

— Por que será?

— Eu acho que ela é cuidadosa para evitar a mídia, e está longe do ambiente social daqui.

Mesmo sendo bons amigos, ele e Sam nunca falavam sobre isso, e Christophe não queria bisbilhotar. Falavam sobre suas uvas, não sobre sua vida amorosa.

— Ela tem mais ou menos a idade dele, é uma mulher muito legal e inteligente. Acho que ela não quer que o relacionamento chegue à mídia. Eu o vi em St. Helena com ela algumas vezes, mas são sempre muito discretos. Ele me apresentou a ela só pelo primeiro nome, mas eu sabia quem era.

— Acha que Phillip sabe?

Ela ficava imaginando o que ele sentiria se Sam se casasse de novo.

— Provavelmente. Ela não é o tipo de mulher que quer algo dele, o que deve ser uma boa mudança.

Todas as interesseiras de Napa Valley estavam atrás de Sam desde a morte de Barbara, e ele desenvolvera a habilidade de evitá-las. Uma congressista de Los Angeles era algo impressionante para Camille e parecia interessante para Sam. Ela ficou imaginando se seu pai encontraria alguém assim um dia; mas ele ainda amava sua falecida esposa demais para querer sair para jantar com os amigos, que dirá para conhecer outra mulher. Camille sabia que seria muito difícil substituir Joy, e por muito tempo.

— Você deveria ir ao jantar dos vinicultores, pai. Isso lhe faria bem.

— Você iria comigo? — perguntou ele com cautela.

— Estou resfriada, meu nariz está vermelho e estou cheia de trabalho.

Camille também não andava muito social desde a morte da mãe, mas seu pai estava mais deprimido, e ela se preocupava com ele. Pelo menos, ele estava viajando de novo.

— Vou pensar — respondeu, vago, só por dizer. — Vamos passar um fim de semana em algum lugar um dia desses — sugeriu com gentileza. — Você também não se diverte há muito tempo.

Ela ficou emocionada por ele ter notado. O pai passara os últimos cinco meses totalmente absorto em sua própria tristeza, mas ela estava conseguindo lidar com tudo se ocupando com o trabalho. Mandava e-mails e mensagens para seus amigos da faculdade para manter contato, principalmente com os que estavam longe. Era difícil acreditar que havia se formado apenas nove meses antes. Parecia uma eternidade.

No dia seguinte, seu pai a surpreendeu quando ela chegou do trabalho e o viu saindo de casa de terno e gravata. Tudo que ela queria era cair na cama. Seu resfriado havia piorado.

— Vou ao jantar dos vinicultores — disse ele, envergonhado. — Você tinha razão, Sam vai. Eu disse que o encontraria lá.

Camille abriu um largo sorriso. Afinal, ele lhe dera ouvidos.

— Que bom, pai. Você está ótimo. Linda gravata.

— É nova. Comprei em Roma.

Era uma gravata Hermès de um tom vívido de rosa; não era seu costume usar algo tão chamativo, mas o fazia parecer otimista e jovem, o que era uma grande mudança após os últimos cinco meses – quando andara como se houvesse se vestido de olhos fechados todos os dias, só puxando algo velho de seu armário, a maioria das vezes preto e cinza, que combinava com a maneira como se sentia.

— Divirta-se no jantar — disse ela, animada, enquanto ele se dirigia para o carro.

— Duvido. Será só um monte de vinicultores velhos e chatos falando sobre produtos químicos, barris e sua tonelagem na última estação. Talvez eu durma — disse ele, sorrindo.

— Diga a Sam para acordá-lo — disse ela, jogando-lhe um beijo e fechando a porta do château enquanto ele se afastava com seu carro esporte chamativo.

Mas o jantar não foi nada do que ele esperava. Era a multidão habitual de vinicultores importantes, todos que ele conhecia, além de um ou dois menores. Havia alguns membros da cena social de Napa Valley, que ele também conhecia e de quem não gostava, e alguns rostos novos que nunca havia visto, mas que considerou arrogantes metidos a conhecedores de vinho. Sentiu-se subitamente desconfortável ao chegar e percebeu que teria que conversar com pessoas que não conhecia e fazer um esforço social que parecia ir além de suas possibilidades naquele momento. Os lugares à mesa tinham cartões indicando onde cada um deveria se sentar; ele viu no gráfico, que estava fixo em um cavalete, que seu lugar era entre duas mulheres que não conhecia, o que seria estranho. O jantar acontecia na casa de um dos vinicultores mais velhos; ele viu Sam conversando com o anfitrião do outro lado da sala quando entrou, mas não quis interromper.

Christophe aceitou uma taça de vinho branco do vinhedo do anfitrião que um garçom com uma bandeja de prata lhe ofereceu e ficou ali um pouco, bebendo seu vinho e sentindo-se perdido. Era a primeira vez que ia a um jantar sem Joy e sentiu muita falta dela. Queria não estar ali, preferia ter ido direto para a cama.

— Que gravata maravilhosa! — disse uma voz feminina com sotaque francês.

Christophe se virou e viu uma mulher alta e magra, elegantemente vestida. Tinha o cabelo escuro preso em um coque, vestia um terninho preto e estava estilosa demais para Napa Valley. Tinha lábios vermelhos brilhantes, um sorriso largo, olhos dançantes que pareciam muito travessos, e era inegavelmente francesa. Ele não via uma mulher como ela fazia muito tempo. Ela usava uma pulseira de ouro pesada em um dos braços e sapatos de salto agulha, bem sexy.

— Obrigado — referindo-se, educado, ao comentário sobre sua gravata, sem saber o que dizer além disso.

Havia sido casado por muito tempo e se sentia rígido e estranho sem a esposa. Ficou imaginando o que Joy acharia da francesa enquanto ela sorria para ele.

— Acabei de comprar em Roma — disse ele, por falta de algo melhor para dizer.

— Uma das minhas cidades favoritas. Na verdade, a Itália inteira. Veneza, Florença, Roma. Esteve lá a trabalho?

Ele assentiu. Sentiu-se tolo falando inglês com ela, visto que ambos eram franceses, mas o inglês dela era muito bom, e depois de vinte e cinco anos nos Estados Unidos o dele era excelente, com apenas um leve sotaque.

— Veio visitar Napa Valley? — perguntou ele, passando para o francês.

Ela sorriu.

— Acabei de me mudar para cá, vim de Paris. De onde você é? — perguntou ela, curiosa.

— Originalmente de Bordeaux. Mas moro aqui há muito tempo.

— Você deve ser vinicultor, já que está aqui esta noite — disse ela com admiração. — Será que conheço sua vinícola?

— Château Joy — disse ele, modesto, e ela arregalou os olhos.

— Meu pinot noir favorito! Que honra conhecê-lo — disse ela com a quantidade certa de entusiasmo.

Ela era sedutora sem tentar ser, e bem francesa. Nem as mulheres nem os homens americanos flertavam assim; falavam sobre negócios e esportes. Homens e mulheres eram mais provocativos na França nas conversas e no estilo de se dirigir a alguém. Mas ele estava sem prática e não queria fazer esse jogo com ela. Não flertava com uma mulher desde que conhecera Joy.

— Por que se mudou para Napa Valley? — perguntou ele, não por estar realmente curioso, mas por parecer o certo a dizer e para colocar o fardo da conversa sobre ela.

— Meu marido morreu há seis meses — disse ela sem rodeios. — Tínhamos um château em Périgord, mas é muito triste no inverno e eu precisava de uma mudança de ares.

— Você foi corajosa — disse ele. — Não é fácil se mudar para um lugar onde não conhece ninguém.

— Você deve ter feito isso quando veio de Bordeaux para cá — disse ela, querendo saber mais sobre ele.

— Eu tinha vinte e seis anos quando me mudei para Napa Valley. Tudo é fácil nessa idade. Vim para cá com vinte e cinco anos para estudar e decidi construir uma vinícola aqui.

— Você foi corajoso também — disse ela, sorrindo.

Sim, mas não lhe parecera na época, especialmente com a ajuda de Joy.

— Perdi minha esposa há cinco meses — disse ele.

Logo se arrependeu de ter dito isso, mas ela mencionara estar viúva havia seis meses e abrira as portas para ele.

— É uma adaptação imensa que temos que fazer, não é? — disse ela gentilmente. — Ainda estou meio perdida.

Ela baixou os olhos por um momento e logo olhou de volta para ele. De repente, ela parecia muito vulnerável, apesar de sua elegância, e ele sabia exatamente como ela se sentia.

— Meu marido era muito mais velho que eu e enfrentou problemas de saúde nos últimos anos, mas, mesmo assim, é um choque terrível.

Christophe assentiu, pensando em Joy, e se calou por um momento. Até que Sam se aproximou para dar um oi e cumprimentou a mulher com quem Christophe estava falando.

— Boa noite, condessa — disse ele, quase em tom de zombaria, e conversou com Christophe por alguns minutos, ignorando-a.

— Vocês se conhecem? — perguntou Christophe, e Sam assentiu.

— Sim, nós nos conhecemos — disse friamente a mulher que ele havia chamado de condessa, com um leve olhar de flerte para Sam, que ele ignorou intencionalmente, afastando-se.

Foram chamados para jantar minutos depois, e Christophe se viu sentado com ela de um lado e, do outro, uma mulher bem idosa conversava com a pessoa ao lado dela e não se dirigiu a ele.

— Veio com seus filhos? — perguntou Christophe depois que se sentaram.

— Meus dois filhos estão em Paris, mas vêm para cá no verão. Mas eles têm a vida na França. Um trabalha e o outro está na universidade. Não querem se mudar para cá. Meu marido tem filhos de minha idade, mas não somos próximos — disse ela com pesar, e Christophe não questionou mais.

Parecia um assunto doloroso para ela. Se era muito mais nova que o marido, talvez eles sentissem ciúmes. Ela era uma mulher muito atraente, aparentava ter uns quarenta e poucos anos, possivelmente menos. Mas, na verdade, tinha a mesma idade de Christophe.

— Você tem filhos? — perguntou ela, demonstrando estar interessada em tudo sobre ele.

Era uma mulher muito hábil socialmente e muito delicada.

— Tenho uma filha. Ela se formou no ano passado e trabalha na vinícola comigo. Minha esposa também trabalhava, é uma empresa familiar.

— Que maravilhoso ter sua filha por perto!

Ele assentiu; notou que o cartão dela dizia "condessa de Pantin". Ela estava usando seu título, o que devia ter impressionado as pessoas nos Estados Unidos. Mas não o afetava de maneira nenhuma, visto que havia vivido cercado de muitos títulos. Ele ficou mais impressionado com a abertura, a ternura e a inteligência dela.

Eles conversaram sobre a recente viagem dele à Itália; ela fez muitas perguntas sobre a vinícola e disse que havia sido modelo da Dior na juventude e que conhecera o marido nessa época, quando ele estava fazendo compras com a amante e se apaixonara por ela. Ambos riram;

era um cenário bem francês. Educada, ela se voltou para o outro homem ao seu lado e conversou com ele, e Christophe ficou em silêncio por um tempo, refletindo sobre a conversa e, inevitavelmente, pensando em Joy de novo, desejando que ela estivesse ali. Ele e a condessa conversaram brevemente durante o café, e ela disse que estava começando a dar pequenos jantares, conhecendo pessoas da região e fazendo alguns amigos. Para ele, isso era admirável, e muito mais do que ele poderia fazer no momento. Divertir-se sozinho era insuportavelmente deprimente para ele.

— Como posso entrar em contato com você? — perguntou ela quando deixaram a mesa.

Ele disse o nome de sua vinícola de novo.

— Ah, claro.

E então ela desapareceu, e Christophe conversou com Sam por alguns minutos, agradeceu ao vinicultor que havia oferecido o jantar e foi embora. Viu a condessa no estacionamento, esperando o manobrista lhe entregar seu carro. Ela acendeu um cigarro, o que o surpreendeu; mas ela era francesa, e ele estava acostumado com mulheres francesas fumando; via-as sempre que visitava sua família na França. Deixaram o Aston Martin de Christophe na frente dele; ele entrou e acenou para a condessa, enquanto outro manobrista levava o carro dela, uma Mercedes.

A condessa sorriu para Christophe enquanto ele se afastava e pensou nele a caminho da casa que alugara por seis meses. Era um lugar maravilhoso, construído para vender, e provavelmente atrairia os recém-chegados a Napa Valley que queriam impressionar seus novos vizinhos e ver sua casa sair em uma revista. Ela já sabia que o convidaria para jantar, só não sabia quando. E convidaria Sam Marshall também. Ele era outro homem que ela gostaria de conhecer melhor.

Christophe viu a luz acesa no quarto de Camille quando chegou; bateu e abriu a porta para lhe dar boa-noite. Ela estava assoando o nariz e sorriu quando o viu.

— Foi divertido? — perguntou ela, esperançosa.

— Não muito — disse ele, com sinceridade.

Sentira-se sozinho, mas, pelo menos, fizera o esforço e até usara sua gravata nova.

— Mas conheci uma condessa francesa que acabou de vir de Paris para cá.

— Que chique! — comentou Camille, sorrindo, e ele anuiu.

— Talvez ela não fique muito tempo por aqui. É meio glamorosa demais para este lugar. Tem dois filhos que virão visitá-la no verão. Talvez eles sejam legais, você poderia conhecê-los.

Camille assentiu e assoou o nariz de novo. Bem, pelo menos seu pai havia ido ao jantar. Era um primeiro passo de volta ao mundo, e ela estava orgulhosa dele. Imaginou a condessa muito grandiosa e muito velha, e ficou feliz por seu pai ter tido uma boa companhia no jantar.

Ele lhe lançou um beijo e disse que esperava que estivesse melhor no dia seguinte.

— Obrigada. Amo você, pai. Fico feliz por você ter saído esta noite.

Ele sorriu, pensando na condessa elegante.

— Eu também. — E saiu e fechou a porta.

Ele ficou imaginando se ela realmente o convidaria para jantar, mas não deu muita importância a isso. Estava pensando em Joy enquanto voltava para seu quarto, e em como era divertido conversar com ela sobre a noite quando voltavam para casa depois dos jantares. Mas tudo era história agora. Ele sorriu para a fotografia dela na mesa de cabeceira ao se deitar e sussurrou quando apagou a luz:

— Boa noite, meu amor.

Ele sabia que não havia outra mulher como ela no mundo.

Capítulo 4

Christophe esqueceu que havia conhecido a condessa. Estava ocupado nos vinhedos; caiu uma geada tardia dois dias depois do jantar dos vinicultores, e ele ficou acordado a noite toda para se certificar de que havia aquecedores funcionando em todos os vinhedos para que o frio não danificasse suas uvas. Os aquecedores eram antiquados, mas eficazes. Uma forte geada poderia prejudicar a colheita do ano todo. Felizmente, não durou muito, e ele e Cesare ficaram acordados até o amanhecer, fazendo de tudo para proteger as vinhas. Cesare era incansável em situações como essa, o que era um dos motivos do profundo respeito de Christophe por ele, algo que Joy jamais havia entendido.

Cesare conhecia todas as tradições europeias, como Christophe, e ambos haviam acrescentado técnicas modernas americanas a seu repertório. Cesare compreendia suas responsabilidades como gerente de vinhedos e se orgulhava de seu trabalho, o que o tornava uma espécie de "agricultor-chefe" da vinícola, que supervisionava continuamente a saúde e a segurança das videiras contra geadas, pragas e outros danos. E plantava novas videiras quando era o momento. Ele era capaz de pressentir um problema antes que acontecesse e cuidava para que suas equipes estivessem sempre organizadas e prontas para trabalhar, e seus equipamentos, funcionando. Cuidava para que as folhas fossem arrancadas, os cachos aparados e as uvas colhidas exatamente na hora certa. Comunicava-se constantemente com Christophe e o consultava, obedecendo a seu patrão, e estava disposto a estar de plantão vinte e quatro horas por dia. Todos os aspectos da produção de vinho do Château Joy e as uvas eram sua prioridade, e sua intuição era impecável, muito mais do que Joy admitira quando era viva. Achava que ele era um velho rude, rabugento e desonesto, apesar da atenção meticulosa que dava aos vinhos. Para Christophe, valia a pena aturar que Cesare lhe roubasse alguns dólares nos registros de despesas, mas para Joy era uma ofensa capital.

Camille descobriu a constante desonestidade de Cesare com centavos e suas mentiras quando lhe convinha – falhas de caráter que ela tinha dificuldade de ignorar, nem queria fazê-lo. Sabia quanto ele era importante para seu pai e para a vinícola, mas também queria proteger as finanças. Cesare havia começado a transferir suas reclamações com Joy para Camille e não gostava da moça quase tanto quanto da mãe dela. Ele e Camille discutiam com frequência, principalmente por mesquinharia.

Cesare nunca se casara e não tinha filhos. Havia sido um sedutor mulherengo na juventude, mas se acalmara um pouco na meia-idade, e sua aparência se desvanecera com o tempo. Ele não ignorava a beleza de Camille e não tinha dificuldades de admitir que era uma garota belíssima. Mas achava que a dureza de caráter que ela herdara da mãe, como ele podia ver, a tornava pouco atraente como mulher, e não tinha medo de dizer isso à garota – o que também não o tornava querido para ela. Estavam em constante desacordo – irracionalmente, pensava Christophe.

— Você vai acabar solteirona se não tomar cuidado — advertiu Cesare quando ela acabou de contestar as últimas contas. Achava que qualquer insulto era uma vingança justa. — Os homens não gostam de mulheres que discutem por dinheiro. Pensei que você fosse voltar para a faculdade para fazer administração — acrescentou, esperançoso.

Ele já havia mencionado isso várias vezes desde a morte de Joy. Mal podia esperar que ela fosse embora. Christophe nunca lhe causava os problemas que Joy e Camille causavam, e ele atribuía isso ao fato de serem americanas. Sempre preferira as mulheres europeias, apesar de ter deixado a Itália trinta anos antes.

— Só vou voltar para a faculdade daqui a dois ou três anos — repetiu Camille. — Além disso, meu pai precisa de mim aqui — disse, determinada.

— Ele pode contratar outra secretária — disse ele com desdém, puxando seu chapéu de palha surrado sobre a cabeleira grisalha, cujos cachos rebeldes iam em todas as direções.

Ele se tornara um velho rabugento, principalmente com ela e com Joy, que jamais foram vulneráveis a seu suposto charme. Fora engordando devido a tanta massa que comia. Era um cozinheiro maravilhoso, mas Joy sempre recusara seus convites para jantar. Christophe ocasionalmente jantava com ele. Cesare preparava massas fabulosas para ele e conversavam até tarde da noite sobre os vinhedos e o que poderiam fazer para melhorar o vinho.

Christophe gostava da companhia dele, mas as mulheres de sua família, não. Cesare era teimoso, reclamava demais e achava que as mulheres não pertenciam ao mundo dos negócios e não tinham a mínima capacidade para administrar uma vinícola. Insistia que só um homem poderia entender disso. Sua falta de respeito por Camille transparecia em seus olhos e em sua maneira de falar com ela. Ele não havia sido tão ousado com a mãe dela, visto que Joy não hesitava em ser feroz, e ocasionalmente gritavam um com o outro. Camille era mais gentil e respeitava a idade dele; ele era um elemento fixo na vida dela desde a infância, mas ela concordava com a mãe sobre o pouco comprometimento dele com a verdade e o dinheiro. Cesare era uma dor de cabeça constante. Mas Christophe era gentil e justo com seus funcionários e valorizava cada um deles pelo que tinham a oferecer, apesar de seus defeitos. Sempre via os dois lados da moeda, o que acontecia no caso de Cesare.

— Você vai acabar sozinha — alertou Cesare de novo quando saiu do escritório dela, murmurando para si mesmo em italiano, como sempre fazia quando era pego em alguma coisa, não tinha defesa e ficava com raiva.

Ela tinha pouco menos de vinte e três anos e não estava preocupada. A última coisa que o ouviu dizer quando saiu foi um comentário depreciativo sobre as mulheres americanas. Seu pai passou por ele no corredor, Cesare revirou os olhos e Christophe entrou no escritório de Camille com um olhar questionador. Afinal, ela se dava bem com todo mundo.

— Problemas com Cesare?

Ele não estava chateado, mas viu que a filha estava irritada do jeito que Joy ficava sempre que tinha que falar com Cesare.

— O de sempre. Ele acrescentou vinte e sete dólares no registro de despesas. Não sei por que ele ainda insiste.

— Você deveria deixar para lá. Ele compensa de outras maneiras. Ficou comigo a noite toda duas vezes esta semana quando o tempo esfriou.— Já havia esquentado de novo e nenhum dano fora causado às colheitas. — Se lhe pagássemos horas extras, ficaríamos devendo muito mais que os vinte e sete dólares que ele acrescentou às despesas. Ele não pode evitar, é cultural; é um jogo para tentar ganhar um dinheiro extra. Sua mãe ficava louca com isso, mas não valia a energia que ela gastava.

Mas Joy fora uma mulher precisa; em seus livros constava até o último centavo e ela acreditava que a honestidade era uma qualidade preto no branco: ou a pessoa tinha ou não. E sempre citava um provérbio francês para Christophe, um que ele lhe havia ensinado quando se conheceram: "Quem rouba um ovo rouba uma vaca". Ela acreditava e o aplicava regularmente ao gerente do vinhedo. Sempre tinha certeza de que ele estava escondendo uma desonestidade maior e que seria capaz de roubar mais, e se dedicava a garantir que isso não acontecesse.

— A mamãe nunca confiou nele — disse Camille.

Ele sorriu com tristeza.

— Sim, eu sei.

Eles conversaram por alguns minutos e Camille voltou a trabalhar em seu computador. Tudo que constava de seus grandes livros contábeis encadernados de couro estava no computador, mas Christophe adorava as tradições antiquadas e queria que os livros também fossem atualizados, o que havia sido trabalho em dobro para Joy e agora era para Camille. Ele acreditava na modernização, mas só até certo ponto. E Camille tinha uma ideia sobre marketing que queria discutir com ele, sobre usar mais as mídias sociais para promover seus vinhos; mas estava esperando o momento certo para tocar no assunto. Ela sabia que Cesare seria hostil à ideia. Ele achava que tudo que fosse moderno era perigoso e uma perda de tempo, e muitas vezes levava Christophe nessa direção. Era Joy quem fazia Christophe avançar com os tempos, com suas ideias inovadoras e excelentes planos de negócio para expandir e continuar sendo uma empresa sólida; e agora caberia a Camille continuar de onde a mãe parara, com ideias ainda mais modernas.

Camille já via uma dúzia de maneiras de modernizar a empresa e estava animada para conversar com o pai sobre isso na hora certa. Queria colocar em prática novos conceitos até o verão e esperava que o pai estivesse aberto a isso. Christophe era imprevisível nesse aspecto. Joy sempre fora capaz de convencê-lo, pois ele tinha um enorme respeito pela perspicácia financeira e pelas boas ideias dela. Camille sabia que ainda tinha que provar seu valor para ele, pois, de certa forma, o pai ainda a via como uma garotinha. E, fisicamente, ela ainda parecia uma. Camille sempre aparentara ser mais nova. Tinha as belas feições da mãe, mas seus longos cabelos louros e os grandes olhos azuis que herdara do pai faziam as pessoas se lembrarem de Alice no País das Maravilhas, coisa que – ela sabia – dificultava que homens como Cesare a levassem a sério. Mas ele também não havia respeitado Joy; na verdade, sempre tivera um pouco de medo dela, visto que ela não hesitava em tratá-lo da mesma maneira. Camille tinha um estilo mais suave e era mais jovem, mas Christophe sabia que ela era tão inteligente quanto a mãe e seria mais do que capaz de substituí-la, inclusive de administrar a vinícola um dia. Mas ainda não, e ele não queria ser invadido por ideias modernas de alta tecnologia. Queria manter a aura tradicional europeia em sua marca, coisa que havia funcionado bem para eles até agora, independentemente de quanta modernidade Joy conseguisse aplicar nos bastidores. A combinação da personalidade e das ideias dos dois havia sido um enorme sucesso.

Quando voltou ao escritório após sua breve visita a Camille, Christophe ficou surpreso quando seu jovem assistente disse que uma tal condessa de Pantin estava ao telefone querendo falar com ele. A princípio, o nome não lhe significou nada, mas logo se lembrou da francesa com quem conversara no jantar dos vinicultores. Não esperava vê-la de novo, apesar da alusão dela a um futuro convite, que ele não levara a sério e com a qual não se importara. Era uma daquelas coisas que as pessoas dizem por educação, como "Vamos almoçar um dia desses". Na maioria dos casos, esse "um dia desses" nunca chegava. E ela era muito mais elegante que ele, com seu terninho preto parisiense chique e seus acessórios da moda. E havia dito que pretendia ficar em Napa Valley só seis meses para mudar um pouco de ares. A chance de eles se encontrarem de novo não era grande, especialmente por ele ficar em casa com a filha à noite, o que era sua preferência depois que Joy se fora e ele ficara viúvo, um papel ao qual ele ainda não havia se adaptado.

Ele pegou o telefone e a elegante condessa o cumprimentou em francês e depois passou para o inglês.

— *Bonjour*, Christophe! — disse, quase como se fossem velhos amigos, e ele percebeu o riso na voz dela.

Ela tinha um tom leve que era naturalmente superior, ao contrário de algumas nobres francesas que ele conhecera na juventude, que se levavam muito a sério devido à sua posição e a seu título. Ele notava que não era o caso dela e gostava disso. Ela parecia uma pessoa feliz, apesar de também ter ficado viúva recentemente. Mas seu marido era muito mais velho e estivera doente havia vários anos, conforme ela havia dito, de modo que, talvez, perdê-lo houvesse sido menos chocante que perder Joy aos quarenta e nove anos, ainda forte e bonita, depois de terem sido tão felizes juntos, pensando que teriam longos anos pela frente. Ele ainda estava desolado e se sentia roubado por tê-la perdido.

— Desculpe por incomodá-lo no trabalho — disse a condessa. — Estou atrapalhando?

— De jeito nenhum — disse ele, sorrindo ao ouvir a voz adorável dela.

— Não vou tomar muito seu tempo. Acabei de organizar um jantarzinho, meio em cima da hora, para o próximo sábado. Será apenas uma dúzia de pessoas em minha casa. Acho que será bom para mim e tenho conhecido muitas pessoas novas e interessantes. Espero que você possa ir.

Ele não precisava consultar sua agenda; não tinha compromissos sociais. Iria à Holanda em breve, mas ainda estaria em casa na data que ela mencionara. Só não sabia se estava pronto para uma vida social solo; na verdade, tinha certeza de que não estava, mas não queria ser rude com a condessa, afinal, estavam no mesmo barco. Ela estava tentando fazer o melhor, o que o fez se sentir obrigado a fazer um esforço também. Não podia alegar que não iria porque era viúvo recente, isso poderia fazê-la considerá-lo patético. E se Sam Marshall sobrevivera, ele também conseguiria.

— Será bem informal — acrescentou ela. — Jeans e blazer para os homens, não precisa usar gravata. Se bem que sua gravata rosa da outra noite era divina. Terei que dar outro jantar para você usá-la de novo — provocou a condessa, e ele se surpreendeu por ela ter lembrado.

— Será um prazer ir — respondeu ele, lisonjeado por ser convidado, mesmo sem saber se estaria diante de uma sala cheia de estranhos ou de pessoas conhecidas.

Temia encontrar pessoas que conhecia pouco, que não sabiam da morte de Joy, e ter que explicar e dar as más notícias. Isso já havia acontecido com ele várias vezes em reuniões e em St. Helena e Yountville, e explicar era doloroso. Mas isso não se podia evitar, no início, a menos que ele ficasse só em casa e se tornasse um recluso – o que às vezes era tentador, embora ele soubesse que não era saudável nem bom para

Camille. Pelo bem dela, ele tinha que pelo menos fingir que estava melhor, mesmo sem acreditar nisso. Ainda derramava lágrimas por Joy todos os dias, principalmente quando ia dormir ou quando acordava sozinho na cama. Mas durante o dia se mantinha ocupado.

— Obrigado por me convidar, condessa — disse ele educadamente.

Ela riu.

— Por favor, pode me chamar de Maxine. A menos que queira que eu o trate como *monsieur* Lammenais e me dirija a você como *vous* em francês — disse ela, referindo-se ao tratamento formal usado entre estranhos e pessoas muito formais.

Mas ela era informal e parecia à vontade conversando com ele.

— Obrigado, Maxine.

Ela informou a hora e a data e lhe passou o endereço. Ficava, apropriadamente, em uma rua chamada Money Lane, que tinha uma combinação de casas extravagantes construídas recentemente e algumas antigas. E, pela aparência e pelo estilo dela, ele duvidava que a casa que havia alugado por seis meses fosse modesta.

— Contratei um chef francês da cidade, do Gary Danko. Espero que goste.

Ele ficou impressionado de novo. Aparentemente, ela capricharia em seu jantarzinho, o que não o surpreendeu. Gary Danko era o restaurante mais chique de San Francisco, portanto a comida seria sofisticada.

Christophe agradeceu de novo e desligaram, e ele ficou ocupado em sua mesa, planejando sua próxima viagem à Europa e mandando e-mails para as pessoas que esperava encontrar. À tarde, já havia esquecido o jantar. Tinha outras coisas em mente e se espantou, no dia seguinte, quando recebeu um envelope creme endereçado a ele, com as iniciais "BH" escritas no canto inferior esquerdo com tinta marrom-escura e uma caligrafia elegante, indicando que havia sido entregue em mãos por um portador, não pelo correio. E, quando abriu o envelope, viu um cartão creme com um escudo dourado gravado e, na elegante caligrafia de Maxine, as palavras *pour mémoire*, que significam "lembrete" em francês, e os detalhes do jantar. No estilo de uma verdadeira condessa, ela estava seguindo as tradições formais francesas. Seus outros amigos do vale teriam mandado um e-mail ou uma mensagem para lembrá-lo do jantar, não um cartão com um brasão gravado. E ela havia acrescentado entre parênteses na parte inferior: "Que bom que poderá vir. *À bientôt!* M". Até logo.

Ele deixou o cartão sobre a mesa e o esqueceu de novo depois de se perguntar brevemente quem estaria lá e qual dos grupos locais ela estava cortejando. Ela era muito mais europeia e tradicional que as pessoas que ele conhecia em Napa Valley, inclusive as mais importantes, como Sam e várias outras. Ele não sabia qual era o passado dela, e isso não importava. Havia sido casada com um conde, o que explicava a formalidade.

Lembrou-se do jantar na noite anterior, quando viu uma anotação em sua agenda, e comentou com Camille enquanto comiam, na cozinha, o frango que Raquel havia deixado pronto para eles. Não usavam a sala de jantar desde que Joy morrera, e Christophe nem queria. Estava feliz comendo na cozinha com a filha.

— Esqueci de contar. Vou sair amanhã à noite. Espero que não se importe — disse ele, meio se desculpando. Camille ficou surpresa.

— Claro que não me importo. É bom você sair. Vai à casa de Sam?

Ele era o único amigo que seu pai vinha encontrando ultimamente, porque entendia melhor como Christophe se sentia depois de perder Joy. Sam era uma boa companhia para Christophe; eles haviam saído algumas vezes para comer comida mexicana, da qual ambos gostavam. Assim, tinham a chance de falar sobre negócios e dos problemas que tinham em comum, embora a empresa de Sam fosse muito maior que a de Christophe.

— Fui convidado para um jantar — disse Christophe enquanto terminavam de jantar. — Parece meio grandioso para mim, mas achei que seria estranho recusar.

Camille ficou feliz por ele não ter recusado. Seu pai precisava ver gente, e ela sabia que sua mãe gostaria que ele saísse – Joy lhe havia dito isso antes de morrer. Ela não queria que ele ficasse trancado em casa chorando por ela para sempre. Ele precisava de uma vida, e até de uma mulher, um dia. Mas Camille não podia pensar nisso sem lágrimas nos olhos. Ela ainda não estava pronta, e ele também não.

— Quem vai dar o jantar? — perguntou Camille enquanto lavava a louça.

— Aquela francesa que conheci no jantar dos vinicultores semanas atrás. Ela vai passar seis meses aqui, acabou de perder o marido. É aquela que tem dois filhos, que comentei com você.

Camille presumira que eles fossem muito mais velhos que ela, e a condessa uma velha viúva.

— Que bom, pai.

Ela tinha um velho amigo da faculdade que ia passar o fim de semana em Napa Valley com a namorada. Eles a convidaram para jantar, mas ela recusara para não abandonar o pai no fim de semana. Mas agora poderia ir e ficou contente.

— Vou jantar com uns amigos amanhã.

Ele era um amigo que ela conhecera em Stanford, que havia arranjado um emprego em Palo Alto, e não se viam desde que tinham se formado. Seria legal conversar de novo com ele.

— Eu deveria ter pedido para levar você — disse ele, generoso —, mas não pensei nisso. E, para ser sincero, acho que você ficaria entediada.

Camille concordou.

Ela passou o dia seguinte com seus amigos no Meadowood, um hotel e clube onde eles estavam hospedados. De lá iriam direto a um jantar casual em Yountville, no Bouchon, do qual ela gostava. Ela não conhecia a namorada do amigo e a achou animada e divertida. Camille não tinha acompanhante para saírem em dois casais, mas eles não se importaram; e foi divertido para ela passar um tempo com pessoas de sua idade. Não fazia isso desde que a mãe adoecera um ano antes. Trabalhar na vinícola e fazer companhia ao pai a impedia de ter qualquer outra coisa ou pessoa em sua vida.

Christophe se vestiu como Maxine havia sugerido – jeans, camisa branca e um blazer azul-escuro que Joy havia comprado para ele na Hermès de San Francisco, sem gravata. Ela sempre lhe comprava roupas boas. Fazer compras não era um passatempo que lhe interessasse; sentia-se muito mais feliz em um trator, ou com suas pesadas botas de trabalho, andando por seus vinhedos. Mas estava mais que respeitável e muito bonito quando entrou no Aston Martin e foi até o endereço que a condessa lhe dera. O cartão de lembrete estava no banco da frente do carro, com o número do telefone dela também, caso tivesse algum problema ou não conseguisse encontrar a casa. Mas ele conhecia bem a área e, dirigindo rápido, chegou em quinze minutos.

Ele tocou a campainha, um homem atendeu pelo interfone e o portão se abriu automaticamente depois que Christophe disse seu nome. A casa era ainda maior do que ele esperava. Era térrea, grande, com detalhes arquitetônicos modernos, jardins bem cuidados, uma enorme piscina e um pavilhão no final, onde estavam os convidados tomando mojitos, martínis e cosmopolitans antes do jantar, servidos por um garçom de paletó branco engomado. E havia uma longa mesa coberta de flores e velas, cristais e porcelanas reluzentes sobre uma toalha branca no jardim na lateral da casa. Parecia uma capa de revista. Maxine se aproximou com seu diáfano vestido longo de chiffon rosa-claro, sandálias douradas de salto alto e seus longos cabelos escuros soltos, caindo pelas costas. Por um instante, Christophe sentiu uma pontada aguda de saudade de Joy, embora sua esposa nunca houvesse possuído um vestido como aquele e nunca houvesse sido uma anfitriã tão formal.

Joy adorava oferecer jantares no château, mas eram sempre aconchegantes e informais, com conversa animada e boa música no aparelho de som. A atmosfera que Joy inspirava era agradável e calorosa. O estilo de Maxine era totalmente diferente: elegante, formal e sofisticado ao extremo. Suas roupas eram da alta-costura francesa, e ela era mais magra e mais alta que Joy. Deu dois beijos em Christophe, no estilo francês, estranhamente íntima e sutilmente sexy, como se fossem velhos amigos. Havia algo levemente ousado nela, ao passo que Joy era corajosa e forte, mas não tão extrovertida nem efusiva quanto Maxine. Joy era como uma acrobata de grande habilidade em tudo que fazia, ao passo que Maxine era mais como um mestre de cerimônias, de olho em cada detalhe enquanto apresentava seus convidados uns aos outros, a maioria desconhecida para ela e todos estranhos para Christophe — o que era raro para ele em Napa Valley, onde conhecia quase todo mundo.

Havia dois casais de Los Angeles do ramo da produção de filmes que haviam comprado recentemente vinhedos consideráveis que pretendiam administrar à distância. Christophe notou que não sabiam nada sobre o ramo dos vinhos, que era um símbolo de status para eles, mais que uma paixão. Um casal mexicano sobre quem Christophe havia lido alguma coisa, mas não conhecia – ele era um dos homens mais ricos do México –, estava com seus dois guarda-costas, que mantinham uma distância discreta. Havia também um casal de Dallas que fizera fortuna com petróleo e um casal saudita que tinha casas no mundo todo e que se apaixonara por Napa Valley e estava pensando em comprar uma casa ali. Havia comprado recentemente um hotel e uma loja de departamentos em San Francisco e achara que seria legal ter uma casa no vale para levar seus filhos no verão quando não estivessem no sul da França, na casa da Sardenha ou em seu iate no Mediterrâneo. A única coisa que todos tinham em comum era muito dinheiro. Eram o tipo de visitantes de Napa Valley que Christophe geralmente evitava. Era um grupo internacional rico, e os casais de Los Angeles e Dallas eram descaradamente novos ricos e estavam ansiosos para exibir a nova fortuna. Eram interessantes e agradáveis, mas muito mais exóticos que o tipo de pessoa que normalmente atraía Christophe. Ele preferia os sérios vinicultores locais, com quem tinha muito mais em comum. Para ele, esse era um grupo muito indecoroso. Sua ascendência francesa era digna, nobre e respeitável, mas todas essas pessoas existiam em um mundo rarefeito sobre o qual ele não sabia nada e nem queria saber.

Christophe percebeu que ele e Maxine eram as únicas pessoas solteiras entre eles. Pelo menos eram todos estranhos e ninguém lhe perguntou onde estava Joy ou o que havia acontecido com ela. No jantar, ele se sentou à direita de Maxine, que ficou à cabeceira da mesa – o que foi educado e generoso da parte dela –, mas ficou meio envergonhado ao se ver tratado como o convidado de honra. Mas, apesar de suas reservas iniciais, a conversa à mesa foi animada e interessante. Todos viajavam muito e só recentemente haviam descoberto os encantos de Napa Valley.

Como era de se esperar, o jantar de muitos pratos estava delicioso, e ele ficou surpreso e emocionado ao perceber que todos os vinhos tintos servidos eram do Château Joy, e todo mundo o elogiou pela excelência. Ela havia escolhido suas melhores e mais antigas safras, e ele se sentiu orgulhoso de ver como agradavam gente como aquela. O casal saudita disse que preferia o Château Joy ao Margaux. Maxine sorriu para Christophe e ele lhe agradeceu por servir seus vinhos no jantar.

— Você deveria ter me dito. Eu teria mandado os vinhos — disse ele, educado.

Ela tocou a mão dele com leveza, como se fosse uma borboleta pousando, e logo a afastou de novo.

— Claro que não, Christophe. Você não pode simplesmente doar seus vinhos. E lá na loja de vinhos me deram conselhos muito bons sobre quais comprar.

Haviam indicado os mais caros para ela; Christophe soube imediatamente que ela havia sido extravagante, pois alguns vinhos seus eram mais caros que os de seus distintos concorrentes franceses.

Maxine colocou música depois do jantar e alguns casais dançaram, mas Christophe, não. Não conseguia se imaginar dançando com ninguém que não Joy, mas estava gostando de conversar com Maxine e os outros e já estava mais relaxado. Depois do jantar, ela serviu fortes licores franceses e também conhaque. Era uma e meia da manhã quando as pessoas começaram a ir embora. Para sua surpresa, acabou sendo uma noite excepcionalmente agradável, com comida excelente e um grupo de elite que ele nunca teria conhecido de outra forma. Maxine havia orquestrado tudo com elegância, estilo e perfeição. Não havia sido um "jantarzinho". Era uma raridade de alta classe mesmo em Napa Valley, que era conhecido por seu esnobismo e seus recém-chegados com muito dinheiro.

Quando ele se levantou para ir embora depois dos primeiros convidados, ela foi discreta ao pedir que ele ficasse mais um pouco depois que os outros se fossem.

— É sempre divertido fofocar um pouco — disse ela, com um brilho nos olhos, e ele riu.

Era o tipo de coisa que ele e Joy sempre faziam no carro, na volta de uma festa. Ele assentiu, mas percebeu, quando os convidados saíram, que parecia que ele estava com Maxine e que ia passar a noite com ela, o que o fez sentir estranho de novo. Mas ela não foi inadequada. Tirou as sandálias douradas de salto superalto – com sola vermelha, de Christian Louboutin – e se sentou em uma das espreguiçadeiras ao lado da piscina com seu vestido transparente e pés descalços. De repente, parecia muito jovem.

Os dois ficaram conversando sobre os outros convidados. Ela lhe contou tudo que sabia sobre eles, exceto o fato sabido de que eram muito ricos. Disse que o mexicano tinha uma amante jovem e sexy que era estrela de cinema; que a mulher de Dallas estava tendo um caso com um importante vinicultor, surpreendendo Christophe; e que o saudita tinha mais três esposas em Riad, com quem não viajava e que não levava a jantares, mas comprava joias fabulosas na Graff, em Londres, para as quatro. E que a que estivera com ele no jantar era sua esposa mais importante e parente do rei da Arábia Saudita. Ela sabia os podres de todos eles e estava adorando contar tudo a Christophe.

— De onde você os conhece? — perguntou ele, entretido e fascinado por ela.

Nunca havia conhecido uma mulher como ela, tão sensual e sedutora. Christophe notava claramente que ela gostava dele, embora ele não estivesse no mesmo nível dos outros. Saíra-se extremamente bem, e seus laços familiares eram ilustres e bem-sucedidos na França, mas não chegava nem perto dos bilhões de dólares representados pelas fortunas à mesa naquela noite.

— Acabei de conhecê-los, aqui e ali — disse ela, sem entrar em detalhes. — Convidei seu amigo Sam Marshall, mas ele estava ocupado. — A secretária dele mandara uma resposta por e-mail imediatamente, ele não tinha atendido à ligação de Maxine.

— Para ser sincero, não foi o tipo de noite que agrada a ele. Sam não teria gostado; ele gosta de ficar em seu próprio mundo.

Sam era tão bem-sucedido e rico quanto os outros convidados, mas vivia de maneira diferente. Não se interessava por iates e casas luxuosas, mesmo tendo uma bela casa. Dedicava-se principalmente a seus negócios e à sua vida no vale, entre pessoas mais simples. Christophe provinha de uma origem mais mundana, e o saudita conhecia dois de seus tios, que levavam uma vida grandiosa e passavam o verão no sul da França; Christophe nunca se sentira atraído por isso. Mas, pelo menos, era algo que lhe era familiar. Sam teria se sentido como um peixe fora d'água e odiaria cada minuto da noite.

— Meu marido era muito mais velho que eu e estava doente havia muitos anos. Vivíamos uma vida tão reclusa quando nos mudamos de Paris para seu château em Périgord, que, embora sinta muita falta dele, tenho vontade de conhecer pessoas. E há tanta gente interessante aqui! Napa Valley parece atrair pessoas do mundo todo — disse ela, animada, sorrindo para Christophe.

— Verdade — concordou ele —, mas nem sempre as pessoas certas. Tenho que admitir que prefiro passar meu tempo com gente do meu ramo, donos de vinícolas. Mas esta noite foi uma rara oportunidade para mim. Nunca conheço pessoas como eles — disse com sinceridade. — Mas você deve sentir falta de Paris. Isto aqui é um atraso comparado à vida que poderia viver lá.

Ela tinha tanto estilo, era tão elegante e cosmopolita que ele não conseguia imaginá-la entre as pessoas mais comuns do vale, nem mesmo entre os grandes vinicultores como Sam.

Ela ficou calada um momento e então olhou para ele.

— Você sabe como as leis francesas sobre herança são complicadas. Meu marido teve cinco filhos, e três quartos de tudo é deles. A divisão dos bens foi incrivelmente complicada; eles ficaram com três quartos de tudo, e eu, com um. Ficou tudo bloqueado, e eles queriam voltar para a casa de Paris e o château de Périgord. Não tivemos filhos juntos, e foi tudo muito desagradável. Não aguentei, isso me deixou muito triste. Eles sempre tiveram ciúmes de mim porque eu era gentil com o pai deles. Ele teve quatro filhos que são uns monstros e uma filha que me detesta. Meus amigos diziam que eu era tola e honesta demais. Mas eu amava Charles e não queria ver despedaçado tudo que ele adorava. Peguei uma quantia muito pequena, vendi minha parte de tudo para eles e fui embora. Queria ficar o mais longe possível deles. Não quero ver a casa de Paris de novo, partiria meu coração. Foi nossa casa durante cinco anos, os mais felizes de minha vida. O château de Périgord era meio sombrio e precisava urgentemente de reforma, ninguém havia tocado no lugar desde a época dos avós dele. Portanto, achei que Napa Valley seria uma mudança maravilhosa. Não tenho memórias aqui, é um recomeço para mim. Não sei se vou ficar. Talvez vá para Los Angeles passar um tempo, provavelmente no outono. Ou Dallas, onde as pessoas são muito acolhedoras. Foi assim que conheci o casal que estava aqui. Passei um mês lá antes de vir para cá e tenho uma velha amiga em Houston que se casou com um texano de uma grande família petrolífera. Ela me apresentou muita gente. Mas, por enquanto, estou feliz aqui em Napa Valley. Na verdade, sofri uma perda dupla: de meu marido e de todo o nosso modo de vida. Meus enteados acabaram com tudo. E foram muito indelicados com meus filhos também. Eles perderam o próprio pai ano passado, que também era muito velho, e agora perderam o padrasto. Foi um ano difícil para nós. Estou procurando um novo lar para começar de novo. Meus filhos são mais felizes na França, mas eu gostaria que eles passassem um tempo aqui comigo. E tenho uma mãe de oitenta e sete anos; quero trazê-la assim que me estabelecer. Não quero tirá-la de lá enquanto não decidir onde quero ficar.

Christophe esperava que ela houvesse feito um bom acordo com eles por arruinarem sua vida, como ela havia descrito. Sem dúvida, estava morando bem em Napa Valley, naquela casa alugada, e se divertindo com generosidade. Ao que parecia, havia sido prejudicada e severamente maltratada por seus enteados. Mas não parecia gostar de confrontos, não queria uma batalha legal contra eles e havia desistido de sua parte dos bens de seu marido por uma quantia relativamente pequena, em vez de ir a juízo e lutar. Ele a respeitava por isso.

— Bem, espero que encontre a casa que procura, Maxine — disse ele com sinceridade. — Você merece paz de espírito, estar perto de pessoas gentis. Napa Valley é um lugar maravilhoso. Há pessoas muito boas aqui, entre os nativos, embora não sejam tão glamorosas quanto seus convidados desta noite — disse ele com tato.

Ela olhou para ele com um sorriso grato.

— Obrigada, Christophe — disse delicadamente.

Ele pousou o copo na mesa e se levantou. Já era muito tarde, quase três da manhã. Havia parado de beber um pouco antes e passara a tomar água para poder dirigir. Estava animado depois da noite com os amigos dela, mas não bêbado.

— Foi uma noite maravilhosa. Obrigado por me convidar — disse ele.

Ela o acompanhou ao carro com os pés descalços, enquanto seu vestido transparente flutuava ao redor dela. Era de Paris, um Nina Ricci, mas ele não saberia mesmo que ela lhe dissesse quem era. Tudo que ele sabia era que ela era linda, inteligente e charmosa, e que havia feito um mau negócio com seus enteados na França. Afora isso, não sabia nada sobre ela, exceto que era uma boa companhia e divertida.

Mas ele não precisava saber mais que isso. Perguntava-se se seriam amigos ou se ela se mudaria para outro lugar por ser chique demais para Napa Valley. Ela devia pensar que a vida dele era ridiculamente simples, e não estava enganada. Mas ele amava sua vida como era, e ela era uma borboleta rara de outro mundo, com asas de pedras preciosas e cores brilhantes, adorável de se ver, mas não do universo dele.

Ela lhe deu dois beijos no rosto de novo para se despedir e voltou flutuando para dentro da casa enquanto ele partia em seu Aston Martin sentindo que havia passado a noite dentro de um óvni, cheio de alienígenas fascinantes, e agora havia sido depositado de volta na Terra. E, como sempre, sentiu solidão enquanto voltava para casa, desejando poder contar tudo a Joy. Mas esses dias haviam acabado.

Capítulo 5

Christophe tomou café da manhã na cozinha com Camille no dia seguinte ao jantar de Maxine. Ela estava com roupas de tênis e ia encontrar seus amigos de novo no Meadowood e jogar com eles. Era bom estar com pessoas da idade dela que não fossem do ramo do vinho. A maior parte do tempo, agora, isso era tudo em que pensava, e as pessoas com quem falava eram da idade de seu pai. Seus contemporâneos haviam saído de sua vida quando ela acabara a faculdade e sua mãe morrera poucos meses depois.

— A que horas voltou para casa ontem? — perguntou ela com interesse, deixando uma xícara de café ao lado dele. — Eu cheguei à uma e você ainda não havia voltado. Foi divertido?

Ela esperava uma resposta positiva, mas ele estava sério naquela manhã. Acordara pensando na noite anterior. Tudo tinha uma qualidade irreal nesse momento, mas ele havia gostado daquela noite única. Sabia que nunca mais veria aquelas pessoas, talvez nem Maxine.

— Foi incrível, meio maluco, fabuloso e meio estranho. Foi como estar em um filme. Produtores de cinema e petroleiros, um casal saudita com casas no mundo todo, e ele com mais três esposas. É uma vida totalmente diferente. Eu sei que existe aqui, e cada vez mais nos últimos anos, mas sua mãe e eu nunca nos interessamos por esse tipo de público. Mas eram todos surpreendentemente legais. Aproveitei a noite.

Ele não disse à filha que havia voltado para casa às três, pois não parecia algo respeitável.

— Como é a condessa? É muito velha? — perguntou Camille, sorrindo.

— Não, não. Pelos seus padrões talvez, mas não pelos meus. Acho que tem uns quarenta e cinco anos.

Camille ficou chocada.

— É mesmo? Eu achava que todas as condessas fossem velhas — disse ela, e ele riu.

— Talvez nos filmes. Algumas condessas já nascem com esse título. Ela era casada com um homem muito mais velho, é mais nova que os filhos dele. Parece que houve estresse com eles por causa das leis de herança da França, então ela foi embora. Está pensando em viver aqui, mas duvido. Ela é meio *jet set* demais para o vale. Parece que vai se mudar para Los Angeles ou Dallas. Vai ficar aqui mais quatro meses.

— Ela trabalha?

Camille estava curiosa sobre ela, especialmente se ela tinha quarenta e cinco anos.

— Não que eu saiba, mas também não perguntei. Foi modelo quando era mais nova. Foi casada com o falecido marido durante dez anos. Ele tinha noventa anos quando morreu.

— Nossa, bem velho. Vou conhecê-la? Vai vê-la de novo?

Camille estava um pouco nervosa, e ele sorriu.

— Se você está perguntando se vou sair com ela, não, não vou. Em primeiro lugar, ainda sou apaixonado por sua mãe e provavelmente serei para sempre. Por enquanto, não quero me casar de novo nem namorar. E uma mulher como Maxine nunca olharia duas vezes para alguém como eu. Não sou vistoso nem chique o bastante, não tenho iate nem uma casa no sul da França. Eu moro em Napa Valley e faço vinho — disse, com humildade.

— Ela era casada com um homem de noventa anos. O que ele poderia ter de atraente?

Christophe riu.

— Tem razão. Mas ele devia ser muito mais chique do que eu sou ou gostaria de ser. Então, respondendo à sua pergunta, não, você provavelmente não a conhecerá. Mas acho que eu deveria fazer um esforço para você conhecer os filhos dela quando vierem para cá. Talvez você goste deles.

Havia rapazes da idade de Camille no vale, nas famílias dos vinicultores, mas ela conhecia todos, como Phillip, e não tinha nenhum interesse romântico por nenhum deles e nunca ia à cidade, mesmo sendo perto. Ele se preocupava por Camille não ter namorado nem sair com ninguém, sempre passando todo o tempo livre trabalhando, como ele. Mas ela era jovem e merecia uma vida. Joy não se preocupava com isso, mas ele, sim. Joy sempre dizia que ela conheceria alguém. E ele não queria que algum homem galante a arrebatasse e a levasse para algum lugar como Londres, Austrália, França, Chile ou África do Sul – qualquer lugar onde se fabricasse vinho. Não suportava a ideia de perdê-la um dia, mas tampouco queria que ela ficasse sozinha ou infeliz. Portanto, um bom rapaz local, herdeiro de uma das vinícolas, teria lhe servido bem como genro. Mas Camille achava chatos todos os garotos com quem crescera em Napa Valley. Christophe ficou feliz quando ela saiu para encontrar os amigos; Camille parecia feliz também.

Mas, na semana seguinte, Maxine fez dele um mentiroso; apareceu na vinícola sem avisar. Pediu para chamá-lo, e ele saiu de seu escritório com um olhar de surpresa, jeans, botas de caubói e uma camisa xadrez. Ela usava uma calça jeans desbotada justa, que mostrava seu corpo esbelto e as longas pernas, uma camisa branca de caimento perfeito e botas pretas de montaria Hermès, de couro de crocodilo, que pareciam gastas. Ela abriu um sorriso largo no momento em que o viu e lhe deu dois beijos no rosto, sob o olhar da secretária.

— O que está fazendo aqui? — perguntou ele, e ela riu.

— Desculpe pela intrusão, mas eu estava por perto e pensei em passar por aqui. Seu bilhete foi muito gentil.

Christophe havia escrito uma nota de agradecimento pelo jantar, pensando que Joy ficaria orgulhosa dele. Ele nunca havia sido bom nessas coisas, e a esposa sempre cuidara desses detalhes. Mas tinha que fazer isso sozinho agora, e o jantar merecia pelo menos uma nota de agradecimento. Havia pensado em mandar flores, mas achou que transmitiria a ideia errada. Não estava tentando cortejá-la, apenas havia se divertido muito.

— Sua vinícola é linda — disse Maxine com admiração. — Muito maior do que eu imaginava. E aquele château lá em cima? Eu me senti em Bordeaux por um instante.

— É nossa casa. Construí quando compramos o terreno. Mandei trazer todas as pedras da França. É uma versão menor do château de minha família em Bordeaux, bem menor. Tem uma escala bem humana quando visto de perto. Quer fazer um tour pela vinícola? — ofereceu ele.

Ela assentiu com entusiasmo.

— Sua filha está aqui? — perguntou Maxine, sorrindo. — Eu adoraria conhecê-la.

— Claro!

Christophe ficou feliz por ela ter perguntado e a conduziu por dois longos corredores até o escritório de Camille. Ela estava sentada à sua mesa, de cenho franzido, diante do computador. Olhou surpresa quando viu seu pai e a mulher ao seu lado. Não tinha ideia de quem fosse.

— Oi. Alguém lançou um registro errado sobre as últimas duas toneladas de uvas que vendemos da safra do ano passado — disse Camille, perguntando-se se havia sido sua mãe quando estava doente, talvez com dor ou distraída; mas já estava tentando corrigir. — Ah, desculpe.

Ela se levantou com um sorriso, deu a volta na mesa e esperou que o pai lhe apresentasse a mulher que o acompanhava. Ficou imaginando se seria uma nova cliente ou uma velha amiga. Camille nunca a havia visto antes.

Christophe fez a apresentação.

— Maxine de Pantin, minha filha Camille — disse.

As duas trocaram um aperto de mãos. Por um instante, Camille ficou chocada, mas logo se recuperou. A condessa não era nada do que ela havia imaginado. E lá estava a mulher que ele havia dito que ela nunca conheceria.

Camille se sentia desleixada ao lado daquela mulher impecavelmente vestida que usava um perfume fraco, mas distinto, que estava sensacional com aquelas botas de couro de crocodilo, o jeans justo e o longo cabelo preto preso em um rabo de cavalo. Achou-a muito jovem, além de muito chique. Sentia-se desconfortável com o moletom velho e desbotado de Stanford, jeans rasgados e tênis, mas Maxine a lhe lançou um olhar caloroso e não demonstrou notar o que a garota estava vestindo.

— Mal podia esperar para conhecê-la, por isso passei por aqui. Desculpe a indelicadeza — disse ela. — Seu pai disse coisas maravilhosas a seu respeito.

Maxine sorriu, o que fez Camille se sentir subitamente tímida. Não conhecia essa mulher que agia como se ela e seu pai fossem bons amigos. Tinha um estilo muito aberto e casual que implicava intimidade, mesmo com Camille.

— Eu também digo coisas maravilhosas sobre ele — disse Camille, baixinho, e sorriu para o pai, que passou o braço em volta dos ombros da filha.

Conversaram durante alguns minutos e ele disse que ia mostrar a vinícola a Maxine, então saíram. Camille ficou observando-os pela janela; viu seu pai rindo enquanto iam em direção aos edifícios da vinícola. Ela não o via rir fazia meses, e a linguagem corporal dele dizia que gostava dela, talvez mais do que ele mesmo sabia. Ele se aproximava dela e se inclinava para perto quando falavam. Isso provocou em Camille um leve arrepio na espinha. Não sabia por quê, visto que a francesa havia sido muito simpática com ela, mas algo a fazia se perguntar se a mulher estava sendo sincera. Seu sorriso teria iluminado o mundo, mas seus olhos pareceram sombrios e frios para Camille. Ela logo se repreendeu por ser tão tola; era apenas uma mulher que seu pai conhecera, e ele havia dito que não queria nada com ela.

Afastando-se da janela, Camille voltou ao trabalho, sentindo-se boba por ter ficado chateada. Era estranho ver seu pai com uma mulher. Mas, um dia, ela teria que se acostumar com isso.

— Que linda jovem! — exclamou Maxine assim que saíram. — É muito bonita e, obviamente, para trabalhar para você, tem que ser muito inteligente.

— Ela pretende cursar administração daqui a alguns anos — disse ele com orgulho. — Mas, para ser sincero, não sei se precisa disso. Ela está adquirindo uma experiência aqui que nunca conseguiria na faculdade. Especialmente agora, com a morte da mãe, está assumindo muitas responsabilidades que eram de minha esposa antes.

Era óbvio o quanto ele amava a esposa e a filha. Maxine assentiu, emocionada.

— Sua esposa foi uma mulher de muita sorte — disse, baixinho, enquanto caminhavam para a parte da vinícola onde os barris eram guardados.

As instalações eram enormes, muito mais do que se podia ver da estrada. Era uma vinícola importante, embora não tão vasta quanto a de Sam. Mas Christophe compensava em qualidade o que não produzia em quantidade, e não queria mudar isso. Ele ficou impressionado com as perguntas que Maxine fez. Ela parecia genuinamente interessada no ramo de vinhos e no que ele fazia. Conhecia várias vinícolas importantes na França e queria saber o que ele fazia diferente e o que era igual. Ele passou duas horas com ela e gostou. Ela não parecia tão glamorosa no ambiente familiar dele. Afora as botas de couro de crocodilo, Maxine se comportava como uma pessoa comum, e ele gostou de conversar com ela e explicar seus negócios em detalhes. O tempo voou, e eram quase cinco horas quando ele a acompanhou até o carro no estacionamento. E teve uma ideia.

— Não quer subir e tomar uma taça de vinho? — disse ele, em francês.

Ele estava quase pronto para encerrar o expediente, e era tarde demais para mexer com os novos projetos que estavam em sua mesa.

— Eu adoraria — disse ela, contente por voltarem para o francês. — Tem certeza de que não vou atrapalhar? — perguntou.

— Claro que não — disse ele, negando com a cabeça. — Se não se importa, vou pegar carona com você para subir a colina. Vim trabalhar a pé hoje.

Ele e Camille faziam isso com frequência para se exercitar um pouco antes do trabalho. E também para aproveitar a chance de conversar antes de o dia começar.

Ele entrou na Mercedes de Maxine e lhe indicou o caminho até o château, colina acima. Viam-no por trás das grandes árvores que o cercavam. Como a estrada que subia a colina era sinuosa, não podiam ver o tamanho do château antes de chegar, mas podiam apreciar suas proporções elegantes. Era pequeno para um château, mas uma casa muito grande para os padrões locais, e Maxine se espantou quando saiu do carro e olhou para ele.

— É como estar na França de novo — disse, com certa nostalgia.

Ele pensou no château que ela havia perdido para os enteados em Périgord e sentiu pena dela. Maxine também havia tido sua cota de tragédias e decepções, e esse lado vulnerável dela que espreitava por trás de seu comportamento confiante o sensibilizava.

Ele a conduziu até o saguão da frente, onde pendurara retratos de sua família da França e de seus pais. E havia fotos dele e Joy em porta-retratos prateados nas mesas, e muitas com Camille quando era criança. Tudo na casa era muito pessoal. Ela admirou os delicados afrescos que Joy pintara quando a haviam construído. O château era lindo e totalmente diferente da casa que ela havia alugado, onde tudo era novo. O lar que ele construíra parecia estar ali havia centenas de anos, e não só vinte e três.

Ele serviu uma taça de vinho para Maxine e eles se sentaram no jardim, onde ele costumava ficar com Joy nas noites tranquilas. Camille os encontrou lá, com um olhar de surpresa, uma hora depois, quando chegou do trabalho. Seu pai não se sentava no jardim desde que a mãe morrera, e Camille ficou chocada ao ver Maxine acomodada na cadeira favorita de Joy.

— Ah... desculpe... não sabia que você estava aqui, pai — disse ela quando o encontrou no jardim, depois de seguir suas vozes até lá e ver a garrafa de vinho aberta na cozinha, da safra favorita dele, do ano em que Camille havia nascido.

Ele considerava aquele seu melhor vinho.

— É melhor eu ir — disse Maxine, voltando ao inglês, levantando-se e sorrindo para Camille.

Ela os ouvira falando francês quando se aproximara, o que a incomodara. Seu pai sempre lamentou que Joy não falasse francês. Ela tentara aprender quando se casaram, mas idiomas não eram seu forte, então desistira. Ele parecia muito à vontade falando com Maxine em sua própria língua, e pareciam ter se divertido juntos.

Deixaram as taças na cozinha e ele a acompanhou até o carro. Camille o ouviu dizer:

— Da próxima vez, faremos um tour completo.

Isso fez Camille se perguntar o que ele queria mostrar à condessa. Os quartos? A biblioteca particular onde seus pais passavam noites lendo perto da lareira? O escritório de Joy em casa? Tudo na casa era pessoal e íntimo, não deveria ser compartilhado com estranhos, principalmente uma mulher que ele só havia visto duas vezes na vida e dissera que não pretendia nem queria ver de novo. Mas ela havia aparecido no escritório e tomara vinho com ele, sentada na cadeira de Joy, no jardim particular deles. E isso assustava Camille, como se Maxine houvesse invadido intencionalmente o espaço da família.

— Ligo para você quando voltar da Holanda — disse ele quando ela entrou no carro, sorrindo.

— Desculpe por ter tomado tanto do seu tempo hoje — disse ela. — O passeio pela vinícola foi fascinante, e sua casa é espetacular — acrescentou, admirando o château de novo enquanto girava a chave na ignição.

— Gostei muito — disse ele. — Jantaremos no The French Laundry quando eu voltar.

Esse era considerado o melhor restaurante de Napa Valley.

— Eu adoraria — disse ela, animada, acenando e pegando a estrada sinuosa.

Ele voltou devagar para casa, pensando nela. Havia sido agradável passar a tarde com Maxine; mais do que ele esperava. Era fácil estar e conversar com ela. Apesar das pessoas elegantes que ela conhecia, era muito modesta e despretensiosa. Christophe achava que ela seria uma boa amiga e estava ansioso para levá-la para jantar, a fim de retribuir pela noite em que jantara na casa dela.

Camille já estava com o jantar na mesa quando ele voltou. Sentaram-se para comer os tamales e as enchiladas de Raquel aquecidos no micro-ondas e uma grande salada. Ela estava calada. Os dois adoravam comida mexicana, especialmente a de Raquel. Camille não disse uma palavra quando começaram a comer, e seu pai percebeu que ela estava preocupada com alguma coisa.

— Algo errado? — perguntou.

Ela negou e sorriu, mas ele notou a tristeza em seus olhos e se perguntou o que havia acontecido. Ela não disse nada até limpar os pratos e, então, falou sobre as novas ideias que tinha para as mídias sociais, para mostrar seus vinhos mais baratos aos jovens. Ele gostou da ideia e ela disse que estava pesquisando empresas para cuidar do Twitter e do Facebook deles. Ela mesma fazia isso havia algum tempo, mas achava que poderiam terceirizar e contratar uma empresa, que poderia fazer melhor.

— Você faz um ótimo trabalho nas redes — elogiou ele.

Mas ela ainda estava chateada. Ele estendeu a mão e tocou seu braço, com uma expressão carinhosa. Odiava vê-la infeliz, e ela parecera muito triste durante todo o jantar.

— O que aconteceu? O que a está incomodando, Camille?

— É bobagem. Foi estranho voltar para casa e ver você no jardim com aquela mulher. Ela estava sentada na cadeira de mamãe, como se fosse o lugar dela. Acho que vou ter que me acostumar com isso em algum momento — disse ela com lágrimas nos olhos.

Ele a abraçou.

— Ainda não — ele disse, baixinho, acariciando os longos cabelos louros que às vezes ainda davam a Camille uma aparência de criança, especialmente quando estavam soltos ou quando ela fazia tranças nos dias em que estava muito ocupada. — Ninguém nunca vai tomar o lugar de sua mãe. Eu pensei nisso quando ela se sentou naquela cadeira também, mas não quis ser indelicado e dizer que não podia se sentar lá. Acho que nós dois teremos que nos acostumar com isso quando pessoas vierem aqui. Mas mal a conheço, não a estou paquerando. Ela é uma mulher interessante que passou por coisas difíceis também e deve se sentir muito solitária. Ela não conhece ninguém por aqui, é uma comunidade pequena. Não custa ser legal com as pessoas. Isso não significa que estou apaixonado por ela.

Mas Camille sentira algo nela que não sabia explicar. Era algo muito menos inocente do que seu pai descrevia, e ele era ingênuo com as pessoas às vezes. Sua mãe sempre dizia isso. Camille achava que Maxine de Pantin tinha segundas intenções.

— E se ela estiver interessada no seu dinheiro, pai? — perguntou Camille, olhando para ele.

Ele era um homem bonito, tinha uma empresa de sucesso, e muitas mulheres gostariam de conquistá-lo agora que era viúvo.

— Ela não está interessada em mim, Camille — disse ele, sorrindo para a filha. — Ela conhece muitos homens mais importantes que eu. Eu sou peixe pequeno para Maxine. Ela pode voltar para Paris, ou para qualquer outro lugar, e pegar um bem maior. Além disso, tenho certeza de que ela não precisa de mim. Aquelas botas que ela estava usando hoje devem custar o preço de um vinhedo — disse, rindo.

Camille sorriu, pensando nas botas. Nunca havia visto botas de couro de crocodilo e não tinha ideia de quanto poderiam custar.

— Garanto que ela não tem interesse em mim, nem eu nela, exceto como amigos. Não precisa se preocupar. E não vou deixar ninguém sentar na cadeira de sua mãe de novo — disse ele.

Camille sorriu, torcendo para que ele estivesse certo em relação a Maxine. Não sabia por quê, mas não confiava nela e tinha a estranha sensação de que sua mãe também não confiaria. Joy sempre sabia quando as mulheres eram interesseiras e alertava Christophe. Ele sempre ignorava e tinha dificuldade de acreditar que as mulheres o queriam. Era plenamente feliz com sua esposa e nunca olhara para outra mulher. Mas Joy partira, e Camille sabia que ele estava muito sozinho, e a casa, muito vazia sem ela. Havia um buraco na vida deles grande como o céu, e só o que ela sabia era que não queria que Maxine de Pantin tentasse preenchê-lo. Só de pensar nisso sentiu um calafrio na espinha.

Capítulo 6

A viagem de Christophe à Holanda foi mais curta que a da Itália. Ele voltou em duas semanas, satisfeito com os resultados. Havia passado por Nova York no caminho de volta e visitado dois de seus distribuidores mais importantes. Camille lhe informou tudo que havia acontecido assim que ele chegou. Ela havia tido outra discussão com Cesare, mas não se preocupou em contar a ele. Afinal, seu pai sempre o defendia, e ela estava mais interessada em contar sobre a empresa que havia contratado para cuidar das mídias sociais. Em uma única semana, havia aumentado o número de seguidores deles no Facebook e no Twitter, e ela estava satisfeita. Seu pai ficou em êxtase ao vê-la. Levou-a para jantar na noite seguinte, no Don Giovanni, um dos restaurantes favoritos deles, e comeram enormes pratos de massa até mal conseguirem se mexer.

No fim de semana, fiel à sua palavra, Christophe levou Maxine para jantar no The French Laundry. Foi um jantar suntuoso, e eles provaram três vinhos locais diferentes. Ele tentava lhe ensinar coisas, pois ela havia dito que queria aprender tudo sobre os vinhos de Napa Valley enquanto morasse lá. Quando terminaram, ela comentou que os vinhos dele eram melhores que todos os outros que havia provado até aquele momento. Provaram um Sauterne com a sobremesa. Ambos adoraram, mas concordaram que nada se comparava ao Château d'Yquem, que ela dizia ser seu favorito.

Ele contou sobre sua viagem à Holanda e à Bélgica, e sobre a parada rápida em Berlim na volta, e ela descreveu um jantar a que havia ido e quem estivera presente. Disse que eram todos esnobes, e Christophe riu. Ele conhecia todas as pessoas que ela havia mencionado. Eram as socialites da Velha Guarda e provavelmente não lhe haviam dado uma calorosa recepção.

— Há muito disso aqui. Minha esposa e eu fizemos um pacto no início de nosso casamento: ficar longe desse grupo. Eles acham que são donos do vale, que deveriam ser os únicos aqui, e dão festas só entre si o tempo todo. É um grupo muito fechado.

Ele até ficou surpreso por terem convidado Maxine, pois odiavam gente de fora e raramente convidavam os recém-chegados à região.

— Eles não me convidam mais — disse ele, satisfeito. — E não sinto falta.

Mas Maxine parecia ser muito mais sociável que ele. Estava com uma jaqueta Chanel rosa, jeans e salto alto; ficava muito chique com qualquer coisa que vestisse.

— Isso me lembra de uma coisa — disse Maxine casualmente, enquanto caminhavam para o carro dele depois do jantar. — Não sei o que você acharia, mas tenho ingressos para o balé na semana que vem. Por acaso gostaria de ir comigo? É o *Lago dos cisnes,* com uma jovem dançarina chinesa maravilhosa que acabou de chegar de Pequim. Não tenho ninguém para me acompanhar, então pensei em convidá-lo.

Ela tentou não soar patética, e ele sorriu com timidez.

— Minha esposa também adorava balé, mas nunca a acompanhei. Ela sempre levava nossa filha ou uma amiga.

— Está dizendo que não? — perguntou ela com expressão suplicante.

Ele riu.

— Só se você permitisse. Como posso dizer não com você me olhando assim?

A pobre mulher não tinha amigos ali. Ele pelo menos tinha Camille para lhe fazer companhia. Maxine nem sequer tinha uma amiga próxima para ir ao cinema.

— Então você vai comigo?

Ele assentiu e ela ficou exultante.

— Odeio ir ao balé sozinha, me sinto mais solitária. Essa é a parte difícil de não ser casada. Se bem que Charles não conseguia sair de casa nos últimos dois anos. Tentamos algumas vezes, mas era demais para ele.

Christophe havia entendido que, nos últimos dois ou três anos de casamento, ela havia sido essencialmente uma enfermeira. E, embora ela sentisse falta de Charles, sentia-se livre e queria viver de novo, o que era compreensível. Havia sido prisioneira durante anos.

— Podemos jantar na cidade depois do balé — sugeriu ele.

Ela adorou a ideia. Ele já sabia que ela gostava do Gary Danko, mas tinha várias outras sugestões, e poderiam transformar o programa em uma noite animada. Embora ele não fosse um grande admirador de balé, pensava que seria legal sair com Maxine. Mas sentiu-se levemente culpado, pois sempre se recusara a ir ao balé com Joy.

Camille teve a mesma reação quando ele lhe disse que iria com Maxine ver o *Lago dos cisnes*.

— Você *nunca* foi com a mamãe — disse ela, furiosa —, sempre se recusou. Como tem coragem de ir com outra pessoa?

— Ela já tinha os ingressos e não tinha com quem ir. Fiquei com pena dela — disse ele, envergonhado, quando Camille andava nervosa pela cozinha em defesa da mãe.

— Pai, essa mulher está manipulando você. Está se fazendo de inocente, mas não há nada de inocente nela. Ela sabe exatamente o que está fazendo, eu sinto isso. Ela está atrás do seu dinheiro.

Ela falou exatamente como Joy costumava fazer, e ele riu.

— Parece sua mãe falando. Mas não acho que seja o caso desta vez, de verdade — insistiu ele.

Para Camille, ele era absurdamente ingênuo. Estava claro como o dia, e ele não queria ver. Ele achava que Maxine era inocente, mas, para a filha, era uma aranha tecendo sua teia.

— É, sim — insistiu Camille. — Acho que você está enganado sobre ela. Ela está tentando ganhar você.

— A única coisa que ela ganhou foi um acompanhante para o balé. Isso me parece bastante inofensivo.

Mas Camille não concordava e ficou triste no dia seguinte quando ele saiu do escritório mais cedo para se trocar e ir buscar Maxine para irem à cidade às cinco e meia, para não se atrasarem por causa do trânsito. E ele havia feito reservas no Quince, visto que a comida era comparável à do Gary Danko.

Conversaram descontraidamente no caminho para a cidade. Ela mencionou seus enteados de novo, comentou como eram maus e injustos.

— Eles teriam me deixado sem um tostão se pudessem, morrendo de fome à beira da estrada.

Mas ela não parecia estar sem um tostão pela maneira como se vestia, vivia e se entretinha generosamente. Por isso, ele concluiu que ela devia ter chegado a um acordo satisfatório com eles. Mas tinha certeza de que havia sido desagradável e a deixara amargurada, por eles e pelas leis da França que regem heranças e propriedades.

— Passamos dez anos maravilhosos juntos, quase onze, e me deram vinte e quatro horas para sair do château depois que ele morreu, e quarenta e oito para tirar minhas coisas da casa de Paris. É incrível como algumas pessoas são cruéis. Sempre se fala sobre madrastas malvadas, mas acho que enteados são muito piores, principalmente quando são vários. Eles se juntaram contra mim.

Ela demonstrava profunda mágoa.

Ele passou a assuntos mais agradáveis e perguntou sobre os dois filhos dela que estavam na França. Ela sentia falta deles e mal podia esperar que chegassem no verão. Ele ficou surpreso ao descobrir quanta experiência ela tinha com arte moderna, da qual ele também gostava. Christophe e Joy haviam comprado vários quadros em leilões na Sotheby's e na Christie's para pendurar na vinícola.

Chegaram ao teatro com bastante antecedência, deixaram o carro no estacionamento e tomaram uma taça de champanhe no bar antes de ir para o camarote onde ficavam os assentos deles. Era bem no centro, os melhores lugares da casa. Ele ficou surpreso ao descobrir que havia gostado do espetáculo, o que o fez se sentir ainda mais culpado por todas as vezes que se recusara a ir com Joy. E o jantar no Quince foi exatamente como eles esperavam: comida primorosa em um ambiente agradável e serviço impecável.

Pegaram a estrada para Napa Valley à meia-noite, em um silêncio confortável. Havia sido uma noite agradável, e ele agradeceu a ela por convidá-lo para o balé quando pegaram a Golden Gate, de onde podiam admirar as luzes da cidade. Era bom estar com ela, e ele estava se sentindo relaxado.

— Já me perdoou por tê-lo arrastado para o balé? — perguntou ela, sorrindo.

Ela estava usando um vestido preto bem sexy sob um casaco de cetim preto, e havia sido a mulher mais bem-vestida no balé e no restaurante – o que parecia ser seu estilo. Toda vez que ele a via, ela estava linda. Dava para ver que se cuidava muito bem e era meticulosa na maneira de se vestir.

— Fiquei surpreso por ter gostado tanto — admitiu ele.

— Isso significa que irá comigo de novo? — perguntou ela, incisiva.

Ele riu.

— É possível. Minha filha me fez sentir muito culpado por todas as vezes que eu me recusei a ir com a mãe dela — confessou —, mas me diverti mesmo assim.

Ele gostava dela. Era estranho para ele, depois de tantos anos, mas se sentia à vontade conversando em sua língua materna com alguém de seu país. Ainda se arrependia de não ter falado exclusivamente em francês com Camille quando ela era criança. Ela poderia ter sido bilíngue. Ela falava o idioma, mas com hesitação, e como uma americana. Ele adoraria que sua filha fosse fluente, mas nem ele nem Joy haviam insistido quando ela era pequena, visto que a mãe não falava nada de francês e ele não queria que ela se sentisse excluída.

A viagem de volta a Napa Valley foi rápida; levaram pouco mais de uma hora para chegar à casa dela. Ela o convidou casualmente para beber alguma coisa, mas ele disse que estava cansado e que tinha reuniões cedo no dia seguinte.

— Eu ligo em breve para irmos jantar — prometeu ele, quando ela saiu do carro.

Ele a achou solitária. Ela subiu os degraus da frente da casa, desligou o alarme, parou na porta e acenou antes de entrar. Ele sabia exatamente como ela se sentia. Sentia o mesmo quando ia para seu quarto, à noite, e se deitava na cama vazia. É difícil se adaptar à vida solitária depois de ter sido casado. Maxine parecia mesmo solitária quando entrou e fechou a porta. E ele não concordava com a filha. Maxine não era interesseira como Camille havia dito; era apenas uma mulher sozinha tentando preencher seu tempo sem o marido que havia perdido. Eles tinham a viuvez em comum. Nem Camille, à idade dela, conseguia entender como era profunda aquela solidão, a sensação de perda. Mas ele e Maxine sabiam muito bem o que era isso.

Christophe não viu Maxine durante várias semanas. Teve que fazer algumas viagens domésticas para Boston, Chicago, Atlanta e Denver. Também teve reuniões com vinicultores devido a alguns projetos colaborativos. Camille estava muito animada com os resultados do novo projeto de mídia social. O número de seguidores havia triplicado em poucas semanas, o que foi um grande salto.

Christophe e Camille estavam andando pela rua em St. Helena, indo à farmácia, quando viram Maxine saindo da loja de calçados mais chique de lá com duas sacolas grandes. Christophe parou para falar com ela; depois de cumprimentá-la também, Camille foi até a farmácia com a lista.

— Fazendo compras em St. Helena? — disse ele.

Depois do que ele vira do guarda-roupa da condessa, isso era um grande passo para trás para ela.

— Fiquei com preguiça de ir à cidade, e há sapatos bonitos aqui — disse ela, sorrindo e feliz por vê-lo de novo. — Fiquei com medo de ter espantado você depois da noite de balé.

— Não, é que andei viajando muito nas últimas semanas. Desculpe por não ter ligado.

Então ele teve uma ideia.

— Gosta de comida mexicana? Jante conosco esta noite e depois podemos assistir a um filme.

Maxine hesitou, tentada, mas decidiu recusar.

— Não quero me intrometer em seu espaço com sua filha — disse com sensatez. — Ela pode não gostar.

E ele suspeitava que Maxine tinha razão.

— Jantaremos esta semana, então. Eu ligo para você — prometeu ele.

Christophe acompanhou Maxine até o carro, carregando as sacolas dela. Ficou feliz por a terem encontrado; isso o fez recordar a noite agradável que haviam tido. E o recente silêncio dela provava que Camille estava errada. Se ela estivesse interessada no dinheiro dele, teria ligado, mas não ligara. Eles eram apenas amigos casuais, que estavam na mesma situação ao mesmo tempo; esse era o único vínculo entre eles, além do fato de ambos serem franceses.

Camille ficou satisfeita ao sair da farmácia e ver que Maxine já havia ido embora. Seu pai estava sentado em um banco tomando sorvete.

— Onde está sua amiga? — perguntou, tentando parecer casual.

— Foi para casa pegar algumas coisas. Eu a convidei para dormir em casa esta noite; espero que não se importe.

Ele disse com tanta naturalidade que Camille o fitou com horror.

— Você fez *o quê*? — ela quase gritou.

Ele riu.

— Estava só provocando você. Não sei onde ela está, deve ter ido para casa.

— Não tem graça, pai. Achei que você estivesse falando sério.

— Deve achar que eu enlouqueci, então. Mal conheço a mulher, só a vi três vezes na vida!

Mas Camille ainda acreditava no que havia dito a ele: que a condessa era uma mulher calculista, que estava atrás dele por dinheiro e tinha um plano. Christophe não acreditava e não via nenhuma evidência disso. Como havia prometido, ligou para Maxine no dia seguinte e a convidou para jantar na semana seguinte. Não contou a Camille porque não queria ouvir suas teorias de novo, pois sabia que estava enganada. Ela achava que todo mundo estava atrás do dinheiro dele porque era sua filha, mas, até então, nenhuma mulher havia batido na porta dele nem caído a seus pés. Nem Maxine. Nem ele queria isso. Precisava de tempo para se curar e, por enquanto, não tinha interesse em outra mulher. E havia prometido avisar Camille quando tivesse.

O jantar com Maxine não foi nada fora do comum. Foram a um restaurante italiano simples. Ela disse que iria para Dallas visitar amigos e ficaria duas semanas fora, e na volta passaria por Los Angeles. Estava animada com a viagem. Ele contou sobre um evento que estavam organizando na vinícola. Todos os anos faziam um churrasco no Memorial Day para os funcionários e suas famílias. Marcava o início do verão e era sempre um evento alegre. Originalmente, havia sido ideia de Joy e era realizado havia quinze anos, sempre fazendo muito sucesso.

— Acho que não é seu estilo — disse ele durante o jantar —, mas vá. Muitos moradores e pessoas que estão visitando o Valley aparecem. É das cinco da tarde às dez da noite. Bem informal, costeleta, bife e hambúrguer.

— Deve ser divertido — disse ela; e até lá já teria voltado de Dallas.

— Vou lhe mandar um e-mail para lembrar — disse ele, rindo. — Não tenho cartão *pour mémoire* com meu brasão gravado — provocou. — Só um e-mail.

— Serve — disse ela, sorrindo.

Ele a deixou em casa mais cedo naquela noite e, afora uma breve troca de e-mails – dela para agradecer pelo jantar, e dele para convidá-la para o churrasco do Memorial Day –, não se falaram durante um mês. Ele nem pensara nela e, de repente, lembrou quando ela chegou ao churrasco de jeans branco, camiseta de seda turquesa e sandálias, além de joias com turquesas para combinar. Ela era sempre impressionante. Estava vestida mais para o sul da França que para um churrasco no Memorial Day de Napa Valley.

Camille ficou surpresa ao vê-la, mas não comentou nada. Maxine e seu pai não pareciam estar namorando, então ela parou de se preocupar com isso.

Às nove, depois de ter circulado entre os convidados durante quatro horas cumprindo seu dever de anfitrião, Christophe se sentou com Maxine em um banco no jardim da vinícola. Tomaram uma taça de vinho e conversaram sobre o que haviam feito no mês anterior. Ela havia se divertido em Dallas e Los Angeles, mas disse que estava feliz por voltar. E ele estava feliz por vê-la. Christophe ficou surpreso ao perceber que havia sentido falta dela, e conversaram animadamente em francês até o fim da festa. A banda de música country que ele havia contratado estava terminando a última música quando se levantaram.

— Vamos jantar esta semana? — sugeriu ele, e ela concordou.

Ele comentou sobre o grande leilão de vinhos que acontecia no vale todos os anos, na primeira semana de junho, e perguntou se ela gostaria de acompanhá-lo.

— Eu adoraria — disse ela, com prazer no olhar.

— Mandarei as informações por e-mail — disse ele simplesmente.

Era bom ter outro ser humano para fazer as coisas juntos. Ele se sentia muito solitário sem Joy e não podia contar com Camille o tempo todo. Ela precisava de tempo para si mesma também.

O leilão de vinhos era realizado em uma tenda no Meadowood, com a presença de pouco menos de mil pessoas, e arrecadava cerca de quinze milhões de dólares todos os anos, que eram revertidos para a saúde e a educação infantil comunitárias. Era um evento bem organizado, feito em prol da comunidade.

Christophe ficou feliz com a companhia de Maxine. Ela disse que já havia ouvido falar do leilão e estava animada para ir.

Maxine retribuiu o convite para o leilão de vinhos convidando-o para uma festa no fim de semana de Quatro de Julho. Seria oferecida por um grupo de vinicultores suíços que tinham uma vinícola relativamente nova que Christophe ainda não conhecia e queria conhecer. Os vinicultores suíços haviam acabado de se mudar para Napa Valley. Christophe aceitou o convite com prazer, e ficaram conversando, animados, sobre os próximos eventos. Assim, o início do verão seria mais interessante e divertido para ambos.

Maxine ficou fascinada com o leilão de vinhos. Christophe convidara Camille também, mas ela já havia ido muitas vezes e recusou o convite. Ele apresentou Maxine a muitos vinicultores importantes e membros da Velha Guarda social. O leilão rendeu um recorde de dezesseis milhões de dólares. Maxine conseguiu arrematar seis caixas de vinhos de Christophe, e ele agradeceu pelo apoio.

Depois do leilão de vinhos, que foi mais animado do que eles haviam esperado, passaram a jantar juntos uma vez por semana. Cada um deles foi convidado para uma festa no fim de semana do feriado e decidiram ir juntos a cada uma. Seria um fim de semana agitado, seu primeiro Quatro de Julho sem Joy, e ele queria se manter ocupado para não ficar deprimido.

Eles costumavam dar um jantar para os amigos no château. Camille achava que ele deveria continuar a tradição. Mas ela não estaria presente, porque iria para Lake Tahoe encontrar uma velha amiga de escola, e Christophe não queria se divertir sozinho; seu coração não estava em condições para isso. Por essa razão, preferiu ir com Maxine às festas de outras pessoas e não fazer um evento que tinha história, que ele e sua esposa haviam promovido durante anos. Era mais simples e menos emotivo fazer algo novo.

O jantar na vinícola suíça foi muito elegante. Maxine conhecia vários dos presentes, assim como Christophe, principalmente europeus, italianos, suíços e franceses. Passaram uma noite agradável, gostaram de conversar com as pessoas à sua mesa. Todo mundo falou francês durante todo o jantar; era um grupo sofisticado e o evento foi até tarde. Maxine estava com um vestido de renda branca com um body cor de pele por baixo e causou comoção quando entraram. Christophe não estava acostumado a ser o centro das atenções com a mulher com quem estivesse. Muitas pessoas presumiram que fossem casados e se referiam a Maxine como sua esposa. Ele as corrigia gentilmente e dizia que ele e Maxine eram só amigos, e os outros homens o olhavam com inveja. Ela era uma mulher muito desejável, e os outros homens reagiam a isso imediatamente.

A segunda festa foi um grande piquenique de Quatro de Julho na casa dos Marshall. Havia cento e cinquenta pessoas e uma banda. Christophe notou que a congressista de Sam estava lá. Sam se surpreendeu quando Christophe apareceu com Maxine, mas ele havia ligado para a vinícola para dizer que a levaria. Sam nunca se entusiasmava ao vê-la, mas ficou feliz por ver o amigo. E Christophe teve a chance de ter uma longa conversa com a acompanhante de Sam, Elizabeth Townsend, a congressista de Los Angeles, e gostou muito dela. Era uma pessoa real, e dava para ver que gostava de Sam; mas Elizabeth admitiu prontamente que a política era sua vida e o principal para ela. Nunca se casara, não tinha filhos, e disse que não se arrependia disso. Adorava o tempo que passava com Sam, mas sabia que, mais cedo ou mais tarde, ele se cansaria porque ela era muito ocupada e pouco disponível, e passava muito tempo em Washington quando o Congresso estava em sessão.

Em um momento de confidência, disse a Christophe que seus relacionamentos sempre vinham com data de validade; que em algum momento os homens se cansavam de esperar e o romance inevitavelmente terminava. Disse que estava feliz por Sam não ter chegado a esse estágio ainda, mas tinha certeza de que chegaria. Era por isso que ela nunca investia muito profundamente no relacionamento nem assumia compromissos de longo prazo. Mas Christophe os observara enquanto dançavam e Sam parecia feliz com ela. Era uma mulher calorosa, positiva, extremamente inteligente e boa para ele, embora não fosse a Napa Valley com frequência. Mas ela disse que ele a visitava em Los Angeles e D.C. de vez em quando, quando ambos tinham tempo livre.

Christophe levou Maxine à pista de dança e ficaram lá por um bom tempo. Foi uma noite muito diferente daquela mais formal na vinícola suíça, mas o contraste manteve o fim de semana interessante para os dois. No domingo à noite, foram a um jantar muito chique na casa de um casal que Maxine conhecera há pouco tempo. Eles haviam acabado de comprar uma linda casa vitoriana e queriam comprar uma vinícola. Eram mais um dos que Christophe chamava de "vinicultores acidentais", que tratavam o negócio mais como um hobby que como uma empresa e tudo de que precisavam era de boas pessoas para administrá-lo. Mas a casa era muito bonita e foi uma noite agradável, porém não tão animada quanto as duas anteriores. Era o tipo de jantar que Christophe geralmente evitava, com horas de conversa fiada e pessoas gabando-se de suas casas, aviões e barcos.

Maxine percebeu que ele não estava se divertindo, então voltaram para a casa dela e se sentaram à beira da piscina para beber alguma coisa. Estava uma noite quente e linda, com um céu estrelado e a lua cheia. Maxine bebia champanhe e ele sorria para ela sob o luar. Ela vestia um macacão de seda verde-claro, deitada na espreguiçadeira conversando com ele, longilínea e magra. A cena o fez recordar um filme italiano.

— Sem dúvida, tivemos um fim de semana agitado — comentou ele.

Ela assentiu.

— Já está cansado de mim? — perguntou ela.

Três noites com a mesma mulher que não era sua namorada ou esposa pareciam muito, mas Christophe estava se divertindo. Gostava de estar com Maxine e ficar sentado tranquilamente à beira da piscina com ela no fim da noite. Ele disse que adorara o fim de semana, e ela o fitou com um sorriso lento. Ele não queria dizer que estava ficando à vontade com ela, mas era o caso.

— Quer dar um mergulho? — perguntou ela. — Tenho sungas de reserva no pavilhão, se quiser. Ou não precisamos nos preocupar com isso, se não se importar.

Ela ficava muito à vontade com seu corpo; era linda, por isso não tinha nada a esconder nem de que se envergonhar. Mas ele era recatado e preferia usar a sunga, então se dirigiu ao pavilhão para se trocar. Achou uma ótima ideia nadar um pouco antes de voltar para casa.

Deixou suas roupas no vestiário, tirou o relógio, deixando-o dentro do sapato, e voltou minutos depois vestindo um calção de banho azul-marinho que ainda tinha a etiqueta, o que indicava que era novo. Ele não a viu, a princípio; ela havia apagado as luzes. Então ele a localizou na outra ponta da piscina, com seu cabelo escuro ondulando, nadando debaixo d'água. Mergulhou e nadou em direção a ela, olhando para onde a mulher estava para não esbarrar nela. E, quando Maxine apareceu ao lado dele, Christophe percebeu que o que achara ser um biquíni era a marca do bronzeado dela. A mulher estava nua com ele na água. Subiu à superfície graciosamente e ficou em pé na água, perto dele. Ele não comentou sobre sua nudez e tentou se mostrar indiferente, mas se sentiu quase instantaneamente atraído por seu corpo. Fazia nove meses que não via uma mulher nua, e anos desde que vira uma tão atraente quanto ela, quando tudo ainda era excitante entre ele e Joy e ela não estava doente. E Maxine exalava algo proibido e quase perverso enquanto se enrolava graciosamente nele, sem dizer uma palavra, e o beijava. O corpo dele pulsava por ela, e ele não conseguiu se conter.

Ela não fez nada para detê-lo; pelo contrário, guiou-o para dentro dela e gemeu baixinho enquanto iam colados em direção aos degraus. Deitaram-se neles e fizeram amor, com cada grama de desejo que ele havia reprimido durante meses.

Tudo que ele queria era Maxine, e não era o bastante. Fizeram amor de novo e de novo, sob o luar, e depois correram nus para o quarto dela, ainda molhados, e fizeram amor de novo na cama. Para ele, foi como se houvesse sido atingido por um maremoto quando ela atravessou o quarto e acendeu um cigarro. Ele observou toda a sua beleza nua, e ela ficou sorrindo para ele, exalando a fumaça.

— Meu Deus... isso que aconteceu... desculpe... — disse ele, tentando entender o que havia acontecido consigo mesmo.

Nem podia dizer que estava bêbado, porque não estava. Estava bêbado dela, e atordoado.

— Por que está pedindo desculpas? — perguntou ela, voltando-se lentamente para ele, provocando-o com seu corpo.

Ele ficou excitado só de olhar para ela. Era como se ela houvesse lançado um feitiço sobre ele. Nunca conhecera uma mulher como ela, nem mesmo Joy. O sexo com ela era amoroso, terno e sensual, às vezes até erótico. Mas com Maxine era insano, e só o fazia querer mais.

— Não era isso que você queria que acontecesse, Christophe? Eu queria. Foi difícil manter as mãos longe de você este fim de semana. Você é um homem lindo e um amante maravilhoso.

Era o corpo dele que a atraía, não seu coração ou sua alma. Mas isso também era excitante.

Ela voltou para a cama depois de apagar o cigarro e passou os lábios por todos os centímetros do corpo dele, de todas as maneiras que ele queria. Ela lia sua mente, sabia exatamente do que ele precisava – do mesmo que ela. As forças entre eles eram tão poderosas que ele não conseguiu falar durante um tempo depois que terminaram. Maxine mordera o lábio dele na última vez que ela gozou, mas ele não sentiu, nem quando ela lambeu o sangue com a língua. Ela era muito mais que elegante e experiente; era um demônio no corpo de uma mulher e sabia o que os homens queriam – o que *ele* queria dela.

O sol nasceu, e eles não haviam dormido a noite toda. Ela rolou suavemente para longe dele, ronronou por um instante e adormeceu enquanto ele a observava. Estava totalmente saciada, contente. Ele pensou em ir para casa enquanto ela dormia, mas não queria deixá-la – nunca mais. Sabia disso quando se deitou ao lado dela e finalmente adormeceu. Havia sido a noite mais exótica de sua vida.

Ela estava em pé e já vestida quando ele acordou na cama dela, com os lençóis enrolados em volta do corpo, e ela lhe entregou uma xícara de café com uma expressão carinhosa. Ele sorriu, ainda atordoado. Ela o provocara a noite toda; era como uma droga.

— Algum sonho interessante, querido? — perguntou ela, sentando-se na beira da cama.

Ele se sentou e tomou um gole de café. Não sabia o que dizer.

— Foi uma noite e tanto — disse, ainda admirado com ela.

Vê-la nua na água o excitara como nunca, e o ato de amor durante a noite toda fora alternadamente violento e gentil. Estava confuso olhando para ela.

— Maxine, não sei se estou pronto para isso — disse ele, pensando em Joy.

Mas Maxine era a coisa mais poderosa em sua cabeça naquele momento e a mulher que ele queria – não sua esposa.

— Estava pronto ontem à noite — disse ela com voz rouca.

Isso ele não pôde negar.

— É verdade, mas é cedo demais para eu me envolver com outra pessoa, por respeito a Joy e a nosso casamento.

— Ela morreu, Christophe... assim como Charles. Entendo que você não queira que ninguém saiba até completar um ano, especialmente sua filha, mas por que nos privar disso?

Ela falava de um jeito tão simples e tão sensato que até pareceu razoável para ele.

— Ninguém precisa saber o que estamos fazendo. Não precisamos contar a ninguém. É coisa nossa.

Ao dizer isso, ela pegou a xícara da mão de Christophe, deixou-a na mesa ao lado da cama, passou as mãos por todo o corpo dele e, gentilmente, envolveu-o com os lábios; em segundos, ele a queria de novo e, sem dizer uma palavra, pegou-a e mergulhou nela, tendo o cuidado de não ser muito rude. Mas ela montou nele com força e o provocou até que ele a agarrou de novo e os dois gozaram. Ele não conseguia parar.

Depois, deitou-se na cama, esgotado, ciente de que o que quer que houvesse nascido entre eles na noite anterior era algo pelo que ansiava com cada parte de seu ser; não abriria mão dela. E ela tinha razão: Joy estava morta. Eles não estavam magoando ninguém, e ninguém precisava saber. O segredo era só deles.

Capítulo 7

Christophe passou todo o mês de agosto meio anestesiado. Ia até a casa de Maxine, na Money Lane, várias vezes por dia para fazer amor com ela. Atrasava-se para as reuniões, saía do trabalho mais cedo que o habitual; reorganizou seus planos. Ela passava pela vinícola e faziam amor no depósito, e ele dizia que não podiam fazer aquilo de novo. Evitava o château porque Raquel estava lá e Camille poderia voltar para casa a qualquer momento, mas fazia amor com ela em qualquer outro lugar, uma vez até no banheiro de um restaurante respeitável. Parecia que havia enlouquecido. Achava que estava apaixonado por ela; mais que isso, estava viciado nela e tinha medo de que Maxine fosse embora de Napa Valley, como ela insinuava às vezes. Ela havia estendido o contrato de aluguel da casa da Money Lane até setembro, mas dissera que, depois disso, não sabia aonde iria. Dallas, Los Angeles, Miami, Palm Beach, Nova York ou de volta a Paris. A única coisa que a prendia era Christophe, dizia, e ele precisava desesperadamente dela. A necessidade substituíra a culpa por Joy, mas ele não se importava. Maxine era a coisa mais excitante que já havia acontecido com Christophe, e ele não queria perdê-la.

Foi um alívio quando Camille foi passar duas semanas em Lake Tahoe de novo, com seus velhos amigos da escola. Christophe a havia incentivado a ir. Ela tinha muitas responsabilidades na vinícola e quase nunca via os amigos; era um prazer raro ter um tempo para ser jovem e despreocupada de novo. Ela nem mesmo ia à cidade, e seus amigos também estavam ocupados com seus empregos, vidas e relacionamentos. Por isso ele a incentivara a tirar uma folga, mas seu motivo oculto era ter mais tempo para passar com Maxine.

Com Camille fora, Christophe não tinha que dar desculpas para ela nem se esconder, e Maxine poderia passar a noite no château, desde que eles saíssem antes que Raquel chegasse. Ele levava Maxine para casa pela manhã, fazia amor com ela de novo e depois ia trabalhar. E, na hora do almoço, estava mais uma vez faminto pela mulher. No final de agosto, ele já sabia o que tinha que fazer – e mais importante, o que queria. E sabia quando. Estava tudo claro em sua cabeça.

De última hora, Camille decidiu estender sua estadia em Lake Tahoe com os amigos até o feriado do Dia do Trabalho. Não sabia quando os veria de novo, visto que vários deles estavam indo fazer pós-graduação na costa leste. Ela mantinha a maior parte de suas amizades via Skype, e eles a provocavam dizendo que era uma amiga virtual. Ninguém nunca a via agora que ela estava muito ocupada trabalhando com o pai. Por isso, aquelas duas semanas em Lake Tahoe haviam sido como nos velhos tempos de escola, quando eram crianças. Ela havia prometido ao pai que voltaria para casa no fim de semana e se desculpou profusamente por ficar até segunda à noite, mas ele a incentivou a ficar. Queria ficar com Maxine todo o tempo que pudesse.

Christophe iria ao Baile da Colheita de Sam Marshall e convidara Maxine para acompanhá-lo, e ela estava se dedicando à sua fantasia havia semanas. Havia comprado uma em Paris que precisava de ajustes. Christophe usaria a mesma fantasia de todos os anos. Quando viu a fantasia de Joy no sótão – que Camille usara no ano anterior quando fora com ele, um mês antes de Joy morrer –, ficou triste um instante. Mas sentia orgulho de ir com Maxine esse ano. Sabia que ela estaria espetacular e já havia planejado tudo. Teria que fazer uma viagem rápida à cidade antes do fim de semana, mas pegaria Maxine na casa dela a tempo para o baile. Ela ficaria no château com ele até Camille voltar para casa. Raquel estaria de folga no fim de semana e no feriado, na segunda. Seria a última vez que ficariam juntos no château por um tempo, visto que Maxine não poderia ficar lá depois que a filha dele voltasse. E o aniversário da morte de Joy estava se aproximando, o que seria doloroso para pai e filha. Mas, depois disso, ele estaria livre para ficar com Maxine abertamente e explicaria isso a Camille quando ela voltasse.

Quando Christophe chegou à casa de Maxine, viu como ela estava incrível com um corpete acinturado que se moldava a seu corpo, os seios saindo luxuriosamente do decote e uma saia enorme apoiada em uma estrutura de arame, que balançava quando ela andava. Até mandara fazer uma réplica dos sapatos antigos, e a peruca era perfeita, de um fabricante de perucas teatrais de Paris. A máscara escondia a parte inferior de seu rosto. Estava arrebatadora. Ela entrou no carro de Christophe e eles se dirigiram à vasta propriedade dos Marshall, diante da qual centenas de pessoas saíam de carruagens puxadas por cavalos, fantasiadas e mascaradas. Pareciam os últimos dias de Versalhes. Dirigiam-se à casa principal, onde lacaios de libré circulavam com bandejas de champanhe. O vestido de Maxine era branco, assim como seus sapatos, e ela levantava a bainha com cuidado para que não sujasse no caminho. Olhava para Christophe de vez em quando e notava, mesmo por trás da máscara, que ele estava feliz.

A noite foi mais grandiosa do que Maxine esperava. Todos haviam dado tudo de si, como faziam todos os anos. A festa era para celebrar a colheita, que aconteceria dali a algumas semanas, mas juntara o feriado do Dia do Trabalho com o sucesso antecipado da colheita, e os vinicultores esperavam uma boa safra naquele ano.

Christophe e Maxine foram colocados a uma mesa perto da pista de dança. Os dois dançaram a noite toda. Viu Sam à distância e foi conversar com ele por uns minutos, enquanto Maxine esperava à mesa. Phillip estava com o pai e perguntou se Camille tinha ido à festa. Christophe disse que não, que ficara em Lake Tahoe com os amigos. Ele ficou desapontado e disse que queria contar a ela que estava noivo. Apresentou sua noiva, que para Christophe parecia mais uma de suas modelos ou garotas mimadas. Era muito bonita, mas ficou reclamando que sua peruca era quente demais, que seu espartilho era muito apertado, que seus sapatos machucavam seus pés e que a máscara dificultava a respiração. Christophe e Sam riram quando Phillip e sua noiva se afastaram para ela se sentar e tirar os sapatos.

— Não vai ser fácil se ele se casar com ela — comentou Christophe.

— Tentei dizer isso a ele — disse Sam, suspirando. — Mas os filhos nunca nos ouvem. Ele acha que ela será linda para sempre, mas a trilha sonora dela é insuportável — disse, e Christophe riu. — Com quem você veio?

Ele o ouvira dizer que Camille estava viajando e ficou imaginando se havia ido sozinho.

— Maxine de Pantin — disse ele.

— Ah, a condessa — disse Sam, e hesitou por um instante.

Mas eles sempre haviam sido sinceros um com o outro, e Sam tinha que falar.

— Cuidado, Chris. Ela é linda e encantadora, mas algo nela me assusta. Não sei o que é, ela me parece calculista demais. Não sei por que ela está aqui em Napa Valley. Achei que estivesse atrás de meu dinheiro, no início, mas não a suporto, algo de que logo lhe informei. Só peço que seja cauteloso, não se precipite e veja o que acontece.

Christophe assentiu, mas não estava preocupado. Sam não estava acostumado com mulheres francesas, não sabia que elas gostavam de flertar e eram cheias de artimanhas, às vezes sem más intenções. Ele já a conhecia bem e não sentia medo. Maxine era sincera, ele tinha certeza disso. E tinha certeza de que ela havia só brincado com Sam e ele a interpretara mal.

— Não se preocupe, vou ficar bem — disse Christophe, tranquilizando-o. — Elizabeth veio? — perguntou.

A multidão era tão grande que era difícil dizer quem estava ali ou não.

— Não — disse Sam com naturalidade. — Ela está em Washington, tem uma reunião do comitê. De qualquer maneira, isto aqui não é a cara dela.

Ele não estava incomodado com isso, parecia aceitar que tinham vidas separadas. De qualquer maneira, estava ocupado demais como anfitrião do evento para dar atenção a uma acompanhante.

Christophe voltou para a mesa onde havia deixado Maxine; ela já estava começando a ficar ansiosa.

— Por que demorou tanto? — reclamou ela.

— Estava falando com Sam. O filho dele ficou noivo.

Maxine não se impressionou com a notícia. Seus próprios filhos a haviam decepcionado naquele verão. Eles deveriam visitá-la, mas seu filho mais velho, Alexandre, fora para a Grécia com amigos e ainda estava lá, e o mais novo, Gabriel, fora mal nas provas da faculdade e teria que passar o verão estudando para tentar passar em setembro. Mas, no final, isso permitiu a Christophe e Maxine mais tempo para ficarem juntos secretamente, então ela não estava lamentando muito.

Eles caminharam pelos jardins e dançaram muito naquela noite. Maxine estava muito sexy com aquele vestido. Christophe a apresentou aos amigos que reconheceu por baixo das máscaras e fantasias e, no final da noite, assistiram ao show pirotécnico que Sam mandava fazer todos os anos, com fogos de artifício de cores e formas espetaculares, como uma rosa e uma bandeira. Alguém comentou que ele havia gastado meio milhão de dólares com isso; Christophe sabia que era bem possível.

Depois dos fogos de artifício, os convidados começaram a ir embora. Era sempre uma noite impressionante, mas Christophe ficou feliz ao ir embora com Maxine. Ele tinha uma garrafa de Cristal Brut no gelo esperando-os no château. Queriam tirar as fantasias e conversar sobre a noite enquanto relaxavam. Christophe tirou a peruca assim que entraram pela porta do château; Maxine fez o mesmo, deixando seu cabelo quase preto cair livremente pelas costas. Tirou os sapatos e afrouxou o espartilho que a apertara a noite toda. Era bom estar em casa, com Christophe servindo duas taças de champanhe e sorrindo para ela.

— Você estava linda esta noite — disse ele com uma voz gentil.

— Ainda bem, porque eu não conseguia respirar — disse ela, rindo.

Maxine tomou um longo gole de champanhe. De repente, olhou para Christophe com surpresa quando ele se ajoelhou diante dela, na cozinha do château.

— Querida Maxine, quer se casar comigo? Não podemos nos casar antes de outubro, nem anunciar até lá, mas quero me casar com você assim que possível, após o aniversário de morte de Joy. Quer ser minha esposa?

Ao dizer isso, tirou uma caixinha de couro vermelha do bolso. Ele ansiara por isso mil vezes naquela noite, esperando para entregá-lo no momento certo. Era o anel Cartier que ele havia comprado na cidade dois dias antes. Maxine o fitou maravilhada quando ele colocou o anel em seu dedo, levantou-se e a beijou. Era isso que ela esperava, mas não achava que ele daria esse passo antes do aniversário da morte da esposa, em outubro.

— Você não me respondeu — disse ele gentilmente, depois de beijá-la de novo.

— Fiquei atordoada demais.

Ela se agarrou a ele como se ambos estivessem se afogando – de certa forma, estavam.

— Claro que vou me casar com você!

Ela olhou o anel que ele colocara em seu dedo. Servia perfeitamente, e era lindo e digno dela.

— Vamos nos casar em meados de outubro. Contarei a Camille depois do aniversário de morte da mãe dela.

Ele pensava nisso o tempo todo desde que decidira se casar com Maxine, e não fazia sentido esperar. Ela poderia entregar a casa da

Money Lane e ir morar no château. Ele não queria morar com ela e a filha sem se casar.

— Acha que Camille vai ficar chocada? — perguntou ela, preocupada. Mas ambos sabiam que sim, e ele ficou calado por um longo momento.

— Ela vai se acostumar. Aconteceu mais cedo do que nós esperávamos, mas ela quer que eu seja feliz.

Christophe pensou no que Sam lhe havia dito naquela noite sobre Maxine, mas o amigo não a conhecia. Ela era uma mulher maravilhosa que passara por momentos difíceis, e a partir de então ele a protegeria, e nada parecido lhe aconteceria de novo. Ela não seria expulsa de sua casa, e Camille era uma pessoa boa e amorosa que aprenderia a respeitá-la, talvez até a amá-la. Ele queria favorecer ambas em seu testamento para que Maxine se sentisse segura. Disse isso a ela quando foram se deitar naquela noite, no quarto e na cama que dividira com Joy.

Tudo havia acontecido muito depressa, mas ele tinha certeza de que estava fazendo a coisa certa. Não queria continuar tendo um romance clandestino com Maxine. Se a queria tanto, era certo que a honrasse e se casasse com ela.

Os últimos dois meses haviam sido uma loucura. Precisavam compartilhar uma vida pacífica e normal juntos, e se casar com ela era a única maneira de isso acontecer. Ele não era Sam, não namorava uma congressista que colocava a carreira em primeiro lugar, não queria se comprometer com nenhum homem e mantinha seu caso de amor em segredo. Christophe queria estar em público com Maxine. Ela merecia ser sua esposa, não só sua amante.

— Temos muita coisa para planejar nas próximas seis semanas — disse ele baixinho, enquanto se deitavam na cama, no escuro.

Maxine passou a mão no anel em seu dedo. Estava calada, fazendo seus próprios planos. Queria que seus filhos conhecessem Christophe e esperava que ele lhes desse emprego na vinícola, mesmo que não pudesse pagá-los legalmente. E tinha que arranjar um lugar para sua mãe; não podia deixá-la em Paris para sempre.

— Estava pensando em minha mãe e meus dois filhos — disse ela, rolando e o beijando.

— Falaremos sobre tudo isso amanhã — disse ele com uma voz rouca e sexy.

Ela sorria para ele sob a luz do luar. Christophe não sabia, mas ele a salvara; e, com sorte, ele jamais saberia da terrível situação em que ela estava quando o conhecera. Ela havia ido a Napa Valley para encontrar um homem como ele. Estivera de olho em Sam Marshall, mas Christophe era muito melhor, muito crédulo e gentil. Sam era astuto e havia percebido suas intenções.

— Obrigada — disse ela, beijando-o, e fez sua mágica nele de novo.

Era o que ela sabia fazer de melhor. E tudo que ele conseguia pensar enquanto fazia amor com Maxine naquela noite era em quanto a amava e que ela seria sua esposa. Ela não era Joy, que ele amara de todo o coração e alma, mas agora precisava de Maxine como nunca precisara de nenhuma outra mulher. O último ano sem Joy quase o matara. Maxine o resgatara da dor e da solidão, e eles tinham um futuro brilhante pela frente. Com Maxine, ele sabia que levaria uma vida mais glamorosa e sofisticada do que tivera com Joy, mas ela era a mulher certa para esse próximo capítulo. Ele mal podia esperar.

Ela ficou olhando para Christophe depois que ele adormeceu. Havia sobrevivido a vida inteira graças a suas artimanhas, e ele era a resposta às suas preces. Em breve, moraria no château com ele e seria esposa de um importante vinicultor. Ninguém poderia tocá-la e nada a deteria. Dessa vez, nem a filha dele, que era tão inocente. Camille não era páreo para ela, e tudo seria fácil a partir de então.

Capítulo 8

Quando Camille voltou de Lake Tahoe depois do feriado, tendo passado semanas relaxantes com seus velhos amigos, sentia-se jovem e tranquila de novo. Foi bom dar uma escapada. Mas, assim que chegou em casa, percebeu algo diferente. Não sabia o que era, mas seu pai andava calado demais. Mal falava com ela no jantar, ia para a cama cedo e, várias manhãs, ia para o trabalho antes que ela se levantasse. Abriu-se uma distância repentina entre eles que nunca havia existido, sem nenhuma explicação. Ele não tinha motivos para estar zangado com ela e não parecia tão triste quanto antes. Camille ficou se perguntando se por acaso ele invejava o tempo que ela passara com seus amigos no lago. Mas ficar ressentido não era comum nele, e ele a havia incentivado a se reconectar com seus antigos amigos de escola e a passar mais tempo com pessoas de sua idade. Dizia que sabia que a mãe dela gostaria que ela fizesse isso.

Mas ele estava estranho, e ela acabou atribuindo isso ao aniversário da morte de sua mãe, que se aproximava e sensibilizava os dois. Não conseguia pensar em nenhuma outra razão para ele estar tão desconectado dela. Ficou pensando no que acontecera um ano antes, enquanto sua mãe ia se afastando como uma folha levada pelas águas de um riacho para longe deles, inexoravelmente. Não queria entristecer mais o pai ao tocar no assunto, mas sentia que isso o atormentava todos os dias, e também a angustiava.

Christophe se ocupou com a colheita, que estava sendo melhor que nunca. A safra de uvas havia superado todas as expectativas naquele ano. No dia do aniversário da morte de Joy, foram à igreja juntos de manhã e depois ao cemitério para deixar flores no túmulo dela. Ambos choraram abraçados e depois foram trabalhar.

Camille estava trabalhando em ideias de marketing que queria compartilhar com o pai, mas ele estava distraído e não parecia ser o momento certo. Ela decidiu esperar algumas semanas, até que ele se sentisse melhor e se recuperasse um pouco do aniversário da morte de Joy, que abalara os dois.

Christophe queria ganhar tempo também. E Maxine estava ocupada, arrumando suas coisas para entregar a casa e se mudar para o château depois que ele contasse as novidades a Camille. Cada um deles estava fazendo seu jogo de espera.

Christophe deixou passarem dois dias depois do aniversário da morte de Joy e sugeriu a Camille que fossem almoçar fora. Quando a levava a um restaurante, era sempre para jantar. Ele trabalhava na hora do almoço, reunia-se com clientes ou distribuidores ou almoçava com outros vinicultores. Nunca saía com sua filha no meio do dia, e ela achou estranho quando ele sugeriu. Mas pensou que poderia ser um bom momento para falar das novas ideias que tinha para promover os vinhos. Ela queria expandir para todas as áreas novas possíveis e estava trabalhando duro nisso.

Ele a levou a uma delicatéssen em Yountville. Pediram sanduíches e se sentaram a uma mesinha no jardim. Camille notou que ele não estava comendo; ficou brincando com seu sanduíche até que finalmente olhou para ela. Não fazia sentido adiar a notícia. Estava acontecendo, e ela tinha que saber. Ele não podia esperar mais. Já haviam marcado a data, iriam se casar em menos de duas semanas. Maxine havia estendido o aluguel pelo máximo de tempo que podia e tinha que ir morar com eles no fim de semana seguinte. Ele tentara abrir espaço em seus closets para ela, e havia mandado Raquel encaixotar as roupas de Joy e levá-las para o sótão, mas que não contasse a Camille. Sabia que o processo de adaptação seria difícil, mas, no fim, todos seriam mais felizes do que eram agora.

Ele ficou sem graça, mas começou a contar para ela, fazendo rodeios.

— Estou confusa. O que você está querendo dizer, pai? — perguntou ela, pragmática.

Ela era muito parecida com a mãe nesse aspecto: simples, direta, descomplicada.

— Quer fazer mudanças na casa? Que tipo de mudanças? Tipo construir alguma coisa? Por quê? Está tudo bem do jeito que está. Mexer nas coisas vai ser uma bagunça só.

Ele começou de novo e, dessa vez, mencionou Maxine e quanto gostava da companhia dela. Disse que ela era uma boa pessoa, que fora prejudicada quando enviuvara e expulsa de sua casa por seus enteados.

Camille se perguntava se isso era verdade, mas não comentou nada. Também não gostou de ouvir o quanto ele gostava de estar com ela. Ainda achava que ela era sorrateira, mas não a via com tanta frequência. Não tinha ideia de que ele havia passado todas as noites com Maxine enquanto Camille estava em Lake Tahoe, nem que várias vezes haviam ficado juntos no château. Nem Raquel sabia.

— Que bom que você gosta dela, pai — disse Camille educadamente, ainda se perguntando aonde ele queria chegar com essa conversa.

Por fim, não havia mais como evitar. Ele teve que forçar as palavras a sair de sua boca.

— Camille, sei que será um choque para você... Maxine e eu vamos nos casar.

Ela o fitou, incapaz de emitir um som sequer. Seus olhos se encheram de lágrimas.

Ele sentiu o estômago revirar quando viu o rosto da filha.

— Desculpe, querida — disse, pousando a mão na dela. — Nada vai mudar entre nós. Nada jamais poderia fazer mudar. E ela também não quer ficar entre nós. Mas eu a amo e não quero sair com ela em segredo.

Quero que ela more conosco. Fiquei muito sozinho sem sua mãe, preciso de uma esposa. Não quero começar a sair para conhecer alguém ou namorar. Quero o tipo de vida que tínhamos com sua mãe. E Maxine também merece uma situação respeitável. Enfim, vamos nos casar.

Ele se sentiu mais forte depois de dizer isso, apesar do olhar de Camille.

— Quando? — ela conseguiu dizer, fitando-o, incrédula.

Ele precisou de coragem para dizer as palavras seguintes:

— Semana que vem. Não há razão para esperar mais. Ela tem que entregar a casa, e não quero esperar. Já faz um ano que sua mãe... Eu só queria lhe contar depois do aniversário da morte dela.

Ela entendeu, então, por que ele andara tão estranho nas últimas semanas. Estava esperando para lhe dar essa notícia e devia ter ficado nervoso, por isso mal falava com ela, exceto no trabalho.

— Quando decidiu isso? — perguntou Camille, enquanto as lágrimas escorriam pelo rosto e ela as enxugava com o guardanapo.

Seu sanduíche também estava intacto. Ele a deixara paralisada com o que havia dito.

— Mais ou menos um mês atrás. Ficamos juntos durante o verão.

— Mas você mal a conhece — tentou argumentar Camille.

Haviam se conhecido em março. Eram apenas sete meses.

— Somos adultos, sabemos o que queremos. Nós dois já fomos casados. Espero que você se permita conhecê-la. Acho que vai amá-la; ela é uma boa mulher.

Camille não acreditava nisso, mas via que seu pai já havia tomado a decisão e ela não poderia mudar aquilo.

— Ela vai se mudar para o château no fim de semana que vem. Vamos nos casar na semana seguinte. Você pode ser minha testemunha, se quiser, mas entendo se não quiser.

Ele havia pensado em tudo e, obviamente, planejado tudo com Maxine. De repente, Camille se lembrou de uma coisa, em pânico.

— O que você fez com as coisas de mamãe?

Tudo havia ficado nos closets de Joy depois da morte dela. Nenhum deles havia tido coragem de doar nada até então.

— Mandei Raquel guardar tudo direitinho em caixas no sótão. Guardei tudo para você.

Era a única boa notícia que ela ouvia desde que se sentara para almoçar. Pelo menos, ele não havia jogado fora as coisas de sua mãe. Ficou imaginando se Maxine as teria jogado.

— Passaremos duas semanas no México em lua de mel e, depois, tudo continuará como está.

Mas ela sabia que isso não era verdade. Com Maxine casada com o pai e morando com eles, tudo mudaria. Era inevitável, independentemente do que ele prometesse.

— E os dois filhos dela vão morar com a gente também?

— Eles vêm para o Natal. Um trabalha e o outro estuda. Não vão se mudar para cá. Mas a mãe dela, sim — acrescentou. — Ela é bem velhinha, tem oitenta e sete anos, e pensamos em instalá-la no chalé, já que nunca o usamos.

Era o chalé onde ele morara com Joy enquanto construíam o château. Havia sido sugestão de Maxine instalar sua mãe lá. Se fizessem uma boa decoração, melhorassem o sistema de aquecimento e colocassem um isolamento novo, Christophe achava que seria uma boa ideia. Pretendia pedir a Cesare que supervisionasse a reforma. Ainda não havia contado a ele sobre isso para que Camille não ouvisse a notícia inadvertidamente da boca de outra pessoa.

— Está falando daquele atrás do château? — perguntou Camille, chocada, mas seu pai assentiu. — É um gelo lá, e está uma bagunça. Foi usado como depósito durante anos. Você não pode colocar uma idosa lá — disse, incisiva. — Ela deve odiar a mãe para querer que more no chalé — acrescentou em tom ácido. Mas não se opôs aos planos dele. Não saiu pisando duro. Amava demais o pai para fazer isso. Queria que ele fosse feliz, só que não com Maxine. Mas ele havia feito sua escolha, e ela teria que viver com isso.

— Pai, não acha que deveria esperar mais um pouco? — perguntou, suplicante, mas ele negou com a cabeça.

Christophe sabia que Maxine não teria esperado se ele não a houvesse pedido em casamento; teria se mudado quando o contrato terminasse – era o que ela dizia. E esperar mais seis meses ou um ano para se casar não faria a menor diferença. Ele tinha certeza do que queria, e Camille se adaptaria com o tempo, quando a conhecesse.

— Vou mandar Cesare reformar o aquecimento do chalé, colocar um novo isolamento e limpá-lo. Podemos deixá-lo confortável para a mãe dela — disse ele.

Camille assentiu, triste, sem palavras. Ficaram sentados à mesa um pouco mais, mas desistiram de fingir comer. Ela jogou os dois sanduíches fora quando saíram do restaurante. Pela primeira vez desde a morte da mãe, não voltou para o escritório. Simplesmente não podia. Queria ir para casa e olhar tudo sozinha. Sentia-se como se estivesse perdendo sua casa para Maxine e tinha ainda mais medo de perder o pai para ela. Ele estava totalmente enfeitiçado por ela. Tudo que Camille havia temido sobre ela acabara tornando-se verdade. Ela era uma mulher inteligente e ardilosa. E Camille via que seu pai estava sendo ingênuo. Ele não via nenhum motivo oculto para Maxine querer se casar tão depressa, nenhuma desvantagem nem risco. Mas ele andara elaborando um acordo pré-nupcial com seu advogado nas últimas duas semanas e lhe pedira que redigisse um novo testamento. Maxine dissera que assinaria o que ele quisesse, que não queria nada dele. A única coisa que ela se recusara a dar fora seu extrato bancário. Dissera que era embaraçoso. Tudo que tinha era o que estava em sua conta bancária, e era muito menos do que ele tinha. Ela não tinha propriedades nem investimentos, nem nunca fingira ter. Também não tinha renda e se oferecera para trabalhar na vinícola, se ele quisesse. Mas ele dissera não; já tinha toda a equipe de que precisava, além de Camille, que havia sido perfeitamente preparada pela mãe.

Maxine não tinha experiência em administrar uma empresa. Administrara a casa de seus dois maridos e fora modelo quando jovem. Nunca fingira ter mais do que tinha, e ele a respeitava por isso. Ela dissera que tinha apenas o que restava do dinheiro que seus enteados lhe deram pela parte dela da propriedade de Charles, e que havia sido muito pouco. Ela vivera disso no ano anterior e dissera que traria a mãe e os filhos. Não esperava que Christophe pagasse por isso também; bastava que ele a sustentasse. E ele não queria que ela trabalhasse, até preferia que não. Maxine era uma mulher elegante, bonita e inteligente, e uma companheira maravilhosa para ele. Joy sempre havia trabalhado e tinha cabeça para os negócios, mas Maxine era um tipo de mulher totalmente diferente.

Quando Camille entrou em casa depois do fatídico almoço, tentou não imaginar aquele lugar com Maxine lá. Sentou-se no escritório da mãe por um tempo, e em seu closet, em todos os lugares familiares que Camille associava a ela. Tudo ia mudar. Por fim, foi para a cama e chorou pelo resto da tarde.

Maxine ligou para Christophe assim que ele voltou ao escritório.

— Como foi? — perguntou, meio tensa.

Tinha medo de que Camille tentasse influenciá-lo a mudar de ideia ou a esperar mais um ano. Maxine não podia se dar a esse luxo; precisava de alguém que a sustentasse e pagasse suas contas, que estavam se acumulando. Havia feito uma aposta indo para Napa Valley e valera a pena. Tivera a sorte de conhecer Christophe e não queria que a filha dele estragasse tudo.

— Ela é uma garota muito sensata — disse Christophe, sério.

E ele sabia que, se houvesse almoçado com Sam Marshall, e não com sua filha, o amigo teria tentado dissuadi-lo.

— Não é fácil para ela, e não estamos lhe dando muita atenção. Daqui a uma semana ela terá uma madrasta que mal conhece. Camille quer que eu seja feliz. É um enorme voto de confiança que ela está dando.

Ele sabia que sua filha o amava tanto que estava disposta a aceitar sua decisão, concordando ou não.

— Talvez devêssemos ter esperado um pouco mais — disse ele com tristeza, lembrando-se do rosto dela no almoço e das lágrimas escorrendo-lhe pelo rosto.

O coração de Maxine quase parou quando ele disse isso.

— Mas eu não quero — prosseguiu ele. — Quero que nos casemos e sejamos felizes e vivamos no château — disse, sorrindo, pensando em Maxine, e não na filha. — Somos adultos, sabemos o que estamos fazendo. Não precisamos esperar, mesmo que seja mais difícil para ela. Mas será melhor para todos nós agora, vivendo sob o mesmo teto como uma família. Assim, ela poderá conhecer você mais rápido também.

Maxine não concordava com isso, queria tê-lo só para si. Mas poderia lidar com a filha dele se fosse preciso, apesar de não ser a situação ideal.

Naquela noite, ele passou para ver Maxine quando saiu do trabalho. A casa da Money Lane estava cheia de caixas e malas cheias de roupas. Era tudo que ela tinha. A casa havia sido alugada mobiliada, e ela lhe dissera que havia deixado tudo na França e instruído a mãe a vender tudo antes de partir. Christophe estava ansioso para conhecer sua nova sogra, pois tinha certeza de que ela era tão elegante e graciosa quanto a filha. E também estava ansioso para conhecer os filhos dela no Natal. De repente, eram uma família grande, com três filhos e uma sogra. Sua família estava crescendo depressa.

Maxine percebeu que ele estava deprimido devido à conversa com a filha e rapidamente tirou a roupa dele e a sua e o levou para a cama para distraí-lo e animá-lo. Já eram oito horas quando ele percebeu e disse que tinha que ir para casa. Queria ver se sua filha estava melhor depois da notícia surpreendente que recebera no almoço. Maxine queria que Christophe ficasse, mas ele se sentia obrigado a ver Camille.

Quando chegou em casa, encontrou a moça dormindo na cama completamente vestida. Pelos lenços de papel ao redor dela, soube que ela andara chorando até dormir e não acordara desde então. Com carinho, passou a mão na cabeça dela, deu-lhe um beijo e a deixou onde estava. Ela sorriu dormindo e ele saiu do quarto em silêncio, torcendo para que ela logo se acostumasse com a ideia de ter uma madrasta, e uma que era tão diferente de sua mãe. Ele sabia que estava fazendo o certo para si mesmo; tudo que faltava era convencer Camille disso.

Christophe não havia contado a Sam sobre seus planos, mas achava estranho se casar sem contar a ele, pois era um de seus amigos mais antigos de Napa Valley e lhe dera apoio quando perdera Joy. Ligou para ele um dia antes do casamento. Sam ficou em silêncio por um longo tempo quando ouviu a notícia e, então, soltou um suspiro.

— Não sei por quê, mas tive a sensação de que você faria algo assim. Foi por isso que lhe disse aquilo na noite no baile.

Christophe era exatamente o tipo de homem que gostava de ser casado, e Maxine era uma mulher astuta. Sam tinha certeza de que ela havia se aproveitado da solidão de Christophe e do desejo dele de não ficar solteiro por muito tempo. Teria preferido que seu amigo escolhesse qualquer mulher, menos Maxine. Sam tinha certeza de que ela estava atrás de dinheiro; sentia o cheiro disso. Mas uma das coisas que adorava em seu amigo era sua ingenuidade e sua vontade de acreditar no melhor de todos. Ele projetava sua própria bondade e honestidade em todas as pessoas que conhecia. Era um homem de honra e supunha que os outros também fossem.

— Temos muito em comum — insistiu Christophe. — Nós dois somos franceses, temos a mesma cultura, a mesma educação, e ela precisa de alguém para protegê-la. Está sozinha no mundo, exceto por sua mãe e dois filhos na França. Foi tratada de uma maneira horrível pelos enteados quando o marido morreu.

— Você não é mais tão francês assim — comentou Sam. — Está aqui há muito tempo. Você a investigou? Verificou os antecedentes dela?

Sam era, acima de tudo, um homem prático e não tão crédulo quanto seu amigo. Já havia encontrado interesseiras antes e, para ele, Maxine parecia ser uma delas. Talvez até profissional. Para Sam, tudo indicava isso. Mas para Christophe, não.

— Claro que não — respondeu Christophe, chocado. — Ela não é uma criminosa e não quer nada de mim.

— Você só saberá disso depois que se casar com ela. Espero que tenha um bom acordo pré-nupcial — disse Sam, preocupado.

— Claro que sim. Não vamos precisar disso, mas não sou tolo.

— Quando vai se casar? — perguntou Sam, triste.

Christophe era um homem legal, merecia encontrar outra mulher como Joy, e não cair nas garras de uma *femme fatale* vigarista como Maxine. Sam era alérgico a mulheres como ela e as evitava, como fizera com Maxine.

— Amanhã — disse Christophe.

Sam estremeceu.

— Não quer perder tempo, hein?

— Ela iria embora de Napa ou voltaria para a França.

Não é provável, pensou Sam, mas não disse nada a Christophe, que acreditava em cada palavra que ela dizia.

— O que Camille acha disso?

— Não ficou feliz — disse Christophe com sinceridade. — Será uma grande mudança para ela. Camille gosta de sermos só nós dois. Mas vai se acostumar com Maxine assim que a conhecer. Pode demorar um pouco. A mãe de Maxine vai morar com a gente depois que voltarmos da lua de mel. Talvez seja bom para Camille ter uma avó. E os filhos dela vêm no Natal.

— Parece que você vai ficar ocupado — disse Sam, e não o invejava.

Ele preferia mil vezes o acordo que tinha com Elizabeth; levavam vidas separadas e se encontravam de vez em quando. Mas ele sabia que isso não teria sido suficiente para Christophe, que queria uma vida doméstica e uma esposa ao seu lado. Sam tinha certeza de que

Maxine havia jogado muito bem suas cartas. E todos iriam morar no château. Parecia idílico para Christophe, mas não para Sam. Ele acreditava que seria o pior pesadelo de Camille transformado em realidade. Sentiu pena dela.

— Bem, vá me contando as coisas. Vamos almoçar quando você voltar.

Christophe disse que passariam duas semanas em lua de mel no México. Maxine queria ir para Bali, mas Christophe queria ficar mais perto de casa, então ela concordara. Ele tinha muito a fazer quando voltasse, muito trabalho após a colheita, esmagando as uvas e fazendo o vinho. Sam estaria ocupado também.

— Eu ligo para você — prometeu Christophe.

— Boa sorte, meu amigo — disse Sam.

Então desligaram, e Sam sentiu o coração pesar o dia todo quando pensava nisso.

Maxine se mudou no fim de semana e Camille passou duas noites com uma amiga para quem havia ligado do nada. Assim, não precisou ver a mudança acontecer.

Florence Taylor havia sido sua melhor amiga no ensino médio e elas ainda se falavam de vez em quando e trocavam mensagens. Ela também havia perdido a mãe e, quando Camille lhe contou o que estava acontecendo, Florence se solidarizou profundamente e a convidou para passar o fim de semana em sua casa. Ela trabalhava na vinícola Mondavi e morava em uma casinha alugada em Yountville.

Foi quase como nos velhos tempos, quando ficavam conversando a noite toda. Florence tentou tranquilizar Camille lhe dizendo que ela e Maxine poderiam se tornar amigas com o tempo. Ela também não gostava da nova esposa do pai no início, mas agora a amava. Mas Florence não conhecia Maxine; essa mulher era diferente. Camille não conseguia nem imaginar amá-la.

Quando voltou para casa no domingo à noite, o jantar foi silencioso e frio na cozinha. Camille foi para seu quarto assim que terminaram. Foi educada com sua futura madrasta, mas não conseguiu ir além disso. E Maxine era doce com ela sempre que Christophe estava por perto e a ignorava quando ele não estava. Eles também foram para o quarto cedo naquela noite.

Na manhã seguinte, Maxine desceu a escada principal; Christophe e Camille a esperavam lá embaixo. Ela usava um terninho Chanel de cetim marfim que mandara entregar no château. Era da Neiman Marcus de San Francisco. E sapatos de salto alto de cetim marfim. Christophe ficou estarrecido quando a viu. O cabelo dela estava preso em um coque francês e ela colocara flores brancas nele. Camille usava um vestido azul-marinho simples e sapatos baixos. Foram com um dos carros da vinícola até a prefeitura de Napa Valley. Camille aceitara ser testemunha do pai, e ele chamara Cesare como segunda testemunha para Maxine.

Maxine conversou com ele em italiano, que ela falava fluentemente, e ele ficou tão hipnotizado por ela quanto o noivo. Ela tinha um jeito com os homens que parecia enfeitiçar todos, como notou Camille. Mas tudo nela lhe parecia falso. Seus sorrisos para Christophe eram cancelados pelo olhar frio que sempre dedicava a Camille quando falava com ela sem que ele visse.

A cerimônia na prefeitura foi superficial e breve. O juiz de plantão os declarou marido e mulher; e Maxine sorriu e Christophe a beijou. Ela havia pedido a um dos jardineiros que fizesse um buquê pequeno para ela, que entregou a Camille durante a cerimônia e depois pegou quando saíram da prefeitura. Camille notou que ela passara a se referir a si mesma como condessa de Lammenais – o que não era, visto que Christophe não era conde e Maxine adquirira o título quando se casara com seu último marido e o perdera ao se casar de novo. Mas já nos primeiros minutos após a cerimônia, ela deixou claro que pretendia manter o título. E Cesare se dirigia a ela como "condessa", com um olhar de reverência. Christophe parecia não notar; estava nas nuvens, beijando Maxine e abraçando Camille – que estava com o coração apertado, pensando na mãe.

Camille lutou contra as lágrimas durante toda a cerimônia e se sentiu sufocar no carro a caminho do almoço. Tinha dado um beijo em seu pai e felicitado a noiva, e a ignomínia final fora ter que viver tudo isso com Cesare, visivelmente impressionado com a falsa condessa que usava seu título em quase todas as frases.

Os quatro almoçaram no terraço do Auberge du Soleil, em Rutherford. Christophe ficou aliviado por Cesare e Maxine serem tão simpáticos um com o outro. Pelo menos ele não teria que arbitrar uma guerra entre eles, como acontecera com Joy. Maxine realmente gostava dele.

Christophe havia convidado Sam para o almoço em cima da hora, mas o amigo disse que estava ocupado e não poderia ir. O que foi bom, pois, quando estavam juntos, dava para sentir claramente a antipatia de Sam por Maxine. Ele nunca fora bom em esconder o que sentia, e nem tentava. Havia recusado o convite para o almoço justamente por esse motivo; sabia que não conseguiria esconder a angústia por seu velho amigo se casar com Maxine, que ele considerava uma predadora inteligente.

Sobreviver ao almoço foi quase mais do que Camille podia suportar. Achava que ia vomitar no carro no caminho de volta ao château. Felizmente, o casal de noivos passou a noite em San Francisco para que pudessem chegar a tempo para pegar o voo para o México no dia seguinte. Foi um alívio quando ela os viu saindo da garagem em uma das vans do vinhedo, conduzida por Cesare, que se tornara lacaio de Maxine da noite para o dia. Ele e Joy se odiavam, mas ele parecia adorar Maxine, o que era um alívio para Christophe, mas parecia a derradeira traição para Camille.

A moça acenou enquanto a van se afastava, e sua última visão foi seu pai beijando Maxine de novo – coisa que ele parecia fazer o tempo todo.

Maxine estava sempre enrolada nele como uma cobra. Seria um sossego ficar sem eles em casa pelas duas semanas seguintes, e ela aproveitou o tempo para ficar até tarde no trabalho, começar novos projetos e desenvolver um plano de marketing digital para festas de casamento para mostrar a seu pai quando ele voltasse. Ela sabia que ele estaria ocupado com o trabalho pós-colheita, e a mãe de Maxine chegaria poucos dias depois de seu retorno.

Camille ligou para Florence Taylor para lhe agradecer de novo por deixá-la ficar em sua casa, contou sobre o casamento e expressou sua desconfiança de Maxine de novo. Florence lhe pediu que mantivesse contato, mas Camille voltou para seus dias agitados, que não lhe deixavam tempo para nada além do trabalho. Como uma gentileza para com o pai e a madrasta, Camille foi checar o chalé. Funcionários do vinhedo estavam trabalhando nele sob a supervisão de Cesare, para prepará-lo para a mãe de Maxine. Ela encontrou várias coisas faltando; mandou colocar uma cadeira confortável, um sofá melhor, mais luminárias, um tapete que guardavam e nunca haviam usado e mais aquecedores para se certificar de que fosse quente o suficiente para uma mulher tão velha. No final de tudo, ficou rústico, mas acolhedor. Ela havia colocado um grande tapete vermelho felpudo na cozinha, vários pequenos azuis no quarto – que mal dava para a cama e a cabeceira –, e pedira aos jardineiros que limpassem a área ao redor. Havia um galinheiro não muito longe do chalé, uma horta e um pequeno celeiro que não era usado havia anos.

O chalé ficou uma graça: lembrava o conto de João e Maria, principalmente depois que Camille deu os toques finais. Ela não conseguia entender por que Maxine não pedira que sua mãe idosa ficasse no quarto de hóspedes da casa principal com eles. Era perigoso deixar alguém tão velho sozinho em um chalé. E se ela caísse à noite, quando fosse ao banheiro ou tropeçasse nas raízes das árvores no jardim? Oitenta e sete anos parecia bastante idade para Camille, que nunca conhecera ninguém tão velho e nunca tivera avós, visto que seus pais haviam perdido pai e mãe antes de ela nascer. E tinha certeza de que as galinhas a incomodariam, a menos que ela fosse surda demais. Imaginava que a mãe de Maxine fosse uma mulher frágil, dada sua idade; mas achou que o chalé tinha ficado bom.

Arrumá-lo dera a Camille algo para fazer aos fins de semana. Parecia uma casa de bonecas quando Christophe e Maxine voltaram. Estavam felizes, descansados e amorosos. Disseram que haviam passado duas semanas na praia e na piscina, bebendo margaritas, mas a verdade era que haviam passado a maior parte do tempo na cama, entregando-se à paixão insaciável um pelo outro. Mas Camille não sabia disso.

Na noite em que voltaram para casa, depois que Cesare fora buscá-los no aeroporto, Camille informou ao pai tudo que havia acontecido na empresa. No geral, tudo havia corrido bem, afora uma pequena discussão com Cesare, que ela contou a ele enquanto Maxine desfazia as malas. E também lhe mostrou o chalé, e ele ficou emocionado por tudo que ela havia feito por uma senhora que não conhecia. Mas isso era típico de Camille. Ela tinha o coração bondoso do pai e a cabeça da mãe para os negócios.

Um pouco depois, Maxine foi até o chalé e ficou surpresa ao ver como Camille o havia deixado aconchegante. Mas, em vez de grata, ela ficou irritada.

— Por que teve todo esse trabalho? Minha mãe não precisa de tudo isso, está acostumada a morar em um apartamento pequeno em Paris.

O histórico financeiro de Maxine ainda era um mistério para Christophe, mas ele presumira que a mãe tinha um pouco de dinheiro, com o qual vivia.

— Ficou muito bonito — admitiu ela, quando Christophe agradeceu a Camille pelo esforço.

Mas Maxine voltou ao château depois de alguns minutos, não muito satisfeita. No que lhe dizia respeito, ter a mãe ali seria uma obrigação e uma dor de cabeça, não um prazer. Ela era filha única, sua mãe estava sem dinheiro e Christophe generosamente se oferecera para mandar buscá-la para morar com eles. Assim, Maxine não teria que ir a Paris regularmente para ver como ela estava, dada sua idade. Ela dissera que a mãe preferia ficar sozinha, que era muito independente, fazia sua própria comida e não seria um incômodo para eles. Mas, para Christophe, isso era parte de sua vida com Maxine, assim como ser um bom padrasto para os dois filhos dela, que passariam um mês em Napa Valley no Natal.

Camille não viu mais a madrasta naquela noite. Maxine havia ido para o quarto antes de ela e o pai voltarem da caminhada. Ele lhe deu um beijo carinhoso na testa e Camille foi para seu quarto, pensando na estranha reação de Maxine ao chalé no qual ela trabalhara tanto só para agradá-la. Seu pronunciamento final a respeito fora que era "bom demais para minha mãe", o que Camille achara muito estranho.

Dali a três dias, a mãe de Maxine chegaria de Paris. Tudo já estava começando a mudar. Estranhos iam morar com eles. Camille tinha meios-irmãos que não conhecia, e seu pai havia sido enfeitiçado por uma mulher de quem ela não gostava e em quem não confiava. Mas não havia nada que ela pudesse fazer. Nunca se sentira tão desamparada na vida. A maré estava subindo tão rápido que ela tinha medo de se afogar.

Capítulo 9

Na manhã seguinte ao retorno de Christophe e Maxine da lua de mel no México, ele saiu cedo para o escritório. Camille estava colocando os pratos na pia quando Maxine desceu para o café da manhã. Não se deu ao trabalho de dizer bom-dia nem de responder quando Camille a cumprimentou. Serviu-se uma xícara de café e se sentou à mesa da cozinha, carrancuda, olhando fixo para a enteada.

— Por que arrumou o chalé para minha mãe? Estava tentando impressionar seu pai? Se foi por mim, não precisava se incomodar. Minha mãe é perfeitamente capaz de cuidar de si mesma e é uma pessoa sem frescuras. Foi por isso que decidi deixá-la lá fora. Ela não se sentiria à vontade aqui no château, em um quarto chique.

Camille achou a descrição estranha, mas não disse nada. A atitude de Maxine em relação à mãe certamente não era de bondade nem de preocupação.

— Só quis me assegurar de que o chalé ficasse bem aquecido. Faz muito frio à noite. Talvez fosse melhor para ela ficar aqui, mesmo que não goste de quartos "chiques" — respondeu Camille por fim, esforçando-se para ser educada.

— Ela é bem forte para a idade que tem. O apartamento dela em Paris é sempre gelado, ela gosta assim. Foi criada no campo.

Era o primeiro detalhe que Camille ouvia sobre a família ou a infância de Maxine. Parecia ter nascido adulta, vestindo roupas de alta-

-costura. Era difícil imaginá-la criança, ou mesmo como filha, principalmente pela maneira como falava da mãe. Camille tinha a impressão de que não havia amor entre elas.

— Sabe... você pode voltar à faculdade quando quiser. Christophe me disse que você queria fazer administração. Talvez possa pensar nisso para janeiro — disse Maxine friamente, como se dissesse a Camille para ir embora.

— É tarde demais para fazer a inscrição. Só poderei ir no outono, e nem quero ir antes. Gosto de trabalhar com meu pai — disse Camille com firmeza, entendendo perfeitamente que Maxine queria se livrar dela.

A condessa assentiu.

— Só quero deixar claro que sou a dona desta casa agora. Sou a *chatelaine* do Château Joy — disse ela, usando o termo francês que denominava uma mulher dona de um château. — Mas você não é. Pode ficar aqui — disse ela, perfurando Camille com olhos que pareciam duas brocas —, mas quem comanda o show agora sou eu. Não ache que vai manipular seu pai para conseguir o que quer. Se fizer isso, terá que se ver comigo.

Camille se sentiu ameaçada. Maxine realmente não perdia tempo; não fazia nem um dia que ela e Christophe haviam voltado para casa.

— Claro que posso ficar aqui, esta é a minha casa — recordou a Maxine. — E o que acha que quero de meu pai? Eu não o "manipulo", nós não somos assim.

— Eu vejo através desse seu jeitinho de boneca, de princesa de conto de fadas que adora o pai. Você o tem na mão — disse ela com uma expressão amarga que Camille não havia visto antes.

— Aparentemente, não — comentou Camille, referindo-se ao casamento às pressas de semanas antes.

Se tivesse o pai na mão, como dizia Maxine, ela o teria convencido a não se casar. Era Maxine quem o dominava e controlava.

— Saiba que terá que me enfrentar se agir contra mim — avisou.

Sem dizer uma palavra, Camille saiu da cozinha, foi para o quarto para recuperar a compostura e saiu para o trabalho minutos depois.

Não sabia se deveria contar ao pai sobre essa conversa. Aquela mulher era um monstro, mas Camille sabia que, se contasse, ele encontraria alguma desculpa para o comportamento dela ou uma interpretação mais gentil do que ela havia dito. Seu pai dava a todos o benefício da dúvida e uma chance justa, até a trapaceiros e mentirosos e, agora, manipuladores. Camille decidiu que, por ora, a discrição seria melhor. Reportar a ele o comportamento da esposa ou reclamar não serviria para nada. Ele queria acreditar que Maxine era perfeita, e Camille só o aborreceria e o deixaria com raiva se dissesse o contrário.

Ela não tinha mais ninguém com quem conversar sobre isso. Não queria ligar para Florence de novo, visto que, da última vez que haviam conversado, a amiga insistira em dizer que ela e Maxine seriam muito amigas um dia, como ela era agora da própria madrasta. Ela não entendia a situação de Camille ou mulheres como Maxine. E, pensando no aviso de Maxine, a moça foi caminhando para o trabalho em ritmo acelerado para purgar a raiva. Seu dia havia começado mal.

Quando chegou a seu escritório, encontrou Cesare lá. Ele nem ficou constrangido quando ela entrou. Estava sentado na cadeira dela vasculhando a gaveta.

— O que está fazendo? — perguntou Camille bruscamente.

Sua mãe o teria demitido por menos se Christophe houvesse permitido.

— Estou procurando seu envelope de troco — disse ele, presunçoso.

— Está no cofre. Por quê? — perguntou ela em tom rude e desconfiado, como achava que ele merecia.

— A condessa disse que eu deveria receber mais dinheiro para as despesas e que falaria com seu pai.

— Ela não trabalha aqui, eu sim, e cuido do dinheiro. E ela não é condessa, só usa o título.

— Ela foi casada com um conde, então é condessa.

— Agora ela é casada com meu pai, e ele não é conde — insistiu Camille. — E ela não tem nada que lhe prometer mais dinheiro. Ela não trabalha na vinícola, não tem voz aqui. E não volte mais aqui, nem se atreva a mexer em minha mesa.

Ela o observou sair, olhando-a com raiva. A seguir, tirou uma chave de um esconderijo e trancou as gavetas da mesa. Definitivamente, esse era o começo de uma nova era na qual ele se sentia à vontade para mexer na mesa dela com o objetivo de pegar mais dinheiro e nem se desculpava por isso.

Ela contou o ocorrido ao pai naquela noite quando voltavam juntos para casa. Ambos tinham estado ocupados o dia todo e não tinham se visto.

— Vou conversar com ela — prometeu Christophe. — Provavelmente ela só quis ser legal com ele. Ela disse que gostaria de ajudar você com a promoção da marca. Quer que comecemos a receber convidados na vinícola, acha que seria bom para as relações públicas.

Ele já havia dito a Maxine que ela não seria aceita, em princípio, pela aristocrática Velha Guarda social de Napa Valley, mas que poderia entrar em contato com novos vinicultores ricos, desses que compravam vinícolas como investimento ou para se exibir. E ela queria começar a convidar novos bilionários investidores em tecnologia de ponta e do cenário internacional, muitos dos quais ela conhecia. Sabia bem que ser casada com Christophe lhe daria mais importância do que tinha antes e acesso a todos os lugares.

Ela disse que queria receber essas pessoas para propiciar novas conexões para a vinícola, mas Camille achava que era tudo interesse próprio e desconfiava de suas intenções.

— Ela vai trabalhar conosco? — perguntou Camille, apavorada.

Maxine estava agindo como se isso pudesse acontecer. Se acontecesse, seria péssimo para Camille. Ter que ver Maxine em casa à noite já seria bastante difícil, e a moça não queria que ela interferisse no Château Joy.

— Só em eventos especiais — respondeu Christophe gentilmente. — Ela sabe dar festas e reunir pessoas com dinheiro. Todo mundo a acha encantadora, ela acrescenta uma enorme dose de glamour a tudo que toca. Podemos aprender algumas coisas com ela.

Camille teve o cuidado de não fazer um comentário negativo sobre Maxine, sabendo que seu pai reprovaria.

— Ela não vai trabalhar nas coisas que você e eu fazemos, mas poderíamos torná-la diretora de relações públicas e eventos especiais. Ela quer saber mais sobre a vinícola. É uma empresa familiar, e ela é da família agora.

Camille se arrepiou. A ideia de que Maxine fazia parte de sua família a incomodava, mas, pelo casamento, fazia mesmo.

— Mas diga a ela para não fazer promessas a Cesare. Já tenho bastante dificuldade para controlar as despesas dele. Sempre que lhe dou dinheiro, não recebo o troco de volta, e ele fica dizendo que devemos ainda mais.

Seu pai também sabia. Joy passara anos lhe dizendo isso.

— Na verdade, ele desvia demais, mas nunca admite.

— As quantias que ele desvia não vão nos matar — disse Christophe, sorrindo.

Quando voltaram ao château, Maxine os viu chegando e abriu a porta, usando um magnífico vestido de noite de veludo cor de vinho. Vestira-se para o jantar e para impressionar o marido, se não a filha. Parecia uma rainha, e o cenário combinava com ela. Estava totalmente à vontade.

— De volta da guerra — disse, beijando Christophe e lhe entregando uma taça de vinho enquanto entravam.

O dia havia sido fresco e à noite esfriara, por isso ela acendeu a lareira. Ele se jogou em uma poltrona em frente à lareira, admirando sua esposa e saboreando seu vinho, enquanto Camille foi para o quarto para lavar o rosto e as mãos e pentear o cabelo antes do jantar. Não ia colocar um vestido de noite e, de qualquer maneira, nem tinha nada tão grandioso. E, mesmo que tivesse, ela se sentiria ridícula usando um vestido de noite para comer os tacos de Raquel na cozinha.

Mas Maxine parecia muito a dona de uma casa senhorial, sentada ao lado de Christophe e se inclinando para beijá-lo. A sensualidade de seus olhos dizia que havia prazeres reservados para ele naquela noite.

Estavam se beijando quando Camille voltou, meia hora depois.

— Ainda vamos jantar às sete? — perguntou Camille, da porta.

Maxine fez um movimento de desdém com a mão.

— Isso é absurdamente cedo — disse, rindo e olhando para o marido. — E muito americano. Por que não começamos a jantar às oito ou oito e meia? Afinal, somos franceses.

— Eu não sou — disse Camille claramente. — Sou meio americana, e minha metade americana está morrendo de fome às sete.

— Coma agora, então, e nós comeremos mais tarde — sugeriu Maxine, e Christophe assentiu. Ele gostou da ideia de ficar relaxando com Maxine em frente ao fogo um pouco e jantar mais tarde.

Camille não respondeu; foi até a cozinha, esquentou dois tacos de Raquel no micro-ondas, comeu sozinha ali mesmo e voltou quinze minutos depois. O pai e a madrasta conversavam em voz baixa e riam de vez em quando, como se tivessem segredos preciosos para compartilhar. Ela não os interrompeu, simplesmente voltou para o quarto, fechou a porta com cuidado e se sentou na cama. Sua vida familiar parecia ter acabado. Maxine estava providenciando isso, como havia avisado a Camille que faria. A jovem havia acabado de ver a prova disso, e Christophe nem percebera o que havia acontecido. Maxine o estava tornando francês de novo; seus laços com as tradições americanas que ele havia adotado pareciam estar desaparecendo com a presença de Maxine na casa. E os jantares de família haviam acabado.

Nas duas noites seguintes, Camille jantou sozinha na cozinha no horário habitual, e Christophe e Maxine jantaram uma noite às oito e meia e, na noite seguinte, às nove, pois ele trabalhara até tarde. Maxine mandou Raquel arrumar a mesa para dois, o que era uma mensagem clara para Camille de que ela não era bem-vinda. Para justificar isso, disse a Christophe que Camille havia escolhido não comer depois das sete. E ele gostou da nova hora do jantar. Camille decidiu que não se importava de ser excluída, era menos desagradável que ter que bater papo com a madrasta e fingir que gostava dela para agradar o pai. Seu jantar passou a ser rápido, e por volta das sete e meia Camille já estava deitada na cama vendo TV. Sentia falta de conversar com seu pai durante o jantar, mas não da refeição com Maxine. Sua madrasta havia vencido essa rodada com facilidade.

No dia seguinte, a mãe de Maxine deveria chegar de Paris. Seu pai disse que, calculando o tempo de pegar as malas, passar pela alfândega e chegar a Napa Valley, deveria chegar ao château às cinco horas, e pediu a Camille que estivesse lá para recebê-la. Cesare iria buscá-la e avisaria quando estivesse a cinco minutos de casa. Camille prometeu que faria parte do comitê de recepção; seu pai pretendia estar lá também.

Maxine resmungou, dizendo que não era preciso tanto estardalhaço. Camille ficou surpresa por a filha não ir ao aeroporto buscar a mãe, mas Maxine disse que era uma viagem muito longa e seria muito cansativo esperar que ela passasse pela alfândega. Por isso a esperariam em Napa.

Camille imaginava quão difícil seria a viagem para a mãe de Maxine, de oitenta e sete anos, e em que condições estaria quando chegasse. Pensou que precisariam de uma cadeira de rodas para ela e mandou Cesare colocar uma no carro, só por precaução. Eles tinham uma guardada na vinícola para visitantes mais idosos.

Camille teve um dia agitado, e Christophe também. Cesare ligou para eles, como prometido, quando estava a cinco minutos da vinícola. Camille subiu correndo a colina para chegar a tempo e estava no degrau mais alto do château quando Cesare chegou com uma mulher de chapéu sentada no banco de trás. Por alguma razão, dada sua idade e seu relacionamento com Maxine, Camille imaginava que ela chegaria de véu no rosto, um chapéu enorme, raposas enroladas no pescoço, como Maggie Smith em *Downton Abbey*. Mas, em vez disso, enquanto todos esperavam – Maxine impassível ao lado de Camille –, uma mulher minúscula surgiu com um grande chapéu surrado com flores, cabelos ruivos brilhantes espreitando por baixo dele, uma roupa florida e disforme com um casaco por cima, tênis Converse de cano alto e uma mochila.

E carregava uma bolinha de pelo branca que latia freneticamente para todos. Ela a colocou no chão e, como se fosse um brinquedo de corda, foi direto para Maxine, mordeu seus tornozelos e rosnou para ela.

— Pelo amor de Deus, mãe — disse Maxine, em inglês, empurrando a cadelinha com o pé, o que a fez rosnar mais alto. — Tinha que trazer a cachorra?

— Claro — disse a senhora calmamente, sorrindo para Christophe e Camille enquanto dava dois beijos no rosto da filha.

Ela estava totalmente alerta e tinha um brilho nos olhos verdes. A cachorrinha branca cheirou Camille com interesse e abanou o rabo quando ela se abaixou para acariciá-la.

— O que é isso em seus pés? — perguntou Maxine quando viu o Converse de cano alto sob o vestido da mãe. Mais parecia uma roupa de ficar em casa que de viajar.

— Tênis. Meus pés incham muito no avião, e estes tênis são muito confortáveis.

— Você está ridícula — murmurou Maxine.

Educado, Christophe cumprimentou a sogra em francês, da maneira mais formal possível, e se curvou para beijar-lhe a mão. Camille nunca o vira fazer isso, mas era a maneira correta, na França, de cumprimentar uma mulher casada ou viúva da idade dela. E a mãe de Maxine foi igualmente educada enquanto conversavam, comentando a beleza do château e agradecendo a Christophe por permitir que ela fosse para lá.

Ele apresentou Camille, que falou com ela cautelosamente em inglês. A mãe de Maxine falava um inglês muito correto, embora com sotaque.

— Qual é o nome da cachorrinha? — perguntou Camille, parando para acariciá-la de novo.

A cachorra abanava o rabo freneticamente e lançava olhares sombrios ocasionais para Maxine, que aparentemente conhecia e odiava.

— O nome dela é Choupette — disse a idosa calorosamente —, e eu sou Simone.

— De que raça é?

— Meio maltês e meio outra coisa, talvez o chihuahua de meu vizinho, ou lulu-da-pomerânia.

Ela era toda branca, muito fofa e muito pequena, como a dona, que Camille imaginou não ter mais de um metro e meio de altura – ao contrário da filha, que se elevava sobre ela. Simone parecia a fada boa de uma história infantil, principalmente com aquela roupa engraçada – o grande chapéu, o vestido florido e o tênis de cano alto. Não parecia se importar com sua aparência, completamente alheia a isso.

Christophe sugeriu que a levassem para o chalé, pois ela deveria estar exausta da viagem, e comentou que eram duas horas da manhã em Paris.

— Estou bem. Dormi no voo e assisti a dois filmes — disse Simone, olhando em volta, interessada em tudo.

Ela não parecia ter mais de setenta anos. Sorriu para Camille várias vezes; durante toda a conversa, Maxine foi desagradável e estava tudo, menos feliz por vê-la. Obviamente odiava a cachorra e desaprovava a mãe. As duas eram completamente diferentes.

— Eu adoraria dar uma volta por aí depois de deixar minhas malas — disse Simone enquanto seguia Christophe e Camille até o chalé, com Maxine na retaguarda, de cara feia.

Maxine sabia que tinha que ter a mãe ali por questões econômicas, mas não gostava disso, o que deixou bem óbvio.

Camille havia levado mantimentos para o chalé naquela manhã, coisas de que achava que ela poderia precisar e gostar: leite, chá, açúcar, mel, café, geleia, pão, pãezinhos de canela para o café da manhã, suco de laranja e uma tigela de frutas. Tinha certeza de que ela comeria na cozinha do château, mas poderia ficar com fome à noite ou de manhã cedo. Havia acrescentado iogurte, um pedaço de queijo brie, uma caixa de bolachas e uma barra de chocolate no último instante.

Simone exclamou com prazer quando Christophe abriu a porta e ela entrou.

— Que lindo tudo isso! Que lugar lindo! — disse, olhando agradecida para sua filha, que não respondeu.

Então ela agradeceu profusamente a Christophe por fazê-la se sentir tão bem-vinda. Tirou o chapéu e o deixou no quarto, dando vida à sua juba de cabelo ruivo, enquanto Choupette corria pelo lugar latindo e abanando o rabo. Camille parou para brincar com ela de novo e, a seguir, mostrou a Simone o que havia na cozinha, e se assustou quando abriu a geladeira e viu que estava cheia de comida que ela não havia posto lá.

— Minha mãe prefere sua própria comida — disse Maxine com um olhar de desdém. — Não vai comer conosco — completou, olhando incisivamente para a mãe, que entendeu a mensagem e não pareceu se incomodar nem se surpreender. — Mandei Cesare comprar tudo de que ela vai precisar para fazer sua comida.

— Você precisa vir jantar comigo — disse Simone para Camille, que assentiu.

Camille estava fascinada com aquela mulher pequenina tão cheia de vida e alegria, totalmente o oposto da filha austera, de aparência artificial, que não sorrira nem uma vez desde que a mãe chegara, nem mesmo a abraçara.

Christophe lhe explicou tudo que ela tinha que saber sobre o chalé, como funcionava o novo sistema de aquecimento, e mostrou que havia lenha na lareira. Então ele e Maxine se despediram e Simone convidou Camille para ficar e lhe ofereceu uma xícara de chá assim que a filha e o genro foram embora.

— Seu pai parece ser um homem muito gentil — disse, depois de servir o chá nas xícaras floridas que Camille pegara no château.

Elas se sentaram à pequena mesa da cozinha, onde Maxine pretendia que a mãe fizesse suas refeições, o que era chocante para Camille. Por respeito a ela, Camille achava que deveriam cuidar dela, mas sua filha queria que ela se virasse sozinha e deixara isso bem claro desde antes de a mãe chegar.

— Ele é um homem muito gentil — confirmou Camille sobre o pai.

— Minha filha e eu não nos damos muito bem — disse Simone, sem rodeios. — Eu sempre lhe digo o que penso, o que provavelmente é um erro. Não sou elegante o suficiente para ela e nunca quis ser. Fui criada em uma fazenda e nunca gostei de morar na cidade depois de casada. O pai de Maxine morreu quando ela era muito nova, e eu voltei para o campo com ela para morar com minha irmã. Havia vacas, galinhas, cabras e cavalos, que ela odiava. Nunca me perdoou por isso e mal podia esperar para ir embora. Ela queria andar com pessoas chiques, não com camponeses como eu e minha família, como sempre dizia, mesmo quando criança. Ela foi para Paris quando tinha dezoito anos e nunca mais voltou. Foi modelo por um tempinho e vendedora de uma butique, e depois se casou. Ela sempre escolheu bem seus homens. E vejo que desta vez também.

"Minha irmã morreu há alguns anos, e seus filhos venderam a fazenda. Por isso tive que voltar para a cidade, e não conhecia ninguém lá, exceto Maxine. E agora aqui estou eu, na Califórnia. Estou muito animada", disse ela, radiante.

Ao falar isso, ela tirou um maço de cigarros franceses da mochila, para surpresa de Camille. Simone era cheia de vida, de energia, e agia como uma pessoa muito mais nova.

— Você precisa me mostrar os vinhedos, a vinícola e tudo que fazem aqui — disse ela, soltando a fumaça pungente do cigarro. — Quero conhecer tudo. Foi linda a viagem de carro até aqui, vendo todos aqueles vinhedos e o campo. Parece muito a Itália. E você, minha querida, quantos anos tem? — perguntou.

Camille sorriu. De repente, parecia que ela havia ganhado uma avó de verdade – ou uma amiga, ainda não sabia muito bem qual. Simone não era nada do que ela esperava, e Camille ficou muito aliviada. Conviver com duas Maxines seria insuportável. Uma já era difícil o bastante.

— Tenho vinte e três. Farei vinte e quatro em junho e trabalho na vinícola com meu pai — disse Camille, sentindo-se jovem demais.

— Meus pêsames por sua mãe — disse Simone, séria, realmente demonstrando pesar. — Deve ser muito difícil para você ver seu pai casado de novo. Quando perdeu sua mãe? — perguntou com empatia e gentileza, terminando o cigarro e usando o pires como cinzeiro.

— Há treze meses.

O rosto de Simone deixou transparecer a surpresa. Choupette apareceu a seus pés e ela a pegou no colo. A cachorrinha investigou a mesa e ficou decepcionada por não ver comida ali.

— Não é muito tempo — comentou Simone. — Seu pai deve ter ficado muito solitário sem ela. Os homens ficam mesmo. Alguns simplesmente não conseguem ficar solteiros depois de ter sido casados e felizes. — Seus olhos encontraram os de Camille, e uma expressão estranha cruzou seu rosto. — Não sei se Maxine é a mulher que lhe dará uma vida familiar tranquila. Ela sempre tem planos grandiosos; cuida melhor de si mesma que dos outros — disse com sinceridade ao se referir a sua única filha. — Ela não é cuidadora por natureza. Deixou os filhos comigo quando eram jovens, entre um marido e outro. E não sei se foi certo fazer isso. Eles são muito parecidos com ela, pelo menos meu neto mais velho. O irmão mais novo adora se divertir e é um péssimo aluno. Eu era muito indulgente com eles. Aí ela se casou de novo e eles foram morar com ela quando tinham dez e doze anos.

Ela estava contando a história de sua família, e Camille estava ansiosa para ouvir, particularmente contada por Simone, que provavelmente falaria a verdade. Já havia pintado um retrato bem diferente da elegância suave que a "condessa" retratava.

— Foi quando ela se casou com o conde do château de Périgord?

Christophe contara a Camille sobre ele, mas dissera que não sabia nada sobre o primeiro.

— Não — respondeu Simone. — O primeiro marido dela foi um rapaz com quem ela se casou quando era modelo. Ele é o pai dos meninos. A família dele tinha dinheiro, mas não gostava dela. Ele pediu o divórcio bem cedo e ela passou uma época bastante difícil;

foi quando deixou os meninos comigo. O segundo marido era um homem muito bom, e era um amor com os meninos. Era editor de livros em Paris e não tinha dinheiro. Ela se divorciou dele quando conheceu Charles, o conde, e se casou com ele. Acho que ela nunca mais viu os dois primeiros maridos; os meninos nunca mais viram o pai e não sei se veem Stéphane, o segundo marido. Ela teve uma vida muito agradável com o conde, mas odiava os filhos dele e tentava mantê-lo longe deles à medida que foi ficando mais velho e doente. Foi ideia dela se mudarem para Périgord para que eles não ficassem em cima o tempo todo e ela pudesse fazer o que quisesse. Ela fez tudo que pôde para afastá-los, e o pobre Charles estava completamente enfeitiçado e a mimava descaradamente. Joias, roupas de alta-costura, alguns quadros que ela vendeu depois que ele morreu para poder se mudar para cá. Os filhos dele se vingaram dela no momento em que ele faleceu. Acabou muito mal. Não sei os detalhes, mas lhe deram um ou dois dias para abandonar as duas casas e a processaram para recuperar algumas coisas dele, particularmente quadros muito valiosos que ela alegou que ele lhe dera de presente. Ela destruiu todas as relações que tinha em Paris e veio para cá. E agora está casada de novo, com um homem gentil, e é *chatelaine* mais uma vez. Maxine é como um gato; sempre cai em pé e tem sete vidas.

Ela sorriu ao olhar para Camille, e as duas souberam instantaneamente que haviam encontrado uma aliada na outra. Camille ouvia, chocada, as histórias que Simone lhe contava e se perguntava quanto seu pai sabia do passado de Maxine. Provavelmente quase nada, exceto o que ela escolhera contar. Maxine se retratara como vítima de enteados terríveis, que, sem dúvida, diriam o mesmo dela, ou coisa pior.

— Meu pai está muito apaixonado por ela — disse Camille, baixinho.

Simone assentiu, nada surpresa.

— Isso acontece com a maioria dos homens. Ela sabe como enfeitiçá-los. Os homens adoram mulheres perigosas como ela. O pobre

Stéphane ficou arrasado quando ela o deixou e ele nunca mais pôde ver os meninos. Não eram filhos dele, mas ele era dedicado aos meninos. E o próprio pai deles nunca mais os viu. Ele se casou logo depois que se divorciaram e se mudou para Londres. A família dele é de banqueiros, mas não queriam saber dela nem dos meninos. Maxine sempre deixa um rastro de escombros atrás dela, mas parece não se importar. Ela se reinventa com bastante facilidade, assim como fez aqui. Provavelmente é a queridinha de Napa Valley agora, e tenho certeza de que seu pai abriu todas as portas certas para ela.

Era isso que Maxine esperava e exigia de todo homem.

— Não exatamente — disse Camille, pensativa, digerindo o que havia acabado de descobrir sobre sua madrasta; certamente era tudo verdade, a própria mãe saberia. — Meu pai não gosta tanto da vida social quanto ela. Ela está tentando convencê-lo a dar grandes festas e conhecer pessoas importantes. Mas meu pai fica feliz em casa. Ele e minha mãe não saíam muito.

— Ela não vai permitir que ele continue assim — disse Simone, segura, visto que conhecia a filha. — Isso não serve aos propósitos dela. Maxine está sempre procurando um acordo melhor, uma abertura, uma oportunidade. É assim que ela funciona.

Camille ficou realmente preocupada.

— Acha que ela trocaria meu pai por outra pessoa? — perguntou Camille bem baixinho, com medo de que alguém voltasse para ver como estava Simone e ouvisse a conversa.

Era uma informação fascinante.

Simone pensou por um momento.

— Sim, a menos que tenha se apaixonado por seu pai mais do que o normal. Mas ela o deixaria se encontrasse uma oportunidade de ouro em outro lugar; não conseguiria resistir. Deve haver muitos homens ricos aqui — disse Simone, sábia.

A mulher não era nada tola. Camille odiava Maxine, mas também não queria que seu pai sofresse.

— Os homens se apaixonam por ela por sua conta e risco. Geralmente sabem disso, ou suspeitam, mas não conseguem resistir. Ela os leva à beira da insanidade, o que é sempre perigoso. Se algum homem a fizer perder a cabeça e imaginar que precisa dele de qualquer maneira, corra. Ele não vai lhe fazer bem. Maxine também não é boa para os homens que a amam, nem para os filhos dela. Ela só é boa para si mesma.

Camille tinha certeza de que seu pai não sabia que era o quarto marido, não o terceiro. Parecia que ela havia apagado o segundo da face da Terra e o descartado porque ele era pobre. Ela não ficava perto de homens pobres por muito tempo.

— Ela sempre quer um homem mais importante ou mais rico. Seu pai terá que ser muito generoso para mantê-la — disse Simone, pragmática.

E então ficou levemente envergonhada e percebeu que já havia falado o suficiente para um primeiro encontro, e talvez até demais, como sempre.

— Eu tenho o hábito de tagarelar — disse, sorrindo. — Vamos dar uma volta antes que escureça demais?

Camille assentiu, totalmente fascinada e hipnotizada pelas revelações de Simone sobre a filha. Simone colocou o casaco de novo e, com seu cabelo ruivo esvoaçando, saiu com Camille.

Simone ficou encantada com o jardim, especialmente com a horta. E, quando viu as galinhas, bateu palmas, fazendo Camille sorrir.

— Não tenho galinhas desde que voltei para Paris. Que maravilhoso! Levarei ovos frescos para você todos os dias.

— Meu pai disse que precisamos de mais galinhas. Acho que essas são bem velhas — explicou Camille.

— Se alguém me levar a uma granja, comprarei umas. E você tem que vir jantar comigo. Gosta de cassoulet?

— Não sei o que é isso — disse Camille, hesitante.

— Claro que não. Você é americana, como saberia? É uma espécie de ensopado com feijão. Comeremos *confit de canard, hachis parmentier, pot-au-feu*, rim, miolo, tripas.

Ela listou uma série de coisas que Camille achou bem estranhas, mas tinha certeza de que seu pai conhecia e talvez até amasse.

— Pode vir jantar comigo quando quiser — ofereceu Simone alegremente, com um sorriso caloroso.

— Estou jantando sozinha desde que eles voltaram do México — disse Camille, baixinho. — Maxine gosta de jantar tarde.

— Eu como bem cedo, porque sou velha. E gosto de acordar cedo. Jante comigo, então.

Camille sorriu. Elas voltaram para o chalé. Camille ofereceu levar o jantar do château em uma bandeja para ela, mas Simone disse que comeria uma fruta e iogurte e iria para a cama. Disse que havia comido demais durante o longo voo, que a comida estava muito boa. E que não andava de avião havia anos.

— Venha me visitar amanhã — disse, abraçando Camille. — Faremos muitas coisas interessantes juntas. Vou lhe ensinar a culinária francesa do campo, e você vai me ensinar sobre as uvas. Combinado? — perguntou, com os olhos dançantes.

Camille riu.

— Combinado.

— A propósito — disse Simone casualmente —, não se preocupe se Maxine lhe disser que estou senil. Ela deve estar morrendo de medo de que eu fale demais. Não precisa contar a ela do que falamos. E ainda não estou senil.

Ela riu, fazendo Camille recordar uma fada-madrinha de novo. Ela era uma mulher pequena, engraçada e afiada.

Camille descobrira muitas coisas sobre sua madrasta naquela tarde, e nenhuma boa. Os instintos iniciais dela sobre Maxine foram confirmados, mas ela não pretendia contar ao pai. Isso só o magoaria, mas dera a Camille muito em que pensar.

— Direi que brincamos com Choupette e demos uma volta se ela me perguntar alguma coisa. A propósito, por que Choupette não gosta dela? Eu a vi rosnar para ela quando você chegou.

Todos haviam notado.

— Maxine a chutou uma vez. Choupette também não é senil, nunca esquece nada.

As duas riram. Camille voltou para o château mais leve, como não se sentia havia semanas.

Camille estava servindo seu jantar na cozinha pouco depois quando Maxine entrou para abrir uma garrafa de vinho. Não disse nada, mas, quando a moça se sentou à mesa, falou em tom firme:

— Não dê muita atenção à minha mãe. Ela tem demência.

Camille assentiu como se concordasse com ela; disse que haviam dado uma volta perto do galinheiro e que Simone havia gostado.

— Claro — disse Maxine com um olhar de desprezo. — Ela é camponesa de coração. Viu o que ela estava vestindo quando chegou?

Maxine ficara enojada, e Camille sorriu e jantou sem mais comentários. Simone era uma idosa muito perspicaz que conhecia bem a filha. E seria uma nova amiga para Camille e uma aliada contra a madrasta. Pela primeira vez desde que seu pai lhe dissera que ia se casar com Maxine, ela não se sentia mais sozinha nem tinha medo do que aconteceria. O que Camille havia descoberto sobre Maxine não tinha preço, e ela sabia que se lembraria de cada palavra, pois poderia ser útil algum dia.

Capítulo 10

Após sua chegada um tanto espalhafatosa, Simone se instalou em sua nova casa bem depressa e nunca reclamava por não estar no château. De qualquer maneira, não queria viver tão perto da filha. No chalé, ela tinha liberdade e autonomia. Analisou o que estava plantado na horta e quis acrescentar algumas coisas. Fez Cesare a levar para comprar três galinhas novas e ficou muito satisfeita com elas. Eram boas poedeiras, e ela dava uma cesta de ovos para Camille todos os dias para levar ao château.

Simone fazia longas caminhadas pelos vinhedos com Choupette, que corria na frente e atrás dela e perseguia coelhos. Simone disse à jovem amiga que achava os vinhedos lindos e o país fascinante. Nunca havia ido aos Estados Unidos e agora morava em um dos lugares mais requintados. Ao contrário da própria filha, que vivia na grandeza a poucos metros de distância, Camille ia visitá-la todos os dias depois do trabalho. Tomavam uma xícara de chá enquanto Simone fumava. Camille havia levado vários cinzeiros para lá, visto que Simone não dava sinais de querer parar de fumar, e a jovem os via sempre meio cheios quando a visitava.

— Você não deveria fumar — disse Camille.

— Na minha idade, não importa — disse ela, alegre, acendendo outro cigarro. — Vou viver apenas noventa e dois anos, em vez de noventa e oito? Ou só oitenta e oito?

Camille sorriu. Ela era totalmente cativante. Não tinha uma gota de mesquinhez no corpo, ao contrário da filha, que era calculista e egoísta.

— Não sei a quem ela puxou — disse Simone, realmente espantada. — O pai dela era um amor. Nós nos apaixonamos quando éramos crianças, e ele era gentil com todo mundo. Eu já era mais velha quando ela nasceu, então ficamos muito empolgados. Maxine já nasceu brava e malvada. Sempre quer o que os outros têm, nada é suficiente para ela. E não se importa com quem magoa para conseguir o que acha que necessita. Ninguém nunca me disse nada de bom sobre ela. É triste mesmo... Ela deve ter puxado a algum ancestral terrível que envenenou todos os amantes e parentes.

Era impossível acreditar que aquelas duas mulheres fossem parentes; elas nem se pareciam. Maxine tinha cabelos e olhos pretos, enquanto Simone tinha cabelo ruivo flamejante desde sempre e o tingia agora para manter a mesma cor. E olhos verdes brilhantes, quase da cor das colinas de Napa Valley na primavera.

Poucos dias depois de chegar, Simone separou algumas tintas e telas pequenas que havia levado e explicou que pintava paisagens e animais, e Camille contou que a mãe era artista e prometeu lhe mostrar os lindos afrescos de Joy no château.

— Eu adoraria vê-los — disse Simone calorosamente.

Diante das perguntas insistentes de Simone, Camille lhe explicou sobre viticultura e muitas outras coisas que seu pai lhe ensinara. Ela o via muito menos agora, especialmente porque não jantavam mais juntos, e ele passava com Maxine cada momento em que não estava trabalhando.

— Ele vai acabar se cansando dela — disse Simone, quando Camille comentou isso. — Ela consome muita energia.

Mas nenhuma das duas estava preparada para o que Camille encontrou quando voltou do trabalho um dia. Percebeu imediatamente e ficou sem fôlego, olhando para as paredes amarelo-claras que Maxine pintara naquele dia para cobrir os afrescos de Joy. Camille a encontrou no andar de cima, no escritório da mãe, concentrada no computador, enviando e-mails. Olhou para ela com lágrimas nos olhos.

— Como pôde? — disse Camille, tremendo de dor e raiva.

— Como pude o quê? — perguntou Maxine, sem se virar.

— Você pintou sobre os afrescos de minha mãe!

— Seu pai disse que não se importava. As paredes estão com uma cor muito mais alegre agora. Aqueles afrescos e murais eram deprimentes e tinham quase vinte e quatro anos.

— Eu sei quantos anos eles tinham — disse ela, sem fôlego.

Eram alguns meses mais velhos que Camille, pois sua mãe os pintara quando estava grávida, enquanto construíam o château e a vinícola.

— Meu pai disse que você podia fazer isso?

— Eu disse que queria acrescentar um pouco de cores novas à casa, e ele disse que tudo bem.

Mas, obviamente, ele não havia entendido, porque ficou tão chocado quanto Camille quando voltou para casa. Maxine se mostrou magoada por ele não gostar das mudanças; disse a Christophe para não fazer tanto drama e ficou furiosa.

— Você trata esta casa como um santuário — repreendeu-o. — Eu moro aqui agora.

Ele não disse nada depois disso.

Mais tarde, ele foi ao quarto de Camille e disse que tinha fotos dos afrescos, que poderiam mandar repintá-los.

— Não é a mesma coisa — disse Camille, triste.

Sua mãe pintara os originais com as próprias mãos, e Maxine os destruíra.

Camille contou a Simone quando foi tomar café da manhã com ela, no dia seguinte, um sábado.

— É bem característico de Maxine fazer algo assim. Tenho certeza de que ela sente sua mãe ao seu redor em todos os lugares e toda vez que olha para você. Ela é muito má, sabe? Tenha cuidado, Camille.

Era difícil acreditar que ela estava falando da própria filha.

— Ela era cruel quando pequena também, com outras crianças, e queria machucar Choupette aquele dia quando a chutou só para me chatear. Nem Choupette nem eu jamais esquecemos isso. Ela odeia animais, especialmente cães.

Mas Simone logo mudou de assunto para não deixar Camille mais chateada do que ela já estava pelos afrescos.

— Vamos comer *hachis parmentier* esta noite. Você vai adorar.

Camille já havia comido miolo e tripas com ela, mas ainda não tinha sido totalmente cativada pela culinária francesa.

— Que vísceras vamos comer desta vez? — perguntou, desanimada, e Simone riu.

— Não seja covarde. É pato com purê de batata e trufas negras.

Simone havia encontrado uma loja em Yountville que tinha os ingredientes. Era temporada de trufas na França também. E também haviam chegado trufas brancas importadas da Itália recentemente.

Maxine e Christophe fizeram um banquete com trufas no The French Laundry. Foi um jantar imensamente caro. A condessa havia dito que adorava esse restaurante e Christophe encomendara a comida com antecedência. Ele fazia de tudo para agradá-la, como Simone havia previsto. Custava caro manter Maxine satisfeita e sentindo que estava recebendo o que merecia. Ele comprava caviar para ela com frequência e caranguejo fresco na cidade. Maxine adorava essas iguarias, mas continuava elegantemente magra.

Camille tinha coisas a fazer em St. Helena naquele dia, e encontrou por acaso Phillip Marshall, que não via desde o verão. Ela sabia que ele estava noivo, mas a noiva não estava com ele e ela ainda não a conhecia. Ele estava indo à loja de ferragens e ela precisava comprar pasta de dente e outras coisas para Simone. Camille gostava de fazer essas coisas para a senhora, já que Maxine nunca fazia nada pela mãe, e Christophe estava muito ocupado com o fim de ano chegando e os eventos especiais programados na vinícola.

Camille ficou feliz quando viu Phillip. Ele acenou quando a viu do outro lado da rua, atravessou e foi abraçá-la e conversar com ela.

— Como vai sua nova madrasta? — perguntou ele.

Camille foi evasiva. Não queria reclamar, pois seria desleal com o pai. Mas Phillip viu a verdade em seus olhos.

— Exige certa adaptação, não é?

Sim, e também adaptação a Maxine e Christophe falando francês o tempo todo, mesmo na frente de Camille. Maxine se recusava a falar inglês com ele agora e ficava brava quando ele falava em casa. Sempre dizia que ambos eram franceses, e não havia razão para ele falar inglês. Ele ressaltava que Camille não era fluente e que estavam nos Estados Unidos, mas Maxine ficava furiosa. Decidiu não mais falar inglês, então ele acabou fazendo o mesmo.

— Mas ganhei uma avó francesa fantástica — disse, sorrindo para Phillip. — É a mãe de Maxine. Ela é uma figura, você precisa conhecê-la. Ela tem cabelo ruivo flamejante, fuma como uma chaminé, bebe vinho e faz pratos franceses estranhos para mim. Tem oitenta e sete anos, é artista e tem uma cachorrinha francesa engraçada.

— Ah, pelo menos isso. O que vai fazer no Natal? Vai à nossa festa?

— Espero que sim. Meus meios-irmãos vão chegar, devem querer ir.

Camille não parecia muito entusiasmada, e Phillip podia notar que ela estava tensa e nada feliz.

— Leve sua avó — sugeriu.

Camille hesitou.

— Ela e Maxine não se dão bem, acho que não daria certo.

— Mas vá você. Francesca, minha noiva, estará lá. Quero que você a conheça. Está namorando? — perguntou ele.

Ela negou com a cabeça. Ele ficava chocado sempre que a via agora. Já estava crescida. Na cabeça dele, ela ainda era uma garotinha. Mas, nesse momento, percebeu como ela era bonita e mais adulta do que se lembrava.

— Não tenho tempo para namorar, tenho muito trabalho na vinícola. Estou tentando convencer meu pai a usar mais as mídias sociais e também quero fechar mais contratos para casamentos. É lucrativo, mas meu pai acha que só dá problemas.

Napa Valley era um local muito desejado para casamentos. Os japoneses o haviam descoberto recentemente e iam para lá em massa para se casar. E adoravam jogar golfe no Meadowood.

— Não haverá muitos problemas se administrar direitinho — disse Phillip. — Ganhamos uma fortuna com isso e temos uma mulher que administra tudo para nós. Ela é meio esquisita, mas faz um ótimo trabalho.

Phillip ficou impressionado de ver que Camille estava tentando modernizar sua vinícola e a cara da empresa.

— Meu pai e eu também discordamos sobre isso no começo — disse ele —, mas ele aceitou quando viu nossos lucros. Acho que os mais velhos não gostam. São puristas e acham chato porque não é vinho. Mas, hoje em dia, é um grande negócio e uma importante fonte de renda que não dá para ignorar.

Ela assentiu e gostou do que ele dissera.

— Espero que você vá à festa — disse ele, correndo para a loja de ferragens minutos depois.

Camille foi à farmácia, imaginando como seria a noiva dele. Meia hora depois, voltou ao Château Joy. Seu pai e Maxine iam passar o dia fora, em um almoço em uma vinícola em Calistoga. Maxine ainda o pressionava para dar festas na vinícola e jantares no château. Iam dar uma festa de Natal na vinícola uma semana antes do Natal, e Maxine finalmente o convencera a dar um jantarzinho no château para alguns bilionários que recentemente haviam comprado casas na região. Ela contratou os fornecedores mais caros do condado e convidou os homens mais importantes da tecnologia e suas esposas. Estava animada, e Christophe concordou para fazê-la feliz, mas ele não ligava para aquilo. Preferia dar um jantar casual para outros vinicultores e seus bons amigos. Mas Maxine era muito mais ambiciosa socialmente.

Christophe gostaria que Sam fosse, mas sabia que ele não iria. Era o tipo de jantar que ele odiava, sem contar sua aversão por Maxine.

Quando chegou a noite do jantar, a casa estava perfeita, a mesa brilhava com sua melhor prataria, cristais e uma toalha de renda que pertencera à avó de Joy. Era uma herança que eles usavam apenas no Dia de Ação de Graças e no Natal. Quando Christophe mencionou isso com preocupação, Maxine disse que não sabia. Havia cartões escritos à mão, na tinta marrom dela, em todos os lugares.

Quando Christophe percorreu a mesa admirando as flores em vários vasinhos com pequenas orquídeas exóticas, notou que o nome de Camille não estava ali. Não havia um lugar reservado para ela.

Camille já sabia disso havia semanas e achava que ele também. Mas, como não conhecia ninguém e só sabia o que havia lido sobre alguns convidados na internet, não se importou. Nem ficou surpresa por Maxine a ter excluído.

— Por que Camille não vai jantar conosco? — questionou ele.

Ela arregalou os olhos, com cara de assustada.

— Querido, ela é tão jovem... E os convidados são muito importantes. Não imaginei que você quisesse incluí-la. — Os fundadores das maiores empresas de tecnologia aceitaram o convite.

— Eu sempre incluo Camille em tudo que fazemos aqui — corrigiu Christophe, chateado.

Para ele, a presença de Camille era certa; ela era uma parte muito importante de sua vida, e não pensou que precisasse dizer a Maxine para convidá-la. Decidiu assumir a responsabilidade pela supervisão dos eventos para assegurar que isso nunca mais acontecesse.

— Arranje um lugar para ela. Vou subir para avisá-la — disse ele.

Maxine instantaneamente pousou a mão no braço dele para detê-lo.

— Você não pode fazer isso! Seríamos treze à mesa. Alguém certamente entraria em pânico ou iria embora. Não podemos fazer isso. Vamos convidá-la da próxima vez.

Ele se sentiu péssimo e foi explicar a Camille que a culpa era dele por não ter dito a Maxine para convidá-la.

— Ela achou que você ficaria entediada entre os convidados. Na verdade — sussurrou —, acho que vou ficar entediado também.

Ambos riram. Camille disse que não se importava.

Minutos depois, foi ao chalé de Simone. Choupette ficou toda feliz quando a viu. Camille tinha um presente para ela no bolso e o entregou.

Ela contou a Simone sobre o jantar para o qual não havia sido convidada. Mais uma vez, Simone não ficou surpresa.

— Tenho algo especial para você esta noite, minha querida — disse, com um cigarro pendurado no canto da boca, enquanto mexia algo misterioso dentro de uma panela.

Camille havia adorado o *hachis parmentier*, e sua fé na culinária francesa havia sido restaurada. Simone preferia pratos campestres e o que ela chamava de "comida de vó" – *cuisine à la grand-mère*.

— O que está fazendo? — perguntou Camille.

Simone serviu o prato minutos depois, com um floreio.

— *Rognons!* — anunciou a idosa, animada.

Camille vivia de pratos franceses campestres desde que Simone chegara e adorava jantar com ela, principalmente pela companhia. Mas se surpreendeu, porque a comida estava deliciosa. *Rognons* eram rins feitos segundo uma velha receita que a mãe de Simone lhe ensinara.

— Posso fazer pé de porco para você semana que vem. Ou perna de rã — disse ela, pensativa.

— Acho melhor não. Já comi perna de rã uma vez, achei nojento — disse Camille com sinceridade.

— Tem gosto de frango — disse Simone com firmeza.

— Sim, mas não é frango. Os chineses também dizem isso sobre carne de cobra.

— Tudo bem. Escargot, então.

— Não — disse Camille, incisiva. — Semana que vem vamos comer peru. Meu pai mesmo é quem faz. É Ação de Graças.

— O que é isso? — perguntou Simone, com interesse.

Sua jovem amiga explicou.

— Já gostei! Um feriado para agradecer nossas bênçãos. Muito comovente.

— É um feriado familiar importante aqui, quase tanto quanto o Natal.

— Tenho certeza de que Maxine vai adorar — comentou Simone, e as duas riram. — Ela tem mais motivos para agradecer do que qualquer pessoa que eu conheço. Tem muita sorte de ter encontrado seu pai, já que estava a caminho de um abrigo antes de conhecê-lo. Estava quase sem dinheiro. Meu aluguel estava três meses atrasado. Achei que iam tentar me despejar, mas não se pode fazer isso com os velhos na França. Se não fosse por isso, teriam me posto para fora. Acho que ela gastou quase tudo que conseguiu chantageando os filhos de Charles.

— Chantageando? Como?

Camille se interessou na história, e Simone parecia disposta a contá-la. Ela era um poço sem fundo de informações condenatórias sobre Maxine.

— Ela ameaçou processá-los e brigar com eles pelo château. Ela não venceria, claro, visto que eles possuíam três quartos dele pelas leis francesas. Os filhos são protegidos na França. Mas ela poderia ter mantido as propriedades amarradas por uns cinco, dez anos, e sabia que eles não queriam isso, que pretendiam usá-las. Ela ameaçou revelar os segredos de família à imprensa para conseguir o que queria. Maxine não se detém por nada quando quer alguma coisa. Eles lhe pagaram só para se livrar dela, e ela vendeu de volta a eles alguns quadros. Foi bastante vergonhoso, e ela falou com a imprensa sobre eles mesmo assim. Estavam furiosos com ela, ficariam felizes por se livrar dela a qualquer preço. Devo dizer que é muito esquisito ter uma filha malvista por todos. Eu estava sempre pedindo desculpas por Maxine quando ela era mais nova. Hoje em dia, tenho certeza de que não sei nem metade do que ela faz, e é melhor não saber. Espero que ela esteja se comportando aqui.

Maxine não tinha razão para não se comportar, já que Christophe dava tudo que ela queria. Ele havia posto o nome dela na conta que tinha na Neiman Marcus, na Barneys e na Saks na cidade, e lhe dera um cartão de crédito para as outras despesas. E não questionava o que ela comprava. O jantar servido naquela noite custara uma fortuna, e ela estava ajudando Christophe a planejar a festa de Natal da vinícola – coisa que normalmente ficava a cargo de Camille. Mas Christophe dera esse projeto a Maxine, e ela já havia triplicado os custos. Só a árvore de seis metros do pátio custaria dez mil dólares e mais cinco para decorá-la. Felizmente, ele podia pagar, e Camille lembrou a ele que poderiam lançar na conta da empresa, embora ainda fosse contra Maxine gastar tanto dinheiro com coisas desnecessárias. Sempre haviam dado uma festa incrível na vinícola, com um orçamento muito mais apertado. Com Maxine, tudo tinha que ser extravagante e luxuoso. Ela adorava se exibir. Dizia que queria que ele desse as melhores festas do Valley e ficasse famoso por isso. Ele dizia que não se importava que Sam Marshall tivesse essa distinção, mas Maxine não permitiria, de forma alguma. Ela queria ser a anfitriã mais importante de Napa Valley. E nada disso surpreendia sua mãe.

Camille leu sobre o jantar na internet dois dias depois. A pessoa que escreveu sobre o evento elitista, íntimo e exclusivo estava entusiasmada. E, quando Camille leu a menção em um blog com notícias de Napa Valley, teve a nítida impressão de que a própria Maxine a havia escrito.

Naquele ano, o jantar de Ação de Graças foi muito mais chique que o normal. Maxine insistira em contratar um bufê. Christophe disse que gostava de assar o peru, mas ela não quis nem ouvi-lo. Insistiu em contratar um bufê francês do vale e convidou dois casais que Camille nunca tinha visto e que Christophe também não conhecia. Um era italiano e o outro francês, o que foi estranho para Camille, pois ficaram falando nessas duas línguas o jantar inteiro, e nada em inglês. Ela era a única americana à mesa.

Simone também estava presente, ansiosa pelo jantar que Camille havia descrito para ela com detalhes. Mas Maxine surpreendeu Christophe e Camille, pois pedira faisão em vez de peru, com caviar e blinis de primeiro prato.

Camille estava lutando contra as lágrimas quando terminaram de comer. Nada naquela mesa estava em sua descrição a Simone; não havia nada tradicional. Foi apenas mais um jantar chique entre estranhos. Camille estava chorando quando foi para seu quarto depois que Simone saiu, e Christophe foi atrás para se desculpar.

Encontrou-a deitada na cama, chorando, com saudades da mãe. Nada mais em sua casa era familiar.

— Por que deixou que ela fizesse isso? — acusou-o dessa vez. — O Dia de Ação de Graças é especial, é sagrado. É uma tradição. E ela simplesmente passou por cima de nós.

— Eu não sabia que Maxine ia fazer isso, ela não me contou. Disse que queria nos surpreender. Ela não sabe que a comida clássica de Ação de Graças é importante para nós.

— Por que tudo tem que ser diferente agora? E tudo chique para ela poder ficar se exibindo o tempo todo!

Camille parecia uma garotinha com os braços ao redor do corpo. O coração dele doía por ela, e ele também sentia falta de Joy. Maxine era uma mulher completamente diferente, mas ele tinha certeza de que estava apenas tentando agradá-lo. Não via malícia em nada.

— Prometo que teremos peru no Natal.

— Foi um Dia de Ação de Graças terrível — disse Camille, triste.

Era o segundo jantar de Ação de Graças sem a mãe, e aquela comida ridiculamente diferente e elaborada só realçava ainda mais a perda. Ela estava cansada de Maxine e de ver suas coisas em constante mudança, nunca para melhor. Tudo era pior agora, e seu pai estava mudando também. Estava tentando manter a esposa feliz e se esquecendo dela e do que ela precisava. Maxine sempre insistia em dizer que Camille tinha que se acostumar com a vida sem a mãe e amadurecer.

Mas ela estava fazendo tudo muito rápido, e ele notava isso. Estavam casados havia seis semanas e ela já havia feito mudanças radicais, começando pela pintura sobre os afrescos de Joy, que havia abalado os dois. Christophe pediria a ela para desacelerar.

— Nem falamos mais inglês aqui — acusou Camille.

Ele não negou. Maxine ficava mais à vontade em francês. E reclamava o tempo todo de Raquel, que estava com eles havia treze anos, desde que Camille era criança. Christophe via a assinatura de Maxine nisso também. Mas lhe avisaria que Raquel era parte da família e que não a trocaria.

Mas não teve tempo de falar com ela sobre nada disso.

Na segunda-feira após o Dia de Ação de Graças, Christophe chegou em casa e encontrou uma estranha preparando o jantar – uma francesa chamada Arlette que a condessa havia contratado. Maxine lhe disse que havia pegado Raquel roubando uma bolsa Hermès Birkin e a demitira sem aviso prévio. Camille estava soluçando em seu quarto e Maxine se recusou a permitir que Christophe contratasse Raquel de volta, transformando aquilo em um confronto com ele. No fim, ele mandou a Raquel um cheque de três meses de salário e um pedido de desculpas, e Camille ficou arrasada por ter perdido alguém tão importante para eles e a quem amavam. Maxine insistiu em dizer que Raquel era uma ladra e que tivera sorte por ela não ter chamado a polícia. Camille disse a Maxine que nunca a perdoaria e passou a se refugiar ainda mais na casa de Simone.

Os filhos de Maxine, Alexandre e Gabriel, chegaram dois dias depois, e tudo passou a girar em torno deles a partir de então. Maxine tratava os filhos como príncipes. Alexandre tinha vinte e seis anos, e Gabriel, vinte e quatro. Eram bonitos, mas extremamente mimados. Serviam-se de tudo que queriam, com total desrespeito por Christophe e Camille.

Camille quase desmaiou quando viu Gabriel sair no Aston Martin de seu pai, que ele considerava sagrado. Mas Maxine permitira.

— Acho que você não deveria fazer isso — disse Camille a ela, com cautela, ao ver Gabriel sair acelerando.

Uma hora depois, ele arranhou o para-lama e o portão do estacionamento da vinícola. Christophe ficou sabendo imediatamente e saiu correndo de seu escritório para ver o que havia acontecido. Gabriel estava furioso e disse que alguém estacionara muito perto dele. Insistiu que não era culpa dele e não pediu desculpas. O fato de Christophe não ter perdido a paciência e feito um escândalo foi um tributo ao amor dele pela mãe do jovem, mas havia fumaça saindo pelos ouvidos dele quando voltou para o escritório. Maxine tinha certeza de que seus filhos eram santos e não cometiam erros.

Os dois "meninos" tomaram conta da casa, beberam os melhores vinhos de Christophe sem pedir e foram várias vezes a San Francisco atrás de baladas. De repente, a casa parecia estar explodindo de testosterona. Christophe pediu a Maxine que convidasse Camille para jantar; os quatro falaram francês, Alexandre fez comentários lascivos para ela em inglês, obviamente achando-a atraente, e Gabriel foi grosso com ela e a ignorou. E eles não haviam se dado ao trabalho de visitar a avó desde que chegaram, referindo-se a ela abertamente como *la vieille* – a velha.

Maxine não os repreendia; achava os dois charmosos e muito divertidos. Camille discordava, e Christophe tentava não criticar os filhos dela para evitar problemas. Mas eles eram grossos e arrogantes, desrespeitosos e malcomportados. Ofendiam as pessoas em todos os lugares a que iam, e Christophe se via forçado a se controlar.

Camille se refugiou com Simone, que também não estava ansiosa para vê-los e não negava seus defeitos. Sabia o estrago que eles poderiam causar, principalmente quando estavam juntos. E pretendiam ficar um mês. Alexandre estava em um momento "entre um emprego e outro" e Gabriel tinha férias de sete semanas na faculdade; por isso, não tinham pressa de voltar à França.

Falavam sobre esquiar em Squaw Valley. E, aparentemente, haviam ido aos Estados Unidos sem dinheiro. O tempo todo pediam dinheiro à mãe, e ela pedia a Christophe. Para Camille, eles eram um pesadelo.

Ela não sabia o que seu pai achava, nem queria perguntar, mas o viu estressado quando chegou em casa à noite e descobriu o último desastre que eles haviam causado.

Certa noite, durante o jantar com Camille, Maxine mencionou casualmente que Alexandre estava procurando emprego e que, talvez, Christophe pudesse lhe arranjar algo na vinícola. Mas, dessa vez, Camille falou antes de seu pai responder.

— Ele não tem *green card* — disse ela com voz firme e clara.

Maxine a perfurou com o olhar.

— Sou casada com seu pai agora, tenho certeza de que isso faz diferença — disse ela em um tom untuoso.

Mas Camille a interrompeu.

— Não para a imigração. Ele não é menor. Só poderia obter um *green card* se você tivesse um, e ele fosse menor de idade. Sendo adulto, só por sorteio, ou esperando em seu país de origem, o que leva anos. Ou se casando com uma americana.

Eles lidavam com questões de imigração o tempo todo devido a seus funcionários mexicanos, e tanto Camille quanto seu pai conheciam os regulamentos e políticas.

— E não contratamos estrangeiros ilegais — completou Camille, para não deixar dúvidas de que Alexandre não trabalharia com eles.

— Ela tem razão — acrescentou Christophe.

Além de tudo, Alexandre não entendia de vinhos nem queria entender. Não mostrou interesse na administração da empresa, tampouco em arranjar um emprego lá. Podia ver que era lucrativa pela maneira como Christophe esbanjava em presentes para sua mãe e pelo estilo de vida dela, mas isso era tudo que ele sabia ou queria saber. Gostava dos carros de Christophe, mas não tinha a ambição de arranjar um emprego nos Estados Unidos. Preferia parasitar o padrasto e não demonstrava vergonha nem gratidão por isso.

O comportamento de seus enteados ia na contramão de tudo em que Christophe acreditava. E Maxine achava que seus filhos eram maravilhosos e encantadores. Mas tudo que Camille conseguia ver era boa aparência, falta de integridade e maus modos.

A história deles também era duvidosa. Christophe sabia que Alexandre havia trabalhado em um banco em Paris, segundo a mãe. Mas o rapaz disse que estava cansado daquilo e que pedira demissão antes de ir para os Estados Unidos, para buscar melhores oportunidades. Simone disse a Camille que ele provavelmente havia sido demitido. Ele não conseguia manter um emprego desde que acabara a faculdade e fora expulso de todas as escolas que frequentara. E, quando criança, dizia que queria ser playboy quando crescesse, mas que precisaria de alguém que o financiasse. Até agora, ninguém havia se oferecido.

Simone disse que o falecido marido de Maxine era muito generoso com eles e arranjara vários empregos para Alexandre, dos quais o jovem fora demitido. Namorava sistematicamente garotas ricas cujos pais o convidavam para passar férias luxuosas, mas nunca era convidado a voltar. E traía todas as namoradas. Ele tinha um lado desagradável. Ela havia avisado Camille que ele era igualzinho a Maxine. Já Gabriel era a versão menos inteligente, consideravelmente menos atraente, mas também bonito. Também havia sido expulso de todas as melhores escolas pagas pelo falecido conde, por desonestidade e por usar e traficar drogas. Eram um verdadeiro desastre.

— São uma dupla triste — disse a avó, embora fossem seus netos.

Ela não tinha orgulho deles nem de sua filha. Mas Maxine fora muito mais suave, mesmo quando tinha a idade deles. Usava o charme e a inteligência para conseguir o que queria.

— Ouvi dizer que Gabriel amassou o carro de seu pai, que Maxine o deixou usar — disse Simone, pesarosa por seu novo genro ter que os abrigar e aguentar.

— Como soube disso? — perguntou Camille, curiosa, pois ainda não lhe havia contado e havia acabado de acontecer.

— Cesare me contou quando veio trazer umas frutas e um vinho de seu pai.

Ela havia achado o vinho dele excelente, tão bom quanto os melhores rótulos da França.

— Não sei por quê — disse ela, acendendo um cigarro e fechando um olho para evitar a fumaça —, mas não gosto de Cesare. Se bem que ele sempre é muito cortês comigo.

Simone sempre era sincera com Camille, e a garota ficou intrigada ao ouvi-la dizer isso.

— Por quê?

— Você vai achar uma tolice, pois imagino que ele esteja aqui desde sempre, mas não confio nele. É meio sorrateiro, como uma cobra rastejando pela grama.

Camille riu da descrição, que lhe pareceu adequada. Simone era muito observadora e tinha bons instintos.

— Eu sinto o mesmo em relação a ele; minha mãe também nunca gostou dele. Ela e meu pai discutiam por causa disso. Meu pai o ama, diz que ele é um gerente brilhante e talentoso, por isso o tolera.

— Maxine o ama, e ele puxa o saco dela. Essa é sempre minha primeira pista de que alguém não presta.

Ela cortava as camadas de falsidade que cercavam algumas pessoas e expunha seu núcleo como um bisturi ou como se tivesse visão de raio X. Não havia nada de senil nem demente em Simone. Pelo contrário, ela era afiada e via tudo, inclusive sobre a própria filha e os netos.

Alexandre e Gabriel continuavam fazendo molecagens, pequenos estragos, correndo por Napa Valley com uma Ferrari que Maxine alugara para eles às custas de Christophe. Ele não achou uma boa ideia, mas aceitou não criticar os filhos dela, visto que não queria que ela criticasse Camille. Mas isso acrescentava estresse à vida no château, e a jovem ficava feliz quando fugia para seu quarto ou para o chalé de Simone sempre que podia.

Finalmente, os garotos foram tomar chá com ela uma vez e depois não a viram de novo. Foram totalmente desrespeitosos com a avó e disseram à mãe que parecia louca como sempre com aquele cabelo ruivo selvagem, a cachorra e as galinhas. Simone havia comprado galochas em St. Helena para usar no jardim, e eles concordavam com a mãe cheia de estilo: a avó era muito desleixada.

Eles usavam roupas caras, como a mãe; tudo que possuíam parecia ser Hermès. Estavam totalmente deslocados em Napa Valley e não se impressionaram com Christophe. Sem dúvida, ele tinha dinheiro e era bem-sucedido, mas achavam que não tinha estilo e diziam que se vestia como um fazendeiro quando ia trabalhar. E que a filha dele não era melhor. Se bem que Alex admitia que era bonita e disse que não se importaria de passar uma noite com ela. Disse que ela tinha um bom corpo sob roupas deprimentes.

Foi a única vez que sua mãe chamou a atenção dele para pedir que se comportasse. Não queria problemas com Christophe por algo assim, pois ele achava que a preciosa filha era uma santa, e havia outras garotas com quem Alex poderia dormir.

Os meninos apareceram na festa de Natal da vinícola; ambos se embriagaram e tomaram liberdade com várias mulheres, que os acharam os franceses mais sexy que já haviam visto. A festa correu bem, embora Camille ainda estivesse chateada com os gastos. Mas seu pai disse para ela não se preocupar com isso. Maxine estava feliz, e todos os convidados adoraram. A árvore havia sido maior; a decoração, mais elaborada, e a comida ótima naquele ano, e poderiam voltar ao orçamento habitual no ano seguinte. Além disso, a colheita havia sido excelente, e poderiam arcar com a despesa extra se organizar a festa fosse deixar Maxine feliz.

Quando o Natal chegou, Simone apareceu com um vestido preto simples, de veludo, com botões de pérolas e gola de renda. E sapatilhas de couro envernizado, como uma menininha.

— Não tem nada melhor para vestir, mamãe? — perguntou Maxine.

Ela usava uma saia longa de veludo vermelho, um suéter preto de lã de angorá e brincos de diamantes; e, como sempre, parecia a capa da

Vogue. Os homens estavam de blazer, e Camille com um vestido de veludo verde-escuro de sua mãe que servia perfeitamente nela. Joy usava aquele vestido todos os anos no Natal, e Camille o colocou para que seu pai se lembrasse de sua mãe. Lágrimas brotaram nos olhos dele quando a viu, e ele acenou para Camille. Era uma maneira de fazer com que Joy participasse da festa com eles, apesar da presença avassaladora de Maxine.

A condessa os enganou com a comida de novo com outra "surpresa" para a ceia de Natal. Pediu ganso, em vez de peru, porque era tradicional na Europa; mas não nos Estados Unidos. Estava gorduroso e mal preparado, porque era desconhecido para o chef. Camille não conseguiu comer e os outros nem tentaram. Ela não chorou dessa vez. O Natal foi uma decepção, mas ela estava resignada, sabia que tudo seria diferente a partir de então. E já esperava que fosse ruim.

Camille deu a Maxine um suéter de cashmere que comprara em St. Helena, e a madrasta deixou claro que não havia gostado e o jogou de lado assim que o abriu. Depois, entregou-o à empregada. Para o pai, Camille deu uma jaqueta forrada de lã para usar nos vinhedos, que ele adorou. E para Simone, um isqueiro esmaltado dourado e vermelho. Ela amou e disse que era o melhor presente que já havia ganhado.

Camille também deu um suéter vermelho para Choupette, com coleira e guia combinando. E a cada um de seus meios-irmãos, uma garrafa de Cristal Brut. Mas eles não se deram o trabalho de lhe dar nada.

Maxine deu a Camille uma bolsa de noite com lantejoulas vermelhas que pertencera a ela, sabendo que a enteada nunca a usaria.

Christophe tirou do cofre uma pulseira de ouro que havia sido de Joy, que estava guardando para Camille, e a deu à filha junto com um lindo casaco preto que comprara na Neiman. Foi extremamente generoso com Maxine e deu a ela uma pulseira de diamantes da Cartier que ela colocou imediatamente, muito satisfeita.

Simone deu a Camille um quadrinho do château que ela mesma havia pintado. E Camille notou que Maxine e a mãe não trocaram presentes.

Maxine deu a Christophe um relógio Rolex que ele adorou e colocou no lugar do antigo, que Joy lhe dera. Maxine sabia disso e estava ansiosa para substituí-lo. O coração de Camille se apertou quando ela o viu tirar o relógio da mãe, mas ele não podia fazer outra coisa e enfiou o relógio de Joy no bolso.

A noite terminou cedo; todos estavam cansados. E os dois garotos partiram cedo na manhã seguinte; foram esquiar em Lake Tahoe. Camille ficou aliviada com o fim das festas. Haviam sobrevivido, e isso era tudo que ela podia esperar naqueles dias.

Seria um alívio sem os meninos lá por dez dias. Eles voltariam depois do Ano-Novo. Ambos eram excelentes esquiadores e estavam ansiosos pela viagem. E nunca lhes ocorrera perguntar a Camille se ela queria acompanhá-los. Ela ficou feliz por não terem feito o convite, pois tinha planos para a véspera de Ano-Novo: passaria com três amigas de escola, uma delas era Florence Taylor, na casa de quem passara o fim de semana em que Maxine se mudara para o château.

A madrasta queria dar uma festa na véspera de Ano-Novo, mas, como Christophe partiria no dia seguinte para a França a trabalho, disse a ela que preferia uma noite tranquila em casa com sua esposa e insistiu nisso. Ela reclamou, mas ele foi inflexível; não podia ficar acordado até tarde na noite anterior à sua grande viagem, e o voo era cedo. Também haviam perdido a festa de Natal dos Marshall naquele ano, que era uma das tradições favoritas dele. Os amigos de Maxine da vinícola suíça deram uma festa de gala na mesma noite e ela insistira que eles fossem. E, para mantê-la feliz, visto que era tão importante para ela, Christophe cedera e perdera a festa de Sam que curtia todos os anos. Manter uma vida social no ritmo que Maxine exigia não era fácil para Christophe, que também tinha o trabalho e as viagens para administrar. Maxine não tinha mais nada para fazer. Mas ele queria fazer tudo que pudesse para agradá-la.

Viver com Maxine ditando tudo e querendo fazer tudo do jeito dela era deprimente para Camille e exaustivo para Christophe às vezes. Ele pensava que manteria suas antigas tradições nessa época do ano, mas a nova esposa tornara impossível, e Christophe queria respeitar as necessidades dela também. Ele se sentira puxado em todas as direções nesse Natal, querendo receber bem os filhos dela, honrar a filha e satisfazer Maxine, tudo ao mesmo tempo. Estava exausto na noite de Natal, e ela ainda fazia beicinho e discutia com ele sobre a festa de Ano-Novo que ele se recusava a deixá-la dar.

Ele a silenciou com um beijo e a levou para a cama. Não havia sido o tipo de Natal que ele desejava e, quando se acomodou em seus braços, percebeu que viver com Maxine era como uma montanha-russa todos os dias. Emocionante, mas estressante também. Ela era maravilhosa, mas, sem dúvida, exigente. Amá-la era como tentar manter um furacão na coleira e não ser levado pelo vento.

Capítulo 11

Em contraste com o Natal agitado, a semana até o Ano-Novo passou sem intercorrências. O tempo estava ruim e quase sempre chovia. A casa ficou tranquila de novo sem Gabriel e Alexandre, que relataram à mãe que estavam se divertindo muito em Lake Tahoe e conhecendo muitas mulheres. Queriam saber se podiam levar duas para o château com eles, mas Maxine achou que não seria uma boa ideia. Mesmo que Christophe já houvesse partido quando voltassem, Camille lhe contaria. Ele havia pagado a viagem dos meninos, e ela achava que não deviam forçar a barra e levar mulheres ao château. Christophe havia sido muito receptivo e generoso com eles até então e pagara todas as despesas deles desde que chegaram, inclusive as passagens aéreas. Ela notava que os frequentes incidentes criados pelos meninos, os danos à propriedade e aos carros dele e estar o tempo todo cercado por pessoas dentro de casa estavam começando a desgastá-lo. Ele nunca perdeu a paciência por causa disso, mas estava exausto e não conseguia mais ter paz em casa – nem Camille. Maxine e seus filhos haviam tomado cada centímetro da casa.

No fim, o tempo estava tão ruim na véspera de Ano-Novo, e as estradas tão perigosas por causa das fortes chuvas, que Camille decidiu não ir à festa de Florence Taylor e passou a noite com Simone no chalé. Ela fez seu famoso *cassoulet*, e Camille se surpreendeu por gostar. Simone arranjou cartas de baralho e elas jogaram pôquer, desejaram feliz ano novo uma à outra e beberam à meia-noite o champanhe que Camille levara. Ficou até as duas da manhã, depois voltou para o château sob a chuva torrencial.

De acordo com os desejos de Christophe, ele e Maxine foram para a cama bem antes disso e tiveram uma noite tranquila. Ele sairia às seis da manhã para pegar o voo para Paris às dez. O pouso estava programado para às nove da noite – horário de San Francisco, que corresponderia às seis da manhã do dia seguinte em Paris. Chegaria ao hotel às sete e meia, oito, tomaria banho e trocaria de roupa, e seu dia de reuniões começaria. E iria para Bordeaux no final da semana. Havia pensado em levar Maxine, mas tinha muitos compromissos e pessoas com quem falar, e não poderia passar muito tempo com ela. E ela não queria perder a oportunidade de estar com os filhos quando voltassem de Tahoe. Eles ainda ficariam nos Estados Unidos por mais duas semanas.

Camille acordou cedo por causa da chuva forte, o que lhe deu tempo de ver seu pai na escada quando ele estava saindo. Ela saiu na ponta dos pés de seu quarto, de camisola e pés descalços, para lhe dar um beijo de despedida. Ele sorriu quando a viu, feliz por ter uma última chance de abraçá-la.

— Cuide de tudo enquanto eu estiver fora — disse ele, mas não precisava, pois sabia que ela o faria, tão responsável que era com seu trabalho e a casa. — Em duas semanas estou de volta.

Ela o abraçou de novo e ele acenou ao pé da escada, colocou o chapéu e a capa de chuva e saiu. Camille ouviu a porta de uma das SUVs da vinícola se fechar. Um funcionário do vinhedo a conduzia. Quando o carro desceu, ela voltou para a cama e acordou de novo às dez horas. A chuva havia parado, mas era um dia triste, e ela sabia que seu pai já havia decolado. Ele havia mandado uma mensagem para ela pouco antes de o avião partir para dizer que a amava.

Era dia de Ano-Novo e ela não tinha nada para fazer. Ficou na cama até o meio-dia, depois se vestiu e foi ver Simone, que estava no jardim cuidando das galinhas com suas galochas. A senhora a convidou para almoçar. Havia feito *œufs en cocotte*, que eram ovos assados em ramequins com pedacinhos de linguiça e tomate; estavam deliciosos. Conversaram um pouco; Camille a ajudou a acender a lareira e voltou para casa mais ou menos às três. Ficou deitada na cama um pouco, leu e adormeceu. Era um dia preguiçoso, e acordou às seis.

Estava pensando em descer para comer alguma coisa quando ouviu a televisão ligada no antigo escritório da mãe e imaginou que fosse Maxine. Passou e viu a madrasta assistindo à CNN com o controle remoto na mão. Ela se voltou para olhar para Camille com uma expressão chocada.

— Aconteceu alguma coisa? — perguntou Camille, relaxada, pois estava tendo um dia tranquilo.

Mas Maxine falou em um tom vazio.

— O avião de seu pai caiu sobre o Atlântico. Desapareceu há uma hora.

A cena parecia irreal. O coração de Camille batia forte e ela foi se sentar ao lado de Maxine, olhando para a TV. O voo da Air France que seu pai pegara havia mandado um sinal de emergência devido ao mau tempo e, vinte minutos depois, desaparecera da tela do radar. Não se sabia o que tinha acontecido e não havia mais informações do capitão. Ninguém sabia se havia alguém envolvido, ou só o clima, mas não havia sinal do avião. Barcos e navios-tanque se dirigiam para a área, mas ainda não havia chegado nenhum.

Camille se sentiu enfraquecer. Não era possível... Ele estava indo para Paris e Bordeaux. Havia dito que voltaria em duas semanas. Ele nunca mentia para ela. Se ele havia dito que voltaria em duas semanas, voltaria.

As duas ficaram em silêncio durante a hora seguinte, vendo e ouvindo os relatórios. O repórter disse que era mais provável que o avião houvesse caído no Atlântico; não havia terra a uma distância razoável para pousar com segurança se tivessem alguma falha mecânica.

Simone havia visto a reportagem na TV em seu chalé e foi para o château. Seguiu o som da televisão até o escritório de cima e viu as duas sentadas lá. Sentou-se no sofá ao lado de Camille e segurou sua mão. Meia hora depois, as três estavam chorando. Havia sido confirmado que o avião caíra. Um navio-tanque por fim relatou ter visto uma explosão no ar e uma bola de fogo afundando no mar. Barcos se dirigiam à área, mas não havia expectativa de sobreviventes, dada a descrição do navio-tanque. Em tom sério, o repórter disse que havia duzentas e noventa pessoas no avião, incluindo os tripulantes. Deram o número do voo, e era o de Christophe.

Camille ficou balançando para a frente e para trás nos braços de Simone, que a abraçava com força; Maxine olhava para as duas como se não houvesse entendido o que tinha sido dito ou o que elas estavam fazendo e saiu dali. Voltou meia hora depois, com cara de quem havia chorado. Disse com voz rouca que havia ligado para os meninos e lhes contado, e eles voltariam de Tahoe pela manhã. Havia muita neve na estrada naquela noite.

Maxine olhou para Camille, e as duas trocaram um longo olhar.

— Seu pai está morto — disse Maxine com voz trêmula. — O que eu vou fazer?

Camille não tinha resposta. Não conseguia falar. Não podia imaginar seu mundo sem ele. O que aconteceria com todas elas? Como isso fora acontecer? Coisas assim só aconteciam na televisão, não com pessoas conhecidas. Não com seu pai. Ele viajava o tempo todo.

Ainda não se sabia o que havia causado a explosão, mas isso não tinha importância. O avião e todos os passageiros tinham desaparecido sem deixar rastro. Os mergulhadores já procuravam destroços, corpos e a caixa-preta que teria registrado seus últimos momentos.

Simone desceu à cozinha e subiu com água e chá para as duas. Não sabia mais o que fazer. Estava preocupada com Camille, cuja vida girava em torno do pai. Maxine sempre seria uma sobrevivente e encontraria uma maneira de se reinventar, mas aquela criança não. Ficara arrasada com a notícia, perdera o pai quinze meses depois de sua mãe morrer.

O telefone tocou meia hora depois. Era Sam querendo falar com ela. Camille segurava o aparelho com a mão trêmula.

— Ele estava naquele voo? — perguntou ele com voz embargada.

Sam havia visto Christophe dois dias antes e sabia que iria para Paris no dia de Ano-Novo. Foi tomado por uma onda de pânico quando soube do acidente pela CNN.

— Sim — disse Camille baixinho, e Sam começou a soluçar.

Um pouco depois, ofereceu-se para ir ao château assim que se recompusesse. Mas ela não queria vê-lo, não queria ver ninguém. Ela queria o pai, não o amigo dele. Mas sentiu-se grata pelo telefonema.

— Não, estou bem — disse ela, parecendo e se sentindo uma criança de novo.

Ele prometeu ir vê-la no dia seguinte.

A companhia aérea ligou depois para dar a notícia, mas elas já sabiam. Ainda não se sabia se a causa havia sido mecânica ou um ato de terrorismo. Relatórios preliminares falavam de um míssil, mas não parecia possível nem provável. Não havia razão para isso. Pretendiam continuar procurando os restos do avião e a caixa-preta à luz do dia, embora a aeronave tivesse caído em águas muito profundas.

Camille ouvia o que eles diziam como se estivessem muito longe. Logo depois, Phillip ligou. Estava em Aspen, onde fora esquiar com Francesca e uns amigos.

— Você está bem? — perguntou ele, protetor como sempre e quase tão chocado quanto ela.

Phillip estava preocupado com ela. Sua pergunta havia sido imprópria. Como ela poderia estar bem se havia acabado de perder o pai? E Christophe era um homem muito bom e um pai maravilhoso. Sam não conseguia parar de chorar quando ligara para o filho para dar a notícia. Christophe havia sido como um irmão para ele.

— Não sei — disse Camille com sinceridade; estava atordoada.

— Volto amanhã. Diga-me o que posso fazer para ajudá-la. Meus sentimentos, Camille.

Nenhum dos dois sabia o que dizer, e nada mudaria o horror do que acabara de acontecer. Camille não estava pronta para ficar sozinha no mundo na idade dela. Nunca lhe ocorrera que poderia perder o pai.

— Você vai ficar bem — disse Phillip, tentando convencer tanto a Camille quanto a si mesmo —, e papai e eu faremos tudo que pudermos para ajudar.

Mesmo com a idade que tinha, Phillip não podia imaginar perder ambos os pais. Ainda estava profundamente abalado pela morte da mãe quatro anos antes.

— Maxine está sendo gentil com você?

Teria que ser nas atuais circunstâncias. Mesmo uma mulher calculista e manipuladora como Sam alegava que ela era teria que ser compassiva em um momento como esse; e havia sido um golpe para ela também.

Phillip prometeu ir ver Camille assim que voltasse e desligaram. Depois disso, Simone gentilmente levou Camille para o quarto, colocou-a na cama e se ofereceu para ficar com ela naquela noite.

Camille assentiu. Quando por fim fechou os olhos, Simone foi ver a filha, que estava deitada na cama olhando para o nada.

— Por que está sendo tão legal com ela? — perguntou Maxine à mãe, em tom acusador.

— Alguém tem que ser. Ela acabou de perder o pai. Você perdeu um homem com quem foi casada por três meses e mal conhecia.

— Acabei de perder meu futuro e minha segurança — disse ela com aspereza. — O que acha que vai acontecer conosco agora?

Maxine estava assustada, o que era raro nela. Christophe havia sido a solução para um problema, e agora a solução desaparecera e o problema ainda estava lá. Ela tinha uma mãe, dois filhos adultos dispendiosos e desempregados e a si mesma para sustentar, e não tinha como fazê-lo. Não trabalhava havia anos. Vivia de sua inteligência e dos homens com quem se casava – dos dois últimos, pelo menos. Seu casamento com Charles e sua segurança haviam desaparecido quando ele morrera, e os filhos dele se livraram dela. E não estava casada com Christophe por tempo suficiente para que ele continuasse sendo seu provedor. Haviam começado bem, mas estava tudo acabado.

— Você vai dar um jeito — disse sua mãe calmamente —, como sempre. Temos que cuidar de Camille agora.

— Ela não tem nada com que se preocupar — disse Maxine com frieza. — Ela tem tudo isto aqui. É a única herdeira. Tenho certeza de que ele deixou tudo para ela.

Maxine estava furiosa por isso.

— Talvez tenha deixado alguma coisa para você — disse Simone, não mais chocada com o comportamento da filha.

Ela não tinha compaixão por mais ninguém, sempre pensava só em si mesma.

— Duvido — respondeu Maxine. — E, mesmo que tenha deixado, não será suficiente. Ele não era idiota e era louco pela filha — disse, indicando com a cabeça o quarto de Camille. — E ainda era apaixonado pela mãe dela.

— Ela morreu há apenas um ano, e eles foram casados por muito tempo.

— E agora Camille é dona de tudo isto. Alex poderia se casar com ela — disse.

Simone se perguntava como poderia ter gerado alguém como Maxine, que tinha gelo nas veias e uma calculadora no lugar do coração.

— Precisa de alguma coisa? — perguntou Simone.

Maxine negou com a cabeça. Simone voltou para o quarto de Camille e se deitou na cama ao lado dela. Sabia que em algum momento da noite Camille acordaria e a realidade a atingiria como uma bomba, e queria estar ali quando isso acontecesse. E os próximos dias seriam muito difíceis. Era o mínimo que Simone podia fazer por ela. Estava triste por pertencer ao bando de abutres que haviam ido se aproveitar de Christophe, mas, pelo menos, poderia ajudar a filha dele.

E, como Simone havia previsto, Camille acordou às seis da manhã e chorou muito nos braços dela. Um pouco depois, voltaram para o escritório de Joy para assistir à CNN de novo. Destroços do avião tinham sido encontrados por mergulhadores da Marinha, e a caixa-preta havia sido localizada. Ainda era especulação, mas acreditavam que uma falha mecânica e um vazamento de combustível em um dos motores haviam causado a explosão. Dos especialistas em aviação, nenhum achava que havia sido terrorismo. Foi um ato do destino que Christophe estivesse naquele avião quando a explosão aconteceu.

Camille ainda estava de camisola, em choque, quando Sam Marshall chegou, às nove horas. Ele chorou com ela durante um longo tempo. Não havia nada para fazer, nenhum corpo a reclamar. Teriam que avisar algumas pessoas, a vinícola, o advogado da família... Sam se ofereceu para ajudá-la com isso. Maxine ficou chocada ao vê-lo à mesa do café da manhã com Camille e Simone quando desceu, e imediatamente lhe ofereceu café e um sorriso. E ficou falando como uma insensata sobre o terrível acidente e sobre como todos ficaram chocados.

Sam olhava para ela com nojo.

— Por favor, não. Acabei de perder meu melhor amigo e Camille perdeu o pai. Não preciso de café e não quero falar sobre isso.

Parecia que ela havia sido esbofeteada por Sam. Ele bem que tivera vontade de fazer isso.

Sam deixou Camille por volta do meio-dia e prometeu voltar mais tarde se ela quisesse. Passou pelo Château Joy quando saiu e falou com os chefes de departamento e com Cesare. Todos já haviam ouvido falar do acidente, e a maioria sabia que Christophe estava naquele avião. A empresa inteira estava de luto. Deu a todos seu número de celular para o caso de poder fazer algo para ajudar. Teriam que planejar a cerimônia, mas ainda era cedo.

No final da tarde, depois de ouvir as gravações da caixa-preta que haviam recuperado, a companhia aérea informou de novo que era improvável que houvesse sido um atentado; parecia cada vez mais provável ter sido uma falha mecânica e que a explosão se dera devido ao vazamento no motor de que o piloto tomou conhecimento nos momentos finais do voo. E, qualquer que tivesse sido o motivo do acidente, Christophe estava morto.

Camille havia andado pela casa como um zumbi o dia todo, e Simone a seguira como um fantasma. Maxine ficou em seu quarto a maior parte do tempo. Não tinha nada a dizer a elas. Os meninos chegaram de Lake Tahoe às oito da noite. Levaram oito horas para chegar, em vez de quatro, devido às fortes nevascas na estrada. Os dois cumprimentaram Camille brevemente e lhe deram os pêsames pelo pai. Ela assentiu e subiu com Simone; não tinha nada a dizer a eles. Eles só conheciam seu pai havia poucas semanas e não se importavam com ele.

Os meninos jantaram na cozinha com a mãe e conversaram durante horas, em voz baixa, sobre o que fazer. Maxine tinha certeza de que Camille lhe pediria para ir embora assim que começasse a se recuperar do choque e pensasse com mais coerência. Fora exatamente isso que acontecera com os filhos de Charles, embora fossem mais velhos e dois deles fossem advogados e soubessem o que estavam fazendo. Camille ainda não havia percebido, mas Maxine sabia que ela era uma garota brilhante e que gostaria que a madrasta fosse embora.

Os meninos perguntaram à mãe se ela queria que eles voltassem imediatamente para Paris. Mas não, ela queria o apoio deles, especialmente se as coisas se complicassem. E os quatro – incluindo Simone – poderiam ir embora juntos quando fosse o momento. Formavam um exército de ocupação, e Camille havia vencido a batalha. Até onde Maxine podia adivinhar, a guerra havia acabado, mas ainda não estava pronta para se render e queria seus filhos ao seu lado para fazer uma demonstração de força.

Maxine ficaria para a leitura do testamento, para o caso de ele ter deixado algo para ela viver por um tempo. Não adiantava ir embora antes disso. Estavam melhor no château, por enquanto, até Camille expulsá-los. Maxine já a odiava por isso, mas a ideia ainda nem havia passado pela cabeça da enteada. Estava arrasada demais com a perda do pai para sequer pensar em Maxine e nos filhos e no que aconteceria.

Phillip foi vê-la naquela noite. Ficaram no escritório de cima com a porta fechada. Ele a abraçou como fazia quando ela era uma garotinha e se machucava. Ele já notava que ela não era mais criança; e, apesar da devastação por perder o pai, ela estava começando a pensar com mais clareza e parecia preocupada com a vinícola. Phillip prometeu ajudá-la de todas as maneiras que pudesse. Ele ainda era o irmão mais velho que sempre fora para ela e prometeu que isso nunca mudaria.

Depois de uma hora, ambos saíram. Phillip lançou um olhar sombrio para Maxine e seus filhos quando passaram e, quando já estavam fora, disse a Camille:

— Você precisa se livrar desse bando o mais rápido possível.

Ele falou bem sério, e Camille assentiu. Pelo menos seria um alívio, embora não fosse trazer seu pai de volta.

Para espanto de todos, Camille se vestiu e foi à vinícola no dia seguinte. Precisava disso. Devia isso ao pai. Chorava toda vez que alguém lhe dava os pêsames. E via Cesare chorando toda vez que o encontrava.

Ela ligou para Sam para agradecer a visita no dia anterior e disse que estava tentando organizar as coisas. Em seguida, ligou para o advogado do pai. Ele disse que já pretendia ligar para ela, mas queria lhe dar um tempo para se recuperar. Marcaram para a manhã seguinte na vinícola; ele disse que levaria o testamento e pediu que ela levasse a madrasta, o que fez Camille entender que o pai havia deixado algo para Maxine. Isso era típico dele, pois era muito generoso, responsável e gentil. E ele amara Maxine, mesmo que por pouco tempo.

Ela foi para casa às cinco da tarde. Parecia que havia levado uma surra. Maxine e os meninos estavam na sala quando ela chegou. Camille disse à madrasta que tinham uma reunião com o advogado às dez horas da manhã seguinte, no escritório dela na vinícola.

— Você não perdeu tempo, não é? — disse Maxine com um tom mordaz.

Eles estavam bebendo desde o meio-dia. Camille notou que ela estava bêbada e não se deu o trabalho de responder.

— Ele pediu para você estar lá — disse por fim.

Maxine assentiu e esvaziou sua taça de vinho, e Camille subiu. Não havia comido o dia todo, mas nem se importava; não conseguia comer. Só queria se deitar na cama e morrer, como os pais. Pensou, então, que tinha vinte e três anos e era órfã. O mesmo acontecera com seus pais, que tinham ficado órfãos quando ainda eram jovens. Ela não podia imaginar nada pior.

Camille foi a pé até a vinícola na manhã seguinte. Estava esperando em seu escritório quando o advogado chegou, todo sério e respeitoso. Ele usava um terno escuro, o que era adequado para a ocasião. Camille ainda não havia pensado em nada para a cerimônia fúnebre, nem para o obituário, mas sabia que tinha que fazer alguma coisa. Era muita coisa em que pensar.

Camille e o advogado conversavam baixinho enquanto esperavam Maxine, que chegou dez minutos atrasada, usando um vestido preto curto que lhe exibia as pernas. Camille estava de jeans e um suéter preto velho, sem se importar com sua aparência. Só o que ela queria era seu pai. Sem ele, nada fazia sentido. A luz mais brilhante de sua vida havia se apagado.

O advogado entregou a cada uma delas uma cópia do testamento e informou que eram as únicas herdeiras. Ele o leu e disse que lhes explicaria tudo, e que parte do documento era apenas padrão em todos os testamentos, para fins fiscais. Recordou a Camille que os impostos sobre os bens venceriam em nove meses, mas seu pai já havia previsto isso e o dinheiro estaria prontamente disponível no momento necessário. Disse que seu pai havia sido um homem muito responsável. E que podiam ver, pela data, que era um testamento novo, que ele havia escrito alguns dias antes de se casar com Maxine. E começava a distribuição de bens com ela.

Christophe deixara escrito no testamento que, visto que estava prestes a se casar com Maxine de Pantin, queria fazer uma provisão para ela, e, se o casamento durasse e se mostrasse sólido, redigiria um novo documento em uma data posterior. Mas, como ainda não eram casados quando o redigira, deixou a ela a quantia de cem mil dólares, como um presente, no caso de sua morte.

Maxine não ficou satisfeita quando ouviu a quantia, mas tentou não demonstrar. Considerando o fato de que eles ainda não eram casados na época, parecera razoável tanto para Christophe quanto para o advogado. Também deixara estabelecido que, se o casamento não houvesse ocorrido por algum motivo quando da morte dele, o legado que especificara para Maxine seria nulo e sem efeito. Mas, como haviam se casado, ela havia acabado de herdar cem mil dólares.

O restante de sua propriedade e todos os seus bens e pertences, o château e seu conteúdo, suas obras de arte, a vinícola, seus investimentos e todo o dinheiro que tinha no momento de sua morte, deixou para a filha, Camille. Ela herdaria tudo que ele tinha, o que era um legado considerável. Ele havia disposto tudo de maneira inteligente para minimizar os impostos sobre herança da melhor maneira possível. Assim, Camille se tornou uma mulher muito rica da noite para o dia, proprietária de uma importante vinícola e de todos os investimentos do pai. E Maxine olhou para ela com inveja declarada.

Christophe e Maxine haviam assinado um acordo pré-nupcial antes de se casarem, de modo que ela herdaria apenas o que estava no testamento. Não tinham bens comuns.

Em seguida, o advogado explicou que Christophe havia acrescentado uma cláusula a fim de ser justo tanto com sua então futura esposa quanto com sua filha e pelo fato de Camille não ter mais pai e mãe para orientá-la. Dada a juventude de Camille, no caso da morte súbita dele antes de seu aniversário de vinte e cinco anos — para o qual faltavam dezessete meses no momento da leitura do testamento —, sua esposa, Maxine, poderia continuar morando no château com Camille até o vigésimo quinto aniversário da filha; assim, ela não ficaria sozinha. Aos vinte e cinco anos, caberia a Camille decidir se desejava que a madrasta continuasse com ela ou não. Se Maxine se casasse de novo antes de Camille completar vinte e cinco anos ou se desejasse viver com um homem, teria que deixar o château imediatamente. Da mesma forma, se Camille se casasse antes dos vinte e cinco anos, Maxine deixaria o château e sua presença não seria mais necessária.

Basicamente, ele dera a Maxine um período de carência antes de ter que deixar o château e protegeu Camille contra a possibilidade de ficar totalmente sozinha, coisa que o preocupava. Mas um novo homem na vida de Maxine ou o casamento de Camille encerraria o acordo. Não queria que um homem estranho na vida de Maxine fosse imposto a Camille em sua própria casa, e a presença da madrasta seria redundante se a enteada se casasse.

Ele havia declarado especificamente que Camille era a única proprietária da vinícola e de todos os seus bens e assim permaneceria. Mas, mais uma vez, devido à idade da filha, ele achara que ela precisaria de apoio e orientação no início, e de tempo para se adaptar a todas as responsabilidades depois da morte dele. Assim, nomeou Maxine coadministradora da vinícola até o vigésimo quinto aniversário de Camille para dividir os desafios e encargos com ela; e a partir dos vinte e cinco anos, Camille a administraria sozinha e Maxine não teria mais participação no Château Joy, na vinícola e em todas as suas propriedades. Até que chegasse esse momento, ele pedia a Maxine que ajudasse Camille na empresa e tomasse boas decisões enquanto administrasse a vinícola com ela. Dizia que tinha toda a confiança de que Maxine seria uma grande ajuda para ela.

Também estabeleceu que, se Camille tivesse filho, filha ou filhos ou se estivesse grávida no momento da morte dele, sua progênie herdaria apenas um terço da vinícola, e Camille reteria dois terços e todas as suas participações financeiras, conforme declarado no momento de sua morte. Se ela não tivesse filhos vivos ou no útero quando ele morresse, ela herdaria todos os seus bens. E, se Camille morresse antes dele, mas tivesse um filho, este herdaria tudo.

Nenhuma dessas condições se aplicava, pois Camille não tinha filhos e não estava grávida; portanto, herdara tudo. Ele também dizia que, no caso de Camille falecer antes dele ou antes de seu vigésimo quinto aniversário e não ter descendentes, metade de seus bens ficaria para sua esposa, Maxine, desde que seu casamento houvesse ocorrido, e a outra metade seria dividida igualmente entre seus parentes em Bordeaux. E, se Camille morresse depois de completar vinte e cinco anos, a vontade dela teria precedência e Maxine não receberia nada.

Ele havia especificado que sua viúva, Maxine Lammenais, só herdaria seus bens se Camille morresse antes de seu vigésimo quinto aniversário e não tivesse filhos. Depois desse tempo, era sua suposição e esperança que Maxine já tivesse uma nova vida, e o casamento deles teria sido curto. E Camille teria seu próprio testamento até então – ele a encorajava a fazer um, dada a grande quantia que herdaria dele.

Era uma maneira estranha de dividir seu patrimônio, mas a idade de Camille o influenciara, explicou o advogado. E acrescentou que o pai dela a julgava capaz de administrar a vinícola sozinha, mas que seria um fardo pesado para ela imediatamente após a morte dele, tendo que cuidar de tudo, e a ajuda de Maxine na administração do dinheiro por pouco tempo poderia aliviar a carga até que ela chegasse aos vinte e cinco anos, quando assumiria tudo sozinha. Ele havia deixado para Camille tudo que possuía, mas permitira que Maxine morasse com ela pelos próximos dezessete meses e a ajudasse a administrar a vinícola. E, depois disso, *tudo* seria de responsabilidade de Camille aos vinte e cinco. E ele presumira que Maxine não precisaria dos cem mil que deixaria para ela, mas era um gesto e um sinal de seu amor. Eles haviam dispensado a divulgação da situação financeira de Maxine no acordo pré-nupcial, a pedido dela, e ele presumira que ela tinha finanças sólidas.

O advogado explicou, ainda, que Christophe havia tentado prever todas as possibilidades e pensara em depositar tudo em um fundo irrevogável, o que teria sido vantajoso em termos fiscais, mas queria ter flexibilidade para modificá-lo, dada a idade de Camille, seu casamento recente e o fato de que não esperava morrer no futuro próximo. Por isso não foi deixado em um fundo, e sim diretamente em testamento. Os impostos sobre a herança seriam altos, mas havia provisão suficiente para cobri-los.

O fato de Camille herdar tudo não foi uma surpresa, visto que ela era a única filha de Christophe. Só o que surpreendeu as duas foi a generosidade dele de permitir que Maxine continuasse morando no château e tivesse voz na vinícola pelo próximo ano e meio. Isso daria a Maxine tempo para descobrir o que fazer da vida e decidir para onde queria ir e permitiria que as duas formassem ou não um vínculo. Se não, Maxine partiria em dezessete meses, quando Camille completasse vinte e cinco anos e assumisse totalmente as rédeas. Enquanto isso, a filha teria alguém para ajudá-la.

Camille agradeceu ao advogado, ele deu as condolências às duas de novo e saiu. Ela guardou a cópia do testamento na bolsa para poder lê-lo de novo com atenção mais tarde, e Maxine ficou olhando para ela, ainda segurando sua cópia na mão.

— Pois é, você foi a vencedora. Não estou surpresa — disse ela, amarga.

Maxine esperava mais que meros cem mil dólares, talvez mais de um milhão, ou metade dos bens, mesmo que não fosse razoável depois de três meses de casamento e de ele ter redigido o testamento antes de se casarem. Como ficou evidente, ela havia se ferrado de novo na loteria da vida. Estava sempre um dia atrasada e com um dólar a menos, na

França devido às leis de herança, e agora porque ela e Christophe não estavam casados havia muito tempo antes de ele morrer e não houvera tempo de redigir outro testamento dando-lhe mais de sua fortuna. Mas isso levaria anos, não semanas ou meses. Christophe não era imprudente, mesmo a amando. Ela era muito recente na vida dele.

Até ela sabia que três meses não eram nada; se ele houvesse vivido mais um ou dois anos, teria reescrito o testamento e ela teria conseguido mais.

— Quer que eu vá embora, não é? — disse Maxine, já abertamente desagradável, uma vez que não havia mais ninguém na sala para observá-la.

— Não sei o que quero — disse Camille, exausta, com a esperança de não entrar em guerra com ela tão cedo.

As emoções dos últimos dois dias a haviam tomado como um maremoto.

— Mas, sim, seria mais fácil se você fosse embora agora. Posso administrar a vinícola sozinha, e Sam Marshall me ajudaria se eu tivesse algum problema — disse Camille com sinceridade.

— Sim, mas estamos amarradas uma à outra pelos próximos dezessete meses, quer você goste, quer não — disse Maxine com um olhar malicioso. — Administrarei a vinícola com você. Fiquei surpresa por ele sugerir isso.

Ela sabia quanta fé Christophe tinha na filha.

— Eu também — disse Camille, observando-a do outro lado da sala. — Ele confiava em você, Maxine, e achava que estava interessada nos negócios dele. Eu não acredito nisso, mas ele acreditava.

Camille sabia que o interesse dela era fingido, mas Christophe não chegara a perceber. Morrera ainda acreditando que Maxine era honesta.

— Na verdade, não estou. Mas você tem uma empresa muito bem-sucedida, é uma garota de sorte. Vou lhe explicar uma coisa: você quer que eu vá embora, e eu também não quero ficar aqui. Se quiser se livrar de mim, terá que pagar o preço. Podemos fazer um acordo agora, se estiver disposta, e acabar logo com isso. E não me refiro a um acordo de cem mil dólares, que não faria diferença nenhuma para mim, e sim de milhões. Quero uma avaliação de toda a empresa e uma boa parte dela para desaparecer antes de seu vigésimo quinto aniversário. E se não aceitar, querida Camille, posso tornar sua vida um inferno pelos próximos dezessete meses. E pode acreditar, farei isso. Quero uma quantia decente de dinheiro, correspondente à metade da vinícola, e irei embora sem fazer alarde. Sem isso, vou me sentar aqui e sugar você até secar, e seu pai não está aqui para protegê-la. Portanto, pense bem. A madrasta malvada seguirá seu caminho alegremente, basta você lhe pagar para isso. E assim nós duas seremos felizes.

Ela olhou longa e duramente para Camille, esperando que a garota absorvesse suas palavras. E não demorou.

— Isso é chantagem, até extorsão — disse Camille friamente.

Maxine estava mostrando seu verdadeiro caráter, sobre o qual Simone já havia alertado Camille e que esta sempre conhecera. Só que seu pai não havia acreditado nisso. Ele teria ficado arrasado se a ouvisse nesse momento. Ela só pensava em dinheiro e não precisava mais esconder isso.

— Você não pode provar. Não há registro do que acabei de lhe dizer. Mas você me ouviu. Pense um pouco; você sabe onde me encontrar. Estarei no quarto de seu pai, e na sua frente a cada momento do dia até você me pagar para ir embora. Espero ter sido clara — disse com maldade.

Em seguida, deu meia-volta, foi até a entrada do escritório de Camille, saiu e bateu a porta.

A jovem não sabia o que fazer, mas não daria seus milhões como pagamento de chantagem para se livrar Maxine. Poderia aturá-la por dezessete meses se fosse preciso. E, aparentemente, teria mesmo que fazer isso, segundo a vontade de seu pai.

Maxine saíra da toca pronta para se vingar, de arma em punho. Era uma inimiga formidável, e Camille tinha apenas a decência e a verdade como armas. Não tinha o pai nem qualquer outra pessoa para protegê-la, só a si mesma. Mas enfrentaria Maxine, custasse o que custasse. Dezessete meses não era para sempre. E então a madrasta finalmente iria embora.

Capítulo 12

Depois que Maxine deixou o escritório, Camille tentou se acalmar e organizar os pensamentos para a cerimônia que tinha que planejar para o pai. Ligou para Sam e pediu conselhos. Não queria transformar a cerimônia fúnebre em um circo, com metade de Napa Valley ali só porque ele era um homem importante. Seu pai havia vivido uma vida discreta e privada, e ela queria que os ritos finais em homenagem a ele fossem significativos e respeitosos, com a presença de pessoas que o amavam e que ele amara.

Ela já havia trocado e-mails com a família dele em Bordeaux e, devido a doenças, idade e problemas familiares, nenhum deles pôde ir a Napa Valley. Ela havia acabado de herdar também a parte do pai na vinícola da França, que era extremamente lucrativa. Christophe não participava ativamente da empresa de lá havia muitos anos; era apenas um dos vários herdeiros e sempre lhes dera procuração quando era convocado a votar. Mas ainda possuía uma parte considerável da vinícola da família em Bordeaux. Ele confiava em seus parentes, que a administravam como achavam melhor, e Camille pretendia fazer o mesmo. Seus problemas eram mais imediatos e mais próximos de casa. Tinha que administrar a vinícola do jeito que o pai queria e como aprendera com ele e sua mãe. E tinha que lidar com Maxine e os problemas que esta pretendia causar, a menos que Camille lhe pagasse para ir embora. Mas ela não desperdiçaria o dinheiro do pai nisso. Só teria que aturar a madrasta durante um ano e meio.

Sam estava dividido sobre a cerimônia fúnebre. Por um lado, achava que deveria ser pequena, como Christophe teria preferido, visto que havia sido uma pessoa discreta. Mas, por outro, achava que Camille precisava homenagear a importante figura que ele havia sido em Napa Valley e no ramo vinícola durante muitos anos. Ela mandaria fazer uma lápide para colocar ao lado da de Joy. Como não havia corpo, seria menos doloroso do que havia sido seguir o caixão de sua mãe colina acima até o cemitério onde foi enterrada.

Ela não contou a Sam sobre a leitura do testamento porque não queria lavar roupa suja em público nem revelar o mau julgamento de seu pai sobre Maxine, por respeito a ele. Mas, enquanto discutiam a melhor maneira de honrar o amigo, Sam fez um comentário sobre Maxine.

— Suponho que ela vá embora depois da cerimônia, ou antes — disse com alívio.

Camille levou um minuto para responder.

— Não exatamente. Meu pai dispôs que ela ficasse no château e administrasse a vinícola comigo até eu completar vinte e cinco anos — disse ela, ainda chocada. — Ela não vai a lugar nenhum por enquanto.

Mas não disse a ele que Maxine já havia tentado chantageá-la e que queria dinheiro para ir embora. E um bom dinheiro.

— Não se preocupe, ela não vai ficar muito tempo. Ela quer um marido rico, não uma vinícola. Não vai querer administrá-la, nem sabe como. Irá embora rapidinho — disse ele, confiante; mas estava subestimando Maxine pela primeira vez.

— Isso não a impediria, mas espero que você tenha razão.

Então voltaram a falar sobre a cerimônia e decidiram que uma pequena, mediante convite, nas instalações na vinícola fazia mais sentido. E ela não queria ninguém na casa depois. Podiam servir um bufê na vinícola, que seria montado após a cerimônia.

Sam sabia que Camille tinha gente para cuidar disso e que sabia o que fazer. Ela queria que fosse um evento digno, com a presença das pessoas de quem ele gostava, com quem havia feito negócios por tantos anos. Já haviam recebido uma enxurrada de ligações perguntando quando seria o funeral, se haveria um ou se fariam uma cerimônia em algum momento posterior.

— Avise-me se eu puder ajudá-la — disse Sam gentilmente. — E não deixe aquela mulher afetá-la. Ela não vai ficar por aqui. Uma das coisas que eu adorava em seu pai era sua fé nas pessoas e a inocência dele. Não o ajudou muito neste caso... mas ela irá embora em breve.

Ele acreditava que Camille seria bem-sucedida administrando a vinícola. Ela havia aprendido com um mestre e tinha um bom instinto para os negócios, como a mãe. Era extraordinariamente madura para sua idade, embora às vezes parecesse uma adolescente. Camille era uma mulher inteligente, embora não tão astuta quanto a madrasta que seu pai lhe impusera três meses antes. Sam lamentara profundamente quando Christophe se casara com ela e tentara alertá-lo.

Camille avançou com os preparativos naquela tarde. Marcou o dia do culto, ligou para o pastor de uma das igrejas locais de quem seu pai gostava e voltou para o château pensando nele, com lágrimas nos olhos. Ainda não conseguia acreditar que ele havia morrido... Ela o abraçara e beijara dias antes!

Camille encontrou Maxine e os filhos à mesa da cozinha, bebendo vinho e conversando. Calaram-se assim que ela chegou. Ela não lhes deu atenção; lembrava-se, palavra por palavra, da conversa com Maxine naquela manhã e de suas ameaças. Simplesmente informou a data e o horário da cerimônia fúnebre e saiu pela porta dos fundos para visitar Simone.

A conversa foi retomada no momento em que Camille saiu e eles ouviram a porta se fechar. Maxine e seus filhos estavam discutindo os termos do testamento havia várias horas e como torná-lo a seu favor.

— É muito simples — explicou Maxine de novo a eles. — Temos dezessete meses para ganhar muito dinheiro aqui, e não pretendo desperdiçá-los. Temos até a bruxinha completar vinte e cinco anos. Antes desse dia, você pode se casar com ela ou engravidá-la. No segundo caso, terá um vínculo com ela para sempre e seu filho herdará todos os bens dela um dia. E, se você se casar com ela, poderá se divorciar, se quiser, e conseguir um acordo fabuloso. Portanto, vai ter que se esforçar se quiser uma parte significativa do que ela acabou de herdar — disse, incisiva, a seu filho mais velho. — Ela não é tão ingênua quanto o pai, mas você é um menino bonito, e ela é solitária. Não tem mais ninguém, quase não tem amigos, nem namorado, nem pais. A área está livre. Faça com que ela o queira, você sabe como fazer isso. Casar com ela, engravidá-la e convencê-la de que a ama não será difícil. Você vai ganhar muito dinheiro se fizer isso. Ficará tranquilo para sempre depois que se divorciar dela, nunca mais terá que trabalhar. E espero que me dê minha parte — acrescentou friamente, enquanto Alexandre pensava. — Não é difícil seduzir uma garota da idade dela. Deus sabe que você faz isso com frequência suficiente para ganhar férias grátis. Estamos falando de uma vida de luxo para sempre se fizer direito. E, se engravidá-la, ela se casará com você imediatamente. Não vai querer desgraçar o nome do pai.

Maxine tinha tudo planejado. Alexandre sorriu com maldade ao ouvi-la. A perspectiva de seduzir Camille não era desagradável e o atraíra desde a primeira vez que a vira. E agora havia muito dinheiro envolvido, e um futuro dourado.

— E para mim? — reclamou Gabriel com petulância. — Por que ele vai ficar com tudo? Você sempre o favorece. Por que não posso me casar com ela? — disse, olhando da mãe para o irmão mais velho.

— Você tem a mesma idade que Camille — disse Maxine com naturalidade. — É mais provável que ela queira um homem dois ou três anos mais velho.

Ela não disse que ele pisaria na bola, como sempre. Alexandre era mais inteligente e ambicioso. Gabriel era um trapalhão, mais interessado em drogas e bebida que em mulheres. Alexandre queria dinheiro, o que serviria a seus propósitos, e era menos provável que fracassasse.

— Você será incluído em tudo que conseguirmos — garantiu a mãe.

— Você não fez isso depois que Charles morreu — apontou Gabriel.

— Aqueles idiotas mesquinhos não me deram nem o suficiente para mim, muito menos para vocês dois. Mas eu os trouxe para cá, não foi?

Gabriel assentiu e se serviu de outra taça de vinho enquanto ouvia os planos da mãe.

— Muito bem, nosso objetivo é que Alexandre se case com ela e a engravide, não necessariamente nessa ordem, não importa. O plano alternativo é que ela nos dê metade do valor da vinícola para se livrar de nós imediatamente. Não sei se ela faria isso. Talvez pense que pode sobreviver a nós. Precisaremos tornar a vida dela um inferno para convencê-la, e digo *um inferno* de todas as maneiras possíveis: física, mental e financeiramente. Vou começar já. Alex, você sabe o que tem que fazer. Sua tarefa é fácil, você ficou com a parte divertida. Depois, poderá se divorciar e viver do dinheiro dela para sempre.

— E se ele continuar casado com ela? — perguntou Gabriel.

Eles ignoraram a pergunta ridícula dele. Por que ele continuaria casado se não precisasse, se conseguisse tirar uma fortuna dela? Os três tinham a mesma mentalidade e eram feitos do mesmo material, motivados pela ganância.

— Acho que você está fazendo tudo errado — disse Alexandre, apertando os olhos, pensativo. — Por que pedir que ela lhe pague para ir embora? O pai dela lhe deu rédea solta aqui pelos próximos dezessete meses. Aquela vinícola é uma mina de ouro. Fique e tire tudo que puder. Você terá acesso às contas, presumo. Acho que dá para fazer dinheiro lá. Tire o máximo de proveito que puder e veja quanto ela está disposta a pagar para você ir embora. Mas tem que tirar tudo que puder de lá primeiro, e não fazer as malas e simplesmente sair correndo.

Maxine pensou por um instante, avaliando se ele estaria certo. Christophe a nomeara coadministradora durante o próximo ano e meio. Era bastante tempo para ganhar dinheiro, se fosse esperta. Alexandre poderia ajudar, e era bastante esperto para não ser pego.

— Vou pensar nisso — disse, rindo e servindo-se de outra taça do vinho de Christophe. — É uma pena que não possamos simplesmente matá-la; seria demais até para nós. Se ela morrer sem filhos antes dos vinte e cinco anos, metade de tudo que o pai deixou para ela será meu. Mas é um pouco de exagero até para mim. Portanto, meu querido Alexandre, cabe a você seduzi-la e se casar com ela e, enquanto isso, vamos tirar dela e da vinícola o máximo de dinheiro que pudermos. Temos tempo. Vamos focar no romance, não no assassinato. Mas tenho que admitir que eu adoraria estrangulá-la por causa do que acabou de herdar. Ela não merece; é uma garota de sorte por ter tido um pai como Christophe. Agora, temos que fazer com que ela divida sua fortuna conosco.

Maxine riu de novo e os dois filhos sorriram.

— E, se ela concordar em me pagar metade do valor da vinícola, iremos embora graciosamente. Por menos que isso, ficaremos e Alexandre poderá usar seu charme.

— Preciso voltar à França para fazer as provas — reclamou Gabriel.

— Você vai reprovar de qualquer maneira. Temos coisas mais importantes a fazer aqui — disse seu irmão.

Maxine estava satisfeita. Camille era inteligente e corajosa, mas não era páreo para eles e era uma presa fácil. E Alexandre estava sorrindo. A diversão estava prestes a começar para ele.

Quando Camille entrou no chalé, Simone estava lendo tranquilamente com um cigarro na mão.

— Como foi hoje? — perguntou Simone, preocupada, pois sabia que Camille e Maxine haviam se encontrado com o advogado. — Alguma surpresa ruim?

Seus longos anos de experiência lhe haviam ensinado que nunca se sabia o que apareceria em um testamento: amantes secretos, filhos ilegítimos, parentes distantes que o falecido havia esquecido de incluir... Mas Christophe não lhe parecia um homem de segredos, apenas muito crédulo e sentimental, e ela duvidava de que ele tivesse uma vida oculta.

— Algumas — disse Camille, desabando na cadeira de couro surrada.

Choupette pulou em seu colo, abanando o rabo. Haviam se tornado amigas desde que Simone chegara.

— Meu pai disse que Maxine pode ficar aqui no château por dezessete meses, até eu completar vinte e cinco anos, e quis que ela administrasse a vinícola comigo para "me dar apoio e me ajudar a tomar boas decisões". Ela sugeriu que eu lhe pagasse para ir embora já. Mas quer muito dinheiro. Milhões; metade do valor da vinícola. Não vou dar esse dinheiro a ela, não vejo por que deveria me livrar dela um ano e meio antes.

Simone ficou pensativa. Já havia ouvido tudo isso antes, quando o último marido de Maxine morrera.

— Foi o que ela fez com os enteados na França. Ameaçou processá--los e contestar o testamento, mas foi casada com Charles por dez anos. Acho que ela não teria muito poder aqui depois de três meses. Você é a herdeira de seu pai, mas ela pode ser um incômodo considerável para induzi-la a pagar — disse, pois conhecia bem a filha. — Ele deixou alguma coisa para ela?

Simone não via razão para Christophe deixar dinheiro para a filha depois de poucos meses juntos, mas ela sabia que ele era um homem generoso.

— Cem mil dólares — confidenciou Camille. — Não é muito em comparação com o que a vinícola vale, ela sabe disso. Ele a incluiu no testamento logo antes de se casarem e, como não achava que ela precisava de dinheiro, foi um presente simbólico.

— Mas ele estava enganado — disse Simone, apagando o cigarro.

Havia cinzas na frente de seu vestido. Ela não havia penteado o cabelo quando se levantara naquela manhã e não se dera o trabalho de tirar as botas de jardinagem. Mas Camille já adorava a aparência dela, inclusive o cheiro familiar de fumaça de cigarro.

— Com meu pai, Maxine sempre dava a impressão de que tinha muito dinheiro e que se saíra bem no acordo com os enteados, embora achasse que merecia mais.

— Não acredite em tudo que ouve. Já lhe disse, ela mal podia pagar o aluguel. Eu devia três meses quando saí de Paris. E os meninos não são melhores. Outro dia, ouvi Gabriel dizer que Alexandre está muito endividado. Não me surpreende. Não se engane, ela vai tentar arrancar tudo que puder de você se encontrar uma brecha legal; e, se não, tentará tirar de outra maneira. Esse é mais o estilo dela. Você terá que ser forte — disse Simone com firmeza, e foi olhar a panela no fogão.

Quando levantou a tampa, um aroma maravilhoso encheu a sala. Era *coq au vin* feito com um vinho de Christophe.

— É pecado usar um vinho assim para cozinhar, mas deixa a comida muito boa — disse, sorrindo para Camille, que estava cansada demais para querer comer.

Mas Simone serviu duas porções em tigelas grandes e disse a Camille que se sentasse à mesa.

— Você vai precisar de forças para lidar com Maxine.

Camille sabia que Simone tinha razão. A madrasta não se deteria por nada até conseguir o que queria. Ninguém sabia disso melhor que sua própria mãe e agora Camille.

— Outra coisa que meu pai colocou no testamento — explicou Camille enquanto comiam — é que, se eu morrer antes de meu vigésimo quinto aniversário, sem filhos, metade de tudo que herdei vai para ela. Se eu tiver filhos, vai tudo para eles. Mas, se eu morrer sem filhos nos próximos dezessete meses, metade dos bens é dela, e o resto vai para a família dele na França. Se eu morrer depois de completar vinte e cinco anos, Maxine não ganha nada e sai de cena. Até lá, ela pode morar aqui, administrar a vinícola comigo, deixar-me louca, eu posso pagar a chantagem dela ou ela pode herdar metade de tudo se eu morrer.

Camille disse tudo com naturalidade; já havia pensado nisso o dia todo. Simone ouvia tudo com o cenho franzido. Não gostou de nenhuma das possibilidades para sua jovem amiga. Na pior das hipóteses, Christophe teria assinado a sentença de morte da filha sem perceber. Mas Simone acreditava que nem Maxine seria ousada ou má a ponto de matá-la. Era uma chantagista e vigarista, mas não uma assassina. Era gananciosa, mas não louca. Saber disso tranquilizou Simone, e ela ficou observando Camille dar um pedacinho de pão a Choupette.

— E se ela se casar, vai poder ficar? — perguntou Simone, curiosa.

— Não — respondeu Camille. — Se ela se casar ou quiser morar com outro homem, terá que ir embora imediatamente.

— Seu pai foi esperto — Simone aprovou. — Ela vai começar a procurar um marido logo.

Ela conhecia bem a filha. Mesmo assim, não gostava da ideia de que se Camille morresse sem filhos nos próximos dezessete meses, Maxine herdaria metade de tudo. Era uma tentação poderosa para alguém como ela e seus filhos. Isso deixou Simone preocupada durante todo o jantar e até tarde da noite, bem depois de Camille ter voltado para o château para dormir. Não achava que Maxine fosse matá-la, mas nunca se sabe até que ponto a ganância pode levar alguém desesperado por dinheiro. E o futuro de longo prazo de Maxine havia caído no oceano junto com o avião. Ela tinha dezessete meses de conforto pela frente e nada mais depois; a menos que atormentasse e chantageasse Camille para conseguir dinheiro suficiente para viver segura.

Simone ficou acordada quase a noite toda, acariciando Choupette e pensando na filha, imaginando do que ela seria capaz e até onde ousaria ir para alcançar seus objetivos.

Na manhã seguinte, Camille ficou surpresa ao ouvir de um dos assistentes de seu pai que Maxine estava em uma sala no final do corredor. E notou que um de seus grandes livros estava faltando na estante atrás de sua mesa, onde ficavam guardados.

Camille desceu o corredor para ver o que Maxine estava fazendo e por que estava lá. Encontrou-a sentada a uma mesa com Cesare de um lado e Alexandre de outro, e o primeiro lhes explicava o sistema do livro-razão.

— O que está fazendo aqui? — perguntou Camille a Maxine, em tom firme, olhando para Cesare com desdém.

Ele se tornara um traidor bem cedo. Seu pai estava morto não havia nem uma semana.

— Vim trabalhar, como seu pai pretendia, para coadministrar a vinícola com você — disse Maxine inocentemente.

Ela vestia uma saia azul-marinho, uma blusa de seda branca e salto alto, toda profissional sentada atrás da mesa.

— Cesare está me explicando como funciona o sistema de contabilidade.

— Está tudo no computador. Os livros eram apenas para agradar meu pai, para relembrar a maneira como se fazia na França. Não precisa perder tempo com eles — disse Camille com calma, ao se aproximar. — E o que Alex está fazendo aqui?

— Acabei de contratá-lo para trabalhar comigo. Ele trabalhou em banco e tem uma cabeça muito boa para números.

— Aposto que sim — disse Camille friamente.

Ela sabia que não poderia demonstrar fraqueza nem por um momento. Maxine estava fazendo o que havia prometido, transformando a vida de Camille em um inferno.

— Você não pode contratar ninguém, exceto de seu próprio bolso. Você está aqui para me dar "apoio" e me ajudar a tomar boas decisões, não para administrar a vinícola. Isso eu posso fazer sozinha.

Era um trabalho imenso, mas ela havia sido preparada para isso desde o nascimento.

— E não pode contratá-lo. Ele é um estrangeiro ilegal, não tem visto para trabalhar nos Estados Unidos. Já lhe disse, não contratamos ilegais aqui.

— Estou tirando um visto de estudante para ele — disse Maxine, presunçosa. — Ele vai fazer curso de enologia na Sonoma State.

Camille se assustou. Cesare havia lhes dado essa sugestão minutos antes, como a melhor maneira de levar Alexandre para a empresa. Poderia ser contratado como estagiário durante um ano e meio, e possivelmente contaria também como créditos no curso. Maxine adorou a ideia. Era uma guerra declarada entre Cesare e Camille, sem Christophe para intermediar. Ele fora leal ao pai dela, nunca a Camille ou a Joy, que o pressionavam com os registros de despesas que ele acumulava e as pequenas quantias que roubava. E sua nova heroína era Maxine, que tinha planos em uma escala muito maior.

Camille não fez mais comentários e chamou Cesare imediatamente para seu escritório. Mas eles haviam ganhado o primeiro round. Arranjar um visto de estudante para Alex e inscrevê-lo no curso havia sido uma ideia brilhante. Cesare entrou no escritório de Camille meia hora depois e se sentou em frente à mesa dela. Não teve pressa para chegar e tinha uma postura desafiadora enquanto a olhava com desprezo.

— Não demorou muito para você trair meu pai, não é? — disse ela sem rodeios, com fúria no olhar. — O que está fazendo com aquela gente? Se você ajudá-los a me ferrar ou me enganar, prejudicará a vinícola que tanto ama. Pense nisso.

— Eu amava seu pai. Ela é esposa dele e ele morreu — disse ele, obstinado.

— Eles vão embora logo também. Se você me trair, não poderá ficar conosco. Eu sou a dona da vinícola, não ela.

— Isso não é verdade — disse ele, gritando com Camille. — Ele deixou metade para ela.

Obviamente, ele havia apostado no time errado, mas não podia admitir. Aparentemente, Maxine mentira para ele dizendo que era dona de metade da vinícola agora.

— Foi isso que ela lhe disse? — perguntou Camille, chocada. — Ela tem um cargo temporário aqui, até eu completar vinte e cinco anos, daqui a um ano e meio. Depois disso, vai embora. Quer que ela destrua tudo que meu pai construiu? E o filho dela não tem nada para fazer aqui. Você está cometendo um grande erro, Cesare.

Mas Maxine havia lhe prometido uma quantia enorme se ele a ajudasse a assumir o controle. E lhe entregara um cheque de vinte e cinco mil dólares de sua conta pessoal naquela manhã, do dinheiro que herdaria de Christophe. Valeria a pena para ela se Cesare se tornasse seu agente secreto e espião. E ele acreditava em tudo que ela dizia. Maxine era muito convincente quando queria, e assim convencera Christophe, que era muito mais esperto que Cesare.

— Não acredito em você — disse ele a Camille, dirigindo-se à porta. — Você e sua mãe me acusam falsamente há anos. Seu pai nunca acreditou em você. A nova esposa dele é uma mulher inteligente, sabe o que está fazendo.

— Ela não sabe nada sobre este ramo.

Camille ficou horrorizada com o que ele dissera e por perceber que Maxine e Alex o haviam seduzido com sucesso. Ele estava nas mãos deles agora.

— Nem você — disse ele com maldade, saindo para voltar pelo corredor até o escritório de Maxine.

Naquele dia, Cesare foi almoçar com Maxine e Alexandre no Don Giovanni enquanto Camille comia um iogurte e uma banana na mesa do escritório. Ela não tinha tempo para comer. Precisava trabalhar enquanto Maxine e seus asseclas conspiravam contra ela. Tinha uma vinícola para administrar e estava sem paciência para as maquinações deles. Pelo menos agora ela sabia que Cesare precisava ser observado com ainda mais atenção com Maxine por perto. Ele tinha escolhido enfrentar Camille. Ela sabia que seu pai ficaria arrasado.

A cerimônia fúnebre que Camille organizou foi exatamente como seu pai gostaria que fosse. Havia pessoas de quem ele gostava, velhos amigos, vinicultores que respeitava, funcionários e parceiros, e inclusive alguns clientes muito antigos que adorava. Tanta gente o admirava que quase todos aceitaram o convite. Seiscentas pessoas foram homenageá-lo, duzentas a mais do que ela queria, mas muitos ligaram e imploraram para participar.

Ela montou um belo folheto para a cerimônia, com fotos do que ele e sua mãe haviam realizado na vinícola desde o início e do château que tinham construído. Havia fotos de seus pais, de Camille com eles quando criança e muitas só dele quando era garoto e homem na França, nos vinhedos e no château de sua família. Havia uma lista dos prêmios que recebera desde que havia fundado o Château Joy e uma bela fotografia dele na capa, bem arrojado em seu trator durante a colheita, que era um dos momentos de que ele mais gostava. Não havia fotos de Maxine, pois Camille considerava que ela havia ficado na vida dele por muito pouco tempo. Ele e Joy estavam juntos de novo agora e se amavam profundamente. Maxine havia sido uma aberração, um erro terrível.

Maxine ficou furiosa quando viu o folheto sem fotos dela, o que abriu uma ferida em seu narcisismo. Ser ignorada e excluída foi um golpe maior para ela que a morte de Christophe. Seu nome foi mencionado apenas no obituário que Camille escreveu para os jornais, nada mais.

O pastor escolhido por Camille fez um discurso comovente sobre a pessoa honrada que Christophe havia sido, um homem de forte moral e notável integridade, muito amado e admirado por seus pares e, acima de tudo, um homem de família e um pai maravilhoso.

Tocaram a música clássica que ele preferia. Sam Marshall fez um discurso comovente sobre ele e desabou em lágrimas várias vezes. Sentou-se ao lado de Camille na primeira fila durante a cerimônia, assim como Maxine e os filhos. Phillip ficou mais longe, com Francesca. E Simone, com seu vestido de veludo preto com gola de renda, estava sentada na última fila, o que nem a filha percebeu. Raquel havia ido também, com os filhos, e Camille chorou ao vê-la.

Depois, por um longo tempo, as pessoas se reuniram em torno do bufê montado na vinícola contando histórias sobre ele e compartilhando lembranças, muitas das quais incluíam Joy. Maxine era uma estranha no meio deles, ladeada por seus dois filhos; muitas pessoas que estavam ali não sabiam quem ela era nem que ele havia se casado de novo. Ela vestia um terninho Chanel preto digno, mas o chapéu preto com véu era excessivo. Fez o papel de viúva de luto ao máximo, mas ninguém lhe deu bola. Ela era irrelevante agora que ele partira.

Camille atravessou a multidão, atordoada. Parou para falar com Phillip e Francesca por um instante, mas mais tarde não lembrava com quem havia falado. Simone ficou discretamente em um canto, observando-a, para o caso de Camille precisar dela, e subiu a colina até o château com ela quando tudo acabou. Elas não queriam voltar de carro. E, em vez de ir para casa, Camille deu a volta no château, pelo caminho estreito entre as árvores, e foi ao chalé com Simone, que sentia ser a única parente que lhe sobrara. Camille se sentou em uma das grandes cadeiras de couro e ficou acariciando Choupette, que havia pulado em seu colo.

— Você preparou uma linda cerimônia para seu pai — disse Simone gentilmente, entregando-lhe uma xícara de chá de camomila para acalmá-la.

Camille tomou um gole e fechou os olhos. Tudo aquilo era impensável. Apenas dias atrás ele estivera vivo; ela lhe dera um beijo na manhã em que ele viajara. Ficou grata por isso, pois agora ele não estava mais ali. E ela estava presa no château com Maxine e seus filhos. A perspectiva de viver os próximos dezessete meses com eles era um pesadelo de proporções épicas.

No dia seguinte, enquanto voltava a pé do trabalho, Camille viu Cesare descer do château em um dos caminhões da vinícola. Acenou, mas não sorriu para ele. Não estava feliz com ele e com sua súbita fidelidade a Maxine e Alexandre. Ficou imaginando o que ele estaria fazendo no château, mas esqueceu isso quando foi visitar Simone e ficou para o jantar. Cada noite era uma surpresa, pois ela fazia todos os seus pratos franceses favoritos. Camille sempre lhe dizia que era como comer no melhor restaurante francês de estilo rural todas as noites.

Camille viu Cesare descendo de novo enquanto voltava para casa no dia seguinte. Ficou se perguntando se por acaso ele não estava visitando Maxine no château por outro motivo. Às vezes, ele supervisionava os reparos na propriedade, mas ela não sabia de nenhum que estivesse sendo feito no momento, e nenhum no château.

Apenas duas semanas depois, quando viu um caminhão cheio de móveis velhos passando, Camille descobriu o mais recente projeto de Maxine. Eles guardavam muitos móveis usados simples no celeiro principal da vinícola. Tinham alojamentos de verão para seus funcionários migrantes e às vezes os usavam para mobiliar um barracão ou os chalés. Era útil tê-los ali. Mas não tinham utilidade no château. Camille perguntou a Cesare sobre isso no dia seguinte e ele foi vago, mas demonstrou sentir-se culpado quando respondeu. Por fim, teve que confessar quando Camille o questionou. Afinal, ela era sua chefe.

— Ela está arrumando o celeiro atrás do château. Acho que quer montar um estúdio para um dos meninos — disse ele, e saiu do escritório.

O que ele havia dito não fazia sentido. Os filhos de Maxine dividiam o melhor quarto de hóspedes do château e pareciam felizes ali. O celeiro servia como depósito e não era usado para cavalos havia anos.

Camille questionou Maxine naquela noite:

— O que está fazendo com o celeiro? Está usando para armazenar algo? Deveria ter me consultado.

Ela não queria que Maxine o enchesse de lixo.

— Achei que daria uma boa casa de hóspedes — disse Maxine, servindo-se de uma taça de vinho.

Camille notara que ela andava bebendo muito naqueles dias e mandava Cesare lhe levar caixas das melhores safras. Maxine e os meninos as esvaziavam muito rápido, e ela sempre tinha uma taça na mão quando Camille a via à noite. Mas falava com coerência.

— Você não pode usá-lo como casa de hóspedes com aquelas cocheiras lá — explicou Camille. — E não quero os empregados migrantes aqui. Temos quartos para eles no fundo do vale.

Camille suspeitava que ela estivesse entediada no escritório e que provavelmente não tinha nada para fazer lá. Por isso, estava mexendo com a decoração. Mas aquele era um lugar estranho para isso. Camille não conseguiria passar uma noite lá; o chuveiro, o vaso sanitário e a pia eram simples e rudimentares.

— É frio para alguém ficar lá, exceto no verão. E não dá para pôr ar-condicionado por causa dos espaços abertos nas paredes. Nós o usamos como galpão, mas é bastante frágil. O certo seria derrubá-lo — disse Camille com sensatez.

— Eu acho que é uma casinha fofa — insistiu Maxine.

Camille não quis discutir com a madrasta. Se quisesse decorar o galpão, pelo menos não estaria fazendo coisa pior.

Mas, só para ter certeza, Camille foi dar uma olhada no dia seguinte, antes de visitar Simone. Ficava um pouco mais longe, na clareira, depois da horta e do galinheiro. Camille ficou surpresa ao ver que havia sido recém-pintado, e as janelas quebradas que ela sempre esquecia de consertar haviam sido substituídas. Não o usavam havia anos, por isso era uma daquelas coisas que todos esqueciam. Fazia muito tempo que não deixavam cavalos ali, desde que Camille era criança e tinha um pônei lá porque era perto da casa.

Ela foi até a porta e a encontrou aberta. Entrou com cautela, sem saber bem o que encontraria – paredes instáveis, ou um morcego, por exemplo, que poderia estar naquele lugar por tanto tempo deserto. Mas o que encontrou foram paredes recém-pintadas de branco e os móveis antigos para os trabalhadores dispostos ao acaso pela sala. O piso estava nu e não havia cortinas nas janelas. O banheiro, pequeno, antigo e básico, estava limpo, e havia um balcão pequeno com uma pia e um micro-ondas fazendo as vezes de cozinha. Camille teve a sensação de que alguém acamparia ali, mas não podia imaginar quem. Era como um refúgio, um forte ou casa na árvore que os adolescentes montavam para escapar dos pais. Uma espécie de clube para meninos perdidos. E ainda havia alguns tufos de feno no chão, o que a fez espirrar. Teria sido adequado para os trabalhadores migrantes, mas ficava muito longe dos vinhedos e seu pai não gostava deles perto do château. Ficava bem perto do chalé de Simone, e uma de suas galinhas passou quando Camille fechou a porta.

Comentou com Simone quando foi ao chalé depois de inspecionar o celeiro.

— Você viu pessoas trabalhando aqui? — perguntou.

Simone assentiu.

— Ficaram entrando e saindo durante algumas semanas, com móveis e outras coisas. Pintaram semana passada. Pensei que você soubesse.

Mas Camille negou com a cabeça.

— Deve ser algum projeto de Maxine — disse Camille, e Simone concordou.

— Ela estava lá dizendo a eles onde colocar os móveis. Ficou bonito? Tentei olhar pelas janelas, mas sou baixinha — disse Simone, sorrindo.

— A porta está aberta, se quiser entrar. É só um monte de móveis antigos que guardamos no celeiro para os trabalhadores migrantes. Seria preciso muito trabalho para consertar tudo, mas não o usamos. Daria um bom estúdio de arte, tem muita luz. Você poderia pintar lá — sugeriu Camille, visto que Simone pintava suas telinhas na cozinha.

Mas ela não precisava de um celeiro inteiro, nem mesmo pequeno.

— Vou dar uma olhada quando for ao galinheiro — disse ela, e esqueceram o assunto.

Era um mistério que elas não precisavam resolver. Isso até o fim de semana seguinte, quando Maxine disse a Camille que tinha uma surpresa para ela. Maxine foi estranhamente simpática e se ofereceu para levar Camille, que concordou com cautela. A jovem entrou no carro de Maxine e, em um minuto, pararam em frente ao celeiro; tinha acesso pela estrada também.

— Eu dei uma olhada outro dia — disse Camille ao saírem do carro. — Você mandou pintar. O que vai fazer com ele? — perguntou enquanto Maxine entrava pela porta, seguindo-a.

Um sofá puído e uma escrivaninha haviam sido acrescentados nos últimos dois dias, além de mesinhas de cabeceira velhas, com luminárias desparelhas ao lado da cama.

— Achei que você fosse gostar de ter um espaço só para si — disse Maxine com um grande sorriso falso. — Você deve estar cansada de dividir o château conosco — completou com ironia, enquanto Camille a fitava com perplexidade.

— O que significa isso?

Não fazia sentido para Camille.

— Os pobres meninos estão muito apertados no quarto deles. Estão enlouquecendo e discutem o tempo todo. São velhos demais para dividir um quarto e Gabriel está morrendo de vontade de ficar no seu, só até partir. Precisam do andar todo, você não vai querer dividi-lo com dois homens.

Maxine havia transformado o outro quarto de hóspedes em seu escritório quando se mudara e não tinha intenção de abrir mão dele.

— Achei que seria legal você ficar por aqui um tempo. Vamos colocar aquecedores, é claro. Ficará bem quentinha — completou, encantada, sorrindo para Camille e a fitando.

— Você não pode estar falando sério! Por que Gabriel não dorme aqui? — Ele chegava em casa tão bêbado à noite que poderia se jogar em qualquer lugar.

— Ele é alérgico a tudo. Estaria no hospital com um ataque de asma depois de uma hora. Há muitos arbustos aqui. Ele adoeceria imediatamente.

— Eu também. Maxine, meu pai disse que você poderia ficar no château comigo, o que foi generoso da parte dele. Ele poderia ter feito você sair imediatamente. Mas não disse que você poderia me expulsar, dar meu quarto a seus filhos e me fazer mudar para um celeiro de cavalos atrás do château.

— Só por um tempinho — disse Maxine com suavidade. — Eles não ficarão aqui para sempre.

Nem ela, felizmente, pensou Camille. Mas dezessete meses no celeiro era tempo demais, com aquecedores ou não.

— Minha mãe mora em um chalé bem ao lado. Por que você não pode se contentar com este?

Ela falava como se fosse sensato, quando, na verdade, era um ultraje.

— Porque vocês três estão morando na minha casa. Ela é minha. E não era isso que meu pai pretendia — disse Camille com expressão determinada quando viu os olhos de aço de Maxine.

— Seu pai não está mais aqui, mas eu sim. Meus filhos são homens grandes; você não precisa de um quarto daquele tamanho, eles sim. O mínimo que você pode fazer é ser hospitaleira com seus meios-irmãos; eles são seus hóspedes.

— Eles não são mais meus meios-irmãos. E você não é minha madrasta. Meu pai morreu.

— Verdade. Meu argumento é justamente esse. Ele morreu e eu estou aqui. E, por enquanto, você vai dormir aqui fora, visto que parece gostar tanto de minha mãe. Assim, poderá passar mais tempo com ela. Agora, vá arrumar suas coisas e esvazie seu quarto. Quero você dormindo aqui até amanhã.

Camille viu que ela estava falando sério. Estava literalmente a expulsando de sua própria casa. E, quando se deu conta, lágrimas brotaram de seus olhos e ela se sentiu nova demais e vulnerável de novo, e completamente à mercê daquela mulher má e calculista, que queria fazer tudo que pudesse para derrotá-la. E, mais uma vez, Cesare sabia disso e fizera o jogo dela. Havia conspirado com ela para expulsar Camille de sua própria casa.

— Maxine, seja razoável!

Camille tentou fazê-la desistir da ideia ridícula de transferi-la para um celeiro de cavalos. Ela não podia estar falando sério! Mas Camille viu que estava. E Maxine tinha o poder e a idade do seu lado, e a vontade de chegar a extremos para alcançar seus objetivos.

— Eu sou razoável — disse ela com um olhar malicioso. — E, se você for sensata e fizer um acordo comigo, ficarei mais do que feliz e irei embora com meus filhos. Enquanto não for, pode dormir aqui fora. Espero que goste. O ar fresco vai lhe fazer bem.

E assim, antes que Camille pudesse dizer outra palavra, Maxine entrou no carro e foi embora. A jovem ficou olhando para ela e, em seguida, foi cambaleando até o chalé de Simone, cega pelas lágrimas. Sentia-se uma criança de novo. Encontrou Simone com um cigarro no canto da boca, piscando para evitar a fumaça, pintando um vaso de flores silvestres. Simone viu que ela estava chorando e parou o que estava fazendo para consolá-la.

— Ela está me expulsando de casa! — disse Camille, com um misto de desespero e indignação. Sentia-se impotente e arrasada. — Enquanto eu não pagar o que ela quer para ir embora, vai me fazer dormir no celeiro.

Simone ficou chocada. Parecia não haver limite para o que sua filha estava disposta a fazer. Camille admitiu isso, envergonhada. Não tinha recursos nem aliados contra Maxine.

— Isso é ridículo! Você é dona de tudo aqui, pelo amor de Deus! — disse Simone, frustrada.

Mas legalidades e propriedade não significavam nada para Maxine, como ela já havia provado.

— Eu disse o mesmo, mas, aparentemente, ela não vai me deixar dormir lá. Disse que os meninos estão muito "apertados" no quarto de hóspedes, o que não é verdade, e Gabriel quer meu quarto. Ela está usando o outro quarto de hóspedes como escritório, do qual também não vai abrir mão. Por isso, vai dar meu quarto a Gabriel, para deixá-lo "confortável". Disse que ele precisa de mais espaço.

— Duvido. Ele vai para a cama tão bêbado que dormiria em uma cabine telefônica junto com um alce.

Camille riu, mas a situação não era engraçada. Ela estava efetivamente sendo expulsa de sua própria casa pelo monstro com o qual seu pai, como um tolo, se casara. Não tinha ideia de como detê-la. Tinha a sensação de que, caso se recusasse a sair do château, Maxine recorreria à força física. Por outro lado, ficou pensando se não estaria mais segura fora de casa, longe dos meninos bêbados. Isso era algo a levar em conta também.

— Ela só quer você fora de casa para puni-la — disse Simone com um olhar de fúria. — É outra maneira de torturá-la. Ela é muito boa nisso!

Simone queria defender Camille e protegê-la de Maxine, mas não sabia como.

— Sinto que estou vivendo um pesadelo ou um terrível conto de fadas. Sou como a Cinderela, sendo forçada a sair de minha própria casa pela madrasta malvada para que seus filhos feios possam ficar com meu quarto. Só faltam a abóbora e os ratos — disse Camille com tristeza.

Simone sorriu.

— Não se esqueça do lindo príncipe e da fada-madrinha — disse, brincando para aliviar a tensão, já que Camille havia tocado no assunto. — E vamos precisar de um par de sapatinhos de cristal.

— Precisamos nos livrar da madrasta malvada — rebateu Camille. — O que aconteceu com ela no final da história?

— Não sei direito. Acho que ela sumiu. Alguém a jogou no rio, ou algo assim, e ela derreteu.

— Acho que essa foi a bruxa de *O mágico de Oz*, aquela com os sapatos de rubi e rosto verde.

— Talvez eu precise enfeitiçar Maxine e lhe dar um rosto verde — disse Simone, abraçando-a. — Imagino que você poderia se recusar a se mudar para o celeiro — acrescentou, suspirando.

— E o que ela vai fazer, então? Trancar-me para fora de casa à noite? Não quero ceder à chantagem. Simone, ela não merece. Meu pai trabalhou muito pelo que tinha, não quero desperdiçar nada pagando uma fortuna para me livrar dela. E ela quer metade do valor da empresa, não posso fazer isso — disse Camille, irredutível.

— Não, ela não merece — concordou Simone. — Foi exatamente o que aconteceu com a família de Charles na França. Ela os enlouqueceu até que lhe pagaram; não o que ela queria, mas alguma coisa. Mas dezessete meses até você completar vinte e cinco anos é tempo demais para ela atormentá-la.

— Eu sou forte — disse Camille, determinada. — Devo ao meu pai não ceder a ela. Ele não gostaria de me ver fazendo isso. Vamos vencer no final. Mas odeio ter que dar meu quarto àquele idiota agora. Acho que ela vai me agredir fisicamente se eu recusar.

— A única razão para você sair de lá é que talvez fique mais segura longe de meus netos podres. Ajudarei você a se mudar para o celeiro amanhã, se for mesmo fazer isso — disse Simone, triste, chateada por ela.

Mas ela também não via como Camille poderia forçar sua presença na casa. Os rapazes eram maiores e mais fortes que ela; Maxine poderia mandá-los tirá-la dali à força. E não havia ninguém para detê-los; Simone certamente não poderia.

— Vou me mudar, por enquanto, mas temos que encontrar uma maneira de resolver isso — disse Camille enquanto acariciava Choupette.

Simone a observava, odiando a própria filha pelo tipo de crueldade de que era capaz.

Furiosa e desamparada, Camille arrumou suas malas naquela noite, trancou os closets com as coisas em que não queria que mexessem, pegou seus livros e fotos favoritos, principalmente de seus pais, e na manhã seguinte se mudou para o celeiro, com a ajuda de Simone. Ela estava determinada a deixar o lugar o melhor possível. Foram até St. Helena para comprar flores, e ela encontrou um tapete na loja de antiguidades. À tarde, Camille estava instalada em sua nova casa — um celeiro dentro de sua propriedade, enquanto sua madrasta e seus meios-irmãos estavam acomodados no château. Ninguém poderia acreditar nisso.

Simone abriu a porta e, seguida por uma das galinhas e Choupette, entrou. O lugar tinha ficado bem bonito com as coisas que Camille colocara, mas era uma loucura mesmo assim. Maxine havia vencido de novo. Por ora. As mocinhas não estavam se saindo bem no momento, mas os dias de Maxine no poder estavam contados. Esse era o único consolo de Camille enquanto olhava aquele celeiro de cavalos que agora era sua casa. Não podia nem imaginar o que seu pai teria dito. Ele não teria acreditado.

Capítulo 13

Expulsa de casa e obrigada a morar em um celeiro de cavalos, Camille ficou mais dura com todos no trabalho, onde ela sabia que estava no controle. Independentemente do título de Maxine ou das condições do testamento de seu pai, sua madrasta não sabia administrar a vinícola, mas Camille sim. Ficou de olho em tudo, controlando atentamente as contas de Cesare. Viu uma irregularidade, uma quantia considerável de dinheiro que não lhe permitia fechar as contas, e foi ao escritório dele. A porta estava fechada, ela bateu e a abriu imediatamente. Ficou atordoada com o que viu. Cesare tinha pilhas de dinheiro na mesa e o dividia entre Maxine, Alexandre e ele mesmo. Os três ergueram os olhos como crianças culpadas, e ele rapidamente arrastou o dinheiro para dentro de uma gaveta; Camille ainda viu Alex enfiar um rolo grosso de notas no bolso e Maxine fechar a bolsa com uma expressão altiva.

— Vocês não vão se safar por muito tempo — disse Camille em tom feroz, e pediu a Cesare que fosse a seu escritório.

Maxine e Alex saíram da sala sem dizer uma palavra. Ficou claro o que estava acontecendo: Cesare estava roubando dinheiro da vinícola e dividindo com eles. E, mesmo que não fossem grandes quantias, só de pensar que ele estava roubando descaradamente a revoltava; não só por ela, mas por seu pai, que o defendera durante anos. E Maxine e Alex mancomunados com ele foram a cereja de um bolo muito amargo.

Camille estava vivendo e trabalhando entre ladrões. Aqueles três não eram melhores do que criminosos comuns.

Furioso, Cesare a seguiu até o escritório dela e explodiu imediatamente:

— Que direito você tem de entrar em meu escritório e agir como a polícia? Acha que é dona do mundo agora porque seu pai lhe deixou esta vinícola? Você não sabe o que está fazendo e vai pôr tudo a perder — vociferou.

Ela o fitou com olhos gelados.

— Você está demitido — atirou as palavras nele como pedras.

— Você não pode me demitir. Precisa da permissão de Maxine para fazer qualquer coisa agora — disse ele, confiante.

— Não, nada disso. Posso seguir os conselhos dela se quiser. E, neste caso, não seguirei. Você está demitido. Você é ladrão e mentiroso. Meu pai ficaria revoltado se visse você agora.

Por mais talentoso que Cesare fosse com os vinhos, Christophe também não toleraria roubos descarados a esse ponto.

— Vou trabalhar para ela — ameaçou. — Ela será dona deste lugar um dia.

— Ela vai embora daqui a dezesseis meses. E é melhor você sair daqui a dezesseis minutos ou vou chamar a polícia. Vou mandar fazer auditoria de nossos livros fiscais e contábeis para ver se houve desvios, e, se encontrarem alguma coisa, Cesare, vou denunciar você. Se eu fosse você, sairia correndo.

Ele hesitou por um momento; suspirou. Sabia que havia sido pego.

Ela estremeceu ao pensar em quanto ele havia roubado, em pequenas quantidades, ao longo dos anos. Ele ficara mais ousado depois da morte do pai dela, com a proteção de Maxine. Eram três ladrões que a estavam roubando. Cesare era uma fonte de dinheiro perfeita para ela e seu filho, sem que ela sujasse as próprias mãos.

Camille olhou para o relógio.

— Se não sair daqui a cinco minutos, vou chamar a segurança. Em dez, vou chamar a polícia. Você passou dos limites, Cesare, acabou. Pegue suas coisas e vá embora.

Lágrimas brotaram nos olhos de Camille ao dizer isso, e ele resolveu apelar para o bom coração dela. Mas não funcionou.

— Você faria isso comigo? Depois de eu ter amado seu pai por tantos anos? Ele ficaria arrasado se visse o que você está fazendo.

— Não! — interrompeu Camille. — Ele teria ficado arrasado se soubesse como você é um vigarista! Acabou. E não vá trás de Maxine pedindo para salvá-lo, pois ela não é dona desta vinícola, eu sou. Vou permitir que se demita oficialmente, o que é mais do que você merece.

Ele ia dizer mais alguma coisa, mas notou o olhar dela e saiu da sala. Cinco minutos depois, Camille viu o jipe maltratado dele partir. Foi ao escritório dele e viu que ele havia limpado tudo bem rápido e deixado na mesa todas as fotos que tinha com o pai dela. Isso porque dizia que o amava. Abriu as gavetas da mesa e, na de baixo, encontrou o dinheiro que ele estava dividindo. Sentou-se e contou: sete mil dólares. Pegou o dinheiro, bateu a porta com o pé e voltou para seu escritório, perguntando-se quanto ele teria desviado no total.

Camille ligou para o departamento pessoal e avisou que Cesare havia acabado de ir embora e que não podia voltar às instalações da vinícola. Correu uma onda por todas as salas com a notícia de que o gerente do vinhedo havia pedido demissão ou sido demitido.

Meia hora depois, Maxine entrou furiosa no escritório de Camille.

— Como se atreve? — gritou para Camille.

— Como você se atreve a me roubar? — disse Camille, sem gritar. Não precisava, a maré havia virado.

— Estávamos acertando umas despesas que ele fez para nós.

— Onde estão os recibos? — perguntou Camille com frieza.

— Você não pode demitir um funcionário sem minha permissão — disse Maxine, furiosa.

Isso só confirmou que Cesare era uma fonte de dinheiro para eles. Pelo menos isso havia acabado. Camille tivera sorte de encontrá-los quando estavam com o dinheiro nas mãos.

— O testamento não diz isso. Diz que você está aqui para me ajudar a tomar boas decisões. Eu tomei, sem sua ajuda. E se você ou Alex me roubarem de novo, vou chamar a polícia, entendeu?

Maxine estava quase tremendo de raiva e frustração. Saiu do escritório de Camille e cruzou com seu filho no corredor.

— Ela demitiu Cesare — sussurrou.

Ele não se surpreendeu.

— Achei que ela faria isso quando visse o dinheiro.

Ele não estava tão chateado quanto a mãe. Achava que o gerente do vinhedo era um velho tolo. E sua mãe ainda mais por ter lhe dado vinte e cinco mil dólares para ajudá-lo a fraudar a contabilidade. Só haviam conseguido uns dez mil dólares com ele desde então.

— Não se preocupe, mãe. Há muito mais de onde isso veio. E você tem tempo.

— Ele disse que ela observa tudo como um falcão.

— Aposto que sim. Ela é esperta, mas você tem o tempo ao seu lado. Não há pressa. E talvez, mais cedo ou mais tarde, ela pague o que você pediu. Ou nossas outras ideias vão dar certo.

Ele sorriu. Se bem que sua mãe deixara Camille um pouco menos acessível que antes expulsando-a do château. Mas não era um problema insuperável; ela não estava longe.

— Não vou ficar de braços cruzados por quase dois anos neste remanso — disse Maxine.

Precisava arranjar outro marido, pensou enquanto voltava para o château. Christophe não havia dado certo. E, mesmo se não houvesse morrido, talvez acabasse não sendo tão generoso quanto ela esperava.

Estava pensando nisso e nos homens solteiros que conhecera no vale, quando Alexandre entrou na cozinha e se serviu de uma taça de vinho. Bebeu-a de um gole só, serviu-se de outra e sorriu para a mãe.

— Por que está tão feliz? — perguntou ela, certa de que ele estava tramando algo.

— Você se preocupe apenas em tirar o que puder da vinícola e me arranjar outro padrasto. Deixe o resto comigo.

E, assim, ele subiu para se deitar. O vinho deixava-o sonolento.

Camille jantou com Simone naquela noite e lhe contou o que havia acontecido com Cesare. Nada surpreendia Simone. Ela disse que Alexandre também roubava dinheiro quando era criança. Ela deixava a bolsa trancada no armário para que ele não pegasse o dinheiro das compras quando morava com ela; e ele sempre roubava dos amigos, e fizera o mesmo no banco onde trabalhava. Eles haviam permitido que ele pedisse demissão em vez de prestar queixa, mas a notícia se espalhara e ele não conseguira mais arranjar emprego. Era conhecido como ladrão.

Camille ligou para a firma de contabilidade e pediu uma auditoria. Não acreditava que Cesare houvesse pegado grandes quantias, pois ela teria visto, mas sim um fluxo constante de quantias relativamente pequenas, principalmente depois de começar a dar dinheiro para Alexandre e Maxine.

Camille tinha nojo de todos eles, e ficou se perguntando se deveria falar com Sam, pedir-lhe conselhos, mas não queria que ele pensasse que ela era incapaz de administrar a vinícola ou de manter os funcionários sob controle. Estava pensando nisso enquanto ia para seu celeiro depois do jantar com Simone. Era uma noite fria, mas os aquecedores a mantinham quentinha lá dentro. Tinha sempre o cuidado de desligá-los antes de dormir para que não provocassem um incêndio naquela velha construção de madeira que era pouco mais que um barraco.

O celeiro estava escuro; ela acendeu a luz e deu um pulo ao ver Alexandre sentado no sofá. Ele a estava esperando no escuro.

— O que está fazendo aqui? — perguntou, assustada, mas sem querer demonstrar.

Ela viu que ele estava bêbado quando se levantou. Ele era alto e bonito, mas ela sabia que era um vigarista. Sua aparência não convencia, assim como a da mãe dele. Somente Christophe havia sido enganado por ela.

— Estava esperando você — disse Alex, indo em direção a ela, cambaleando.

Ao chegar perto, ele tentou segurar o seu seio. Ela deu um passo para trás, com medo de que ele fosse estuprá-la ou coisa pior. De repente, lembrou-se de que, se ele a matasse, Maxine ficaria com metade de tudo. Ela não havia entendido, a princípio, que aquela cláusula do testamento de seu pai era uma sentença de morte em potencial para ela e não sabia até onde eles seriam capazes de ir.

— Volte para o château — disse Camille, ríspida, na esperança de assustá-lo.

Mas ele estava destemido, divertindo-se tentando beijá-la. Alexandre adorava cenas de sedução, especialmente as que envolviam força bruta contra a vítima. Estivera planejando isso a tarde toda; bebera sem parar e não jantara, o que havia sido um erro. O vinho subira mais do que ele pretendia, mas ele sabia o que estava fazendo e o que queria fazer com ela. Ele era forte, nada o deteria. Havia dinheiro demais em jogo para permitir que qualquer coisa o parasse. Como não havia fechaduras nas portas dela, ele tinha acesso fácil. Camille tentou afastá-lo, mas ele a arrastou para a cama. Ele era mais forte que ela e a prendeu facilmente. Ela percebeu que o pior ia acontecer. Lutou com ele, empurrou-o para longe com toda a força que tinha, fugiu da cama pelo outro lado. Ele a encurralou e a fitou, deixando a vitória transparecer em seus olhos.

— Vamos, Camille, você sabe que me quer. Vamos nos divertir. Estou muito entediado aqui, não aguento. Formaríamos um lindo casal.

Ele avançava lentamente em direção a ela, tentando convencê-la. Ela subiu em uma cadeira e, com facilidade, conseguiu abrir uma janela. Sem dizer uma palavra, pulou-a, caiu na grama molhada e correu o mais rápido que pôde para o chalé de Simone; não era longe. Ela ouvia Alex gritando para que voltasse e então, finalmente, chamando-a de vagabunda. Ela continuava correndo. Camille entrou intempestivamente pela porta de Simone, sem bater. A velha ficou olhando para ela com espanto, e Choupette latiu, feliz por vê-la. Camille estava sem fôlego. Havia rasgado o jeans no peitoril da janela e seu joelho estava sangrando.

— Meu Deus, o que aconteceu com você? Você está bem?

Camille assentiu; estava tremendo.

— Alex — disse uma única palavra e se sentou. — Ele estava me esperando no celeiro no escuro. Estava bêbado, mas me agarrou e me arrastou para a cama. Ele ia me estuprar. Subi em uma cadeira e pulei pela janela; as janelas do celeiro são mais altas que o normal.

— Essa gente é selvagem — disse Simone com um olhar feroz de reprovação. — Tenho vergonha de ser parente deles. Fique aqui esta noite ou o tempo que quiser. E vamos colocar fechaduras em suas portas e janelas amanhã. Talvez fosse bom você ter uma arma.

Simone estava falando sério. Camille sorriu; não queria atirar em ninguém, mas era tentador, no caso dele.

— Ficarei bem sem uma arma. Vou comprar um apito; assim, se você me ouvir, poderá pedir ajuda.

Ela havia pensado em chamar a polícia, mas não queria provocar um escândalo. Afinal, independentemente das intenções dele, ele não a machucara, só a assustara.

— Pode ser tarde demais quando você apitar e a polícia chegar — disse Simone, preocupada. — O que ele tem na cabeça?

Ela estava genuinamente angustiada devido ao que o neto havia feito com sua jovem amiga; ou tentado fazer, se ela não tivesse sido engenhosa e mais rápida que ele.

— Ele disse que formaríamos um lindo casal — disse Camille, já mais calma.

Simone foi buscar água oxigenada e um curativo para o joelho.

— E ele queria provar isso estuprando você?

— Ele estava bêbado — disse ela.

Mas ele a teria estuprado se pudesse. Ela tinha certeza disso.

— Isso não é desculpa.

Camille via que Maxine e os meninos estavam desesperados para conseguir, da maneira que pudessem, o dinheiro que Christophe não havia deixado para eles. Havia sido um dia e tanto. Demitira Cesare e quase fora estuprada por seu meio-irmão.

— Talvez seja bom você não estar morando no château com eles — disse Simone, pegando uma camisola florida e a entregando a Camille.

Camille foi até o quarto para vesti-la, enquanto Simone preparava uma xícara de chá de camomila, que era seu remédio para tudo. Depois, Simone a colocou na cama, coisa que ninguém fazia por Camille desde que sua mãe morrera.

Simone lhe deu um beijo na testa e apagou a luz.

— Agora durma — sussurrou.

Camille sorriu enquanto adormecia, segura e aquecida na cama de Simone.

— Você é minha fada-madrinha — disse, sonolenta.

Simone sorriu e foi para a sala tomar uma taça de vinho do porto e fumar um cigarro, seus prazeres favoritos, enquanto acariciava a cabeça de Choupette e pensava na perversidade de seu neto. Ele era exatamente como a mãe, talvez pior. Não havia como saber o que fariam.

Capítulo 14

Um dia depois da demissão de Cesare por roubo, Maxine entrou no escritório de Camille e se sentou como se nada tivesse acontecido. A garota se perguntava se Maxine sabia que Alexandre havia tentado estuprá-la na noite anterior, mas seu rosto não revelava nada.

— Tive uma ideia — disse Maxine alegremente, como se ela e sua enteada fossem grandes amigas, o que não era o caso, depois das experiências das últimas semanas. — Você precisa de um novo gerente, e Alex está muito empolgado com esse ramo e quer aprender mais. Sei que você não quer contratar um estrangeiro sem documentação, mas, com o visto de estudante, ele poderia ser estagiário da gerência e assumir o cargo oficialmente assim que obtivéssemos o *green card*. Ouvi dizer que é mais fácil de conseguir para trabalhadores agrícolas.

Obviamente, Maxine tinha uma carta na manga. Sempre tinha segundas intenções por trás de tudo que fazia. Nunca era um projeto simples, sempre um enredo com benefícios para ela no final. Camille ainda não sabia qual seria dessa vez.

— Não posso contratá-lo como gerente do vinhedo, nem como estagiário — disse Camille, exausta.

Ela tinha muito que aprender para administrar a empresa inteira e assumir toda a responsabilidade, e ainda tinha que se defender de Maxine e seus filhos. Gabriel era inofensivo; ou estava bêbado, ou dirigindo rápido demais, ou estava na cama com alguém. Alex era muito mais perigoso e seguia as ordens da mãe.

— Ele não tem experiência — explicou Camille —, e eu não posso colocar um estagiário em um dos cargos mais importantes da empresa. São necessários anos de experiência no campo para gerir um vinhedo. Cesare era desonesto, mas conhecia seu trabalho, razão pela qual meu pai o manteve aqui por tanto tempo. E como você pretende obter um *green card* para Alex? — perguntou.

Camille estava curiosa para saber como sua madrasta achava que poderia conseguir. As pessoas levam anos para tirar um *green card*; a única maneira rápida era se casando com uma americana, e ele não estava namorando ninguém, que ela soubesse. Estremeceu ao pensar no que ele havia feito, bêbado, na noite anterior. E se a houvesse encurralado e conseguido? Era uma ideia assustadora.

— Vocês dois poderiam vir a ser próximos um dia — sugeriu Maxine. — Vocês têm quase a mesma idade, e ele é um menino lindo. Você precisa de um marido para ajudá-la a administrar este lugar, e ele precisa de uma esposa americana para ficar neste país e progredir.

Maxine tinha tudo planejado. O único problema era que Alex era um bandido nojento que quase estuprara Camille. Seu joelho ainda doía; Simone o havia enfaixado de novo naquela manhã, antes de ela sair para trabalhar.

— Não me parece uma boa ideia — disse Camille com calma, pois não queria provocar a fúria da madrasta nem se tornar sua vítima. — E o que você ganha com isso? — perguntou sem rodeios, visto que era óbvio que eles deviam ter feito algum acordo.

— Ora, tenho certeza de que você poderia dar um presentinho para sua sogra.

Assim Maxine conseguiria dinheiro, Alex ganharia um *green card*, uma esposa rica e tudo mais que ela estivesse disposta a lhe dar; e Camille ficaria com um marido vigarista, que se casaria com ela pelo dinheiro do pai, e uma sogra dos infernos. Belo negócio!

— Não é uma boa ideia misturar família com negócios. Isso não vai acontecer, Maxine. Quando os meninos vão voltar para a França? — E acrescentou: — Eu poderia contar à polícia o que aconteceu na noite passada.

Maxine a ignorou e continuou:

— Eles não têm pressa. Alex tem o visto de estudante agora, e ficarei aqui para ajudar você até junho do ano que vem. Temos muito tempo ainda — disse, animada.

Em seguida, ela informou a Camille que começaria a receber convidados de novo, como fazia quando Christophe era vivo.

— Só uns jantarezinhos no château com pessoas que conheci por aqui.

Camille não podia imaginar a madrasta querendo dar festas se realmente amasse seu pai. Mas, no mundo de Maxine, ela estava desempregada e tinha que arranjar o próximo marido. Fora exatamente isso que Sam lhe havia dito. E ela queria um peixe grande. Havia conseguido com Christophe, mas o azar a atingira de novo, embora ele tivesse metade da idade do marido anterior dela.

Ela não disse que convidaria Camille para seus jantares; apenas lhe avisou que iriam acontecer.

— E, claro, vou organizar a festa de Quatro de Julho da vinícola.

Camille já podia imaginar quanto isso custaria – como a extravagante festa de Natal que seu pai a deixara fazer. Mas se isso mantivesse a paz entre elas, Camille estava disposta a sacrificar o dinheiro de novo – embora a irritasse muito gastar tanto em uma festa só para que Maxine pudesse se exibir.

— Já comecei — disse enquanto se levantava. — Acho que devemos ter um show pirotécnico, como os Marshall fizeram no baile de máscaras. Sam seria convidado, claro, visto que ele e seu pai eram tão próximos.

Ao ouvir isso, Camille entendeu o interesse de Maxine. Era Sam Marshall que ela queria, sempre quisera; o maior, mais rico e mais bem-sucedido vinicultor de Napa Valley, mais até do que Christophe. Sam

Marshall era o prêmio. Camille sabia que ela não conseguiria, mas se quisesse tentar... Assim ficaria longe dela enquanto tentava arranjar outro marido rico. Para a madrasta, seria como mudar de emprego.

Camille ainda estava pensando nisso depois que Maxine saiu do escritório. O comentário sobre chamar a polícia não passara despercebido para a madrasta, mesmo que fingisse despreocupação.

Maxine procurou Alexandre quando voltou ao château e o encontrou mexendo no Aston Martin de Christophe na garagem.

— O que aconteceu ontem à noite? — perguntou, com os olhos em chamas. — O que você fez com ela? — gritou, visto que não havia ninguém por perto para ouvi-la.

— Nada. — Ele deu de ombros. — Fiz uma visitinha a ela, mas havia bebido vinho demais antes. Ela fugiu — disse, despreocupado.

— Você a estuprou? — perguntou ela sem rodeios.

— Teria conseguido — sorriu para a mãe. — Não cheguei tão longe. Ela corre mais rápido que eu.

— Pelo amor de Deus, você não pode seduzi-la sem violência?

Ele deu de ombros e voltou para o carro, e Maxine entrou em casa, furiosa.

Três semanas depois, Maxine deu seu primeiro jantar no château, para dezesseis pessoas, de novo preparado por Gary Danko. Camille viu os manobristas e os Bentleys, Rolls-Royces e Ferraris chegando enquanto andava entre o chalé de Simone e seu celeiro. Seu pai estava morto havia menos de três meses e tudo na vida de Camille havia mudado. Ela era uma pária em sua própria casa; seu pai teria ficado horrorizado ao vê-la morando no velho celeiro de cavalos. Mas ela já estava se acostumando. Não importava, ela sabia que teria o château de volta em pouco mais de um ano. E não queria viver sob o mesmo teto que eles. Colocou fechaduras em todas as portas e janelas e guardava um apito estridente debaixo do travesseiro e um taco de beisebol ao lado de sua cama desde que Alex tentara estuprá-la.

As festas seguiam o ritmo de uma a cada quinze dias. Maxine convidava os filhos aos jantares, mas nunca Camille. Ela não teria ido, de qualquer maneira. As pessoas que a madrasta convidava não a conheciam, de modo que não perguntavam onde ela estava. Também mal conheciam Maxine, mas ela tinha talento para reunir pessoas ricas em festas. A maioria sempre ia, no mínimo por curiosidade.

E, em maio, a auditoria foi concluída. Cesare roubara cerca de vinte mil dólares por ano, o que não era tão ruim quanto Camille temia. Não tinha notícias dele desde que fora embora. Ouviu um boato de que ele voltara para a Itália para passar uns meses, e ela esperava que ficasse por lá. Não queria vê-lo de novo. Esse capítulo estava encerrado. As portas do Château Joy estavam fechadas para ele para sempre, tanto profissional quanto pessoalmente.

Camille voltou a trabalhar em novas promoções e decidiu ir atrás do mercado de noivas, de forma mais agressiva que antes, anunciando a vinícola do Château Joy como o local perfeito para um casamento, com ofertas de pacotes, tarifas especiais e taxas que incluíam fotógrafos, cinegrafistas, floristas, fornecedores e transporte. Era um mercado muito importante, e ela sabia que poderia se tornar uma grande fonte de receita para eles. Já estava aceitando reservas para o ano seguinte. Aumentara drasticamente a presença nas mídias sociais para atrair clientes mais jovens e visitantes do mundo todo. Camille estava sempre pensando no que poderia fazer para expandir os negócios. Seu pai sempre fora mais focado na qualidade das uvas, mas ela sabia que isso já estava bem estabelecido, de modo que passou a focar mais o lado comercial, como sua mãe.

Em junho, ela conseguiu contratar um novo gerente para o vinhedo, recrutado em Bordeaux. Havia escrito para seus primos e eles o recomendaram. E, por algum milagre, ele havia se casado com uma americana e tinha *green card*. Ele pegou um avião para fazer a entrevista e ela o contratou no ato. Era jovem, inteligente, exatamente como a vinícola precisava. Foi um alívio enfim se livrar de Cesare e conseguir substituí-lo.

Ela estava fazendo tudo que podia para proteger o sonho de seus pais e o que eles haviam construído, e também para expandir seus negócios e acompanhar as mudanças, mantendo a qualidade do vinho. O novo gerente do vinhedo, François Blanchet, iria ajudá-la com isso; trabalhariam bem juntos.

Camille completou vinte e quatro anos em junho e passou o aniversário tranquilamente com Simone, que fez um suflê e *hachis parmentier*, que se tornara a comida preferida de Camille. Também aprendera a adorar morcela e comia com gosto. Simone pintara um quadro para ela. Sempre dizia que ela precisava sair mais, mas Camille dizia que não tinha tempo.

Logo após o aniversário de Camille, Phillip apareceu no escritório para vê-la. Tinha um compromisso em uma vinícola próxima que o pai estava pensando em comprar. Disse que ia se casar em setembro, mas que Francesca detestava ir para o vale, era alérgica a tudo que crescia lá, até às uvas. Ele riu; parecia confiante de que ela se acostumaria. E estava ansioso para saber como Camille estava e feliz por vê-la.

— Está tudo bem por aqui? — perguntou enquanto caminhavam.

Sentaram-se em um banco. Ela disse que precisava de um intervalo, pois nem havia parado para almoçar. Ele sabia que ela trabalhava muito, mas era feliz assim. E a admirava por ser tão responsável.

— Mais ou menos — disse Camille.

Ela não queria falar muito sobre seus problemas com Maxine nem soar patética. Haviam sido cinco meses e meio difíceis desde que seu pai morrera, não havia como negar isso.

— Só preciso aguentar mais um ano minha madrasta aqui comigo. E o ramo de casamentos está acelerado.

Phillip sempre se impressionava com a dedicação dela e o foco no trabalho. Era difícil acreditar que ela estivesse administrando tudo sozinha, sem a ajuda do pai. Achava que ele não teria conseguido isso na idade dela. Tinha trinta e um e não se sentia preparado para assumir tudo se algo acontecesse com seu pai; muito menos aos vinte e quatro. Ela crescera muito, especialmente desde a morte de Christophe.

— Sua madrasta não está interferindo muito? — perguntou com certa preocupação.

— No começo, sim — disse Camille com cuidado —, mas ela fica entediada na vinícola. Agora está dando muitos jantares, o que a mantém ocupada. Acho que ela está procurando um marido.

— É o que meu pai diz, além de coisas piores.

Sam odiava Maxine e tudo que ela representava. Estavam falando sobre a mulher quando Camille ouviu um som familiar. Ergueu os olhos com uma expressão estranha, como se houvesse visto um fantasma. Segundos depois, Gabriel passou correndo pela entrada no Aston Martin de Christophe. Ninguém havia dirigido o carro desde que ele morrera. Gabriel cantou os pneus, estacionou o carro e saltou, todo satisfeito.

Camille o fitou.

— O que está fazendo com esse carro?

Ele já o havia batido quando chegara, em dezembro.

— E onde arranjou essa jaqueta?

Era a jaqueta de caubói de camurça bege, com franjas, que Christophe adorava e usava o tempo todo.

— Encontrei no armário dele — disse ele com arrogância, visto que ela não morava mais no château, e ele sim, e tinha acesso às roupas do pai dela, o que praticamente lhe arrancava o coração. — Minha mãe disse que eu podia usar.

— Pois não pode. Tire isso, por favor — disse ela, estendendo a mão para que ele lhe entregasse a jaqueta.

Estava tão focada em Gabriel que esquecera que Phillip estava lá.

— Não vou tirar — disse ele com raiva. — É legal. Se eu tirar, vai estragar meu look. Depois eu ponho no armário. Qual é o problema? Ele não vai usar — disse, com um olhar sarcástico.

Camille quase sufocou ao ouvi-lo, e Phillip notou que ela ficou furiosa.

— Por favor, dê a jaqueta aqui para mim — repetiu Camille —, em respeito a meu pai.

Ela falou baixinho, mas com muita firmeza. Ficou com a mão estendida, mas Gabriel nem se mexeu. Ficou ali com a jaqueta, que era grande demais para ele.

— Devolvo mais tarde — disse, petulante, e foi em direção ao carro.

— Você precisa levar o carro de volta para casa e deixá-lo na garagem — disse ela com voz firme.

Maxine e seus filhos não tinham respeito pelas coisas de Christophe nem por nada que pertencesse a Camille. Sentiam-se totalmente no direito de fazer o que quisessem.

— Dane-se — disse ele, ignorando-a.

Quando Gabriel já ia entrar no carro, Phillip deu um passo à frente, esticou seu braço longo e forte, agarrou o rapaz pelo pescoço e o deteve.

Gabriel olhou para Phillip, em pânico.

— Ei, está me machucando!

Phillip era maior e mais velho que ele e não tinha intenção de deixá-lo desrespeitar Camille.

— Você ouviu o que ela disse: tire a jaqueta.

— Qual é o problema? É só uma velha jaqueta de camurça. Temos melhores que esta na França — disse ele, fingindo não se impressionar com Phillip.

Mas Camille viu que ele estava com medo.

— Que bom. Então, vá para lá e compre uma. Enquanto isso, devolva a jaqueta do pai dela.

Como uma criança irritada e petulante, Gabriel tirou a jaqueta e a jogou em Camille. Ela a pegou antes que caísse no chão e se sujasse.

— Obrigada — disse ela com educação, visivelmente abalada pelo incidente.

— Agora, leve o carro de volta e guarde-o na garagem — acrescentou Phillip, com um olhar ameaçador.

— Tenho que fazer coisas para minha mãe.

— Pegue um dos carros da vinícola para isso, não este — Phillip disse, sério.

— Qual é a sua? — resmungou Gabriel. — Quem pensa que é?

— Essa pergunta vale para você.

Phillip estava a ponto de lhe dar um soco. Camille via isso nos olhos do amigo e na mandíbula tensa dele. Mais uma palavra de Gabriel e Phillip perderia a calma. Já estava no limite. Ele odiava ver um merdinha como aquele oprimindo Camille.

— Você vai levar o carro de volta ou eu vou?

Phillip estava farto. Em uma última demonstração de bravura, Gabriel jogou as chaves nele e foi embora.

— Leve você — disse por cima do ombro, enquanto se dirigia a um dos veículos do vinhedo.

Esses ele usava sempre que queria, sem pedir permissão também. Já havia batido dois carros, mas Camille não criara caso.

Phillip olhou para ela, furioso.

— Como você aguenta essas pessoas? Eu estava louco para socá-lo.

Ela sorriu; havia sido melhor que isso não tivesse acontecido. Não queria outra batalha com Maxine por causa do precioso filho dela que nunca errava.

— Tenho que admitir — disse ela, sorrindo e aliviada por ter o carro e a jaqueta de volta —, eu teria gostado. Mas provavelmente eles processariam você.

— Que processassem! Teria valido a pena pelo puro prazer e por vingar você. Que imbecil!

Ela não podia discordar.

— Venha, vamos guardar o carro.

Ele tinha coisas para fazer, mas não queria que ela lidasse com aquilo sozinha. Aquele carro era o símbolo de seu pai, e ele sabia como era importante para ela. Camille segurava a jaqueta dele como se fosse o Santo Graal.

Phillip foi dirigindo o carro de Christophe até a garagem, que Gabriel havia deixado aberta. E Camille o ajudou a colocar a capa protetora, que Alexandre ou Gabriel haviam deixado no chão. Tudo que faziam, da maneira como faziam, era uma afronta; era o exemplo que a mãe deles lhes dava. Mas Maxine era mais sutil, mais astuta e mais polida que seus filhos, e mais diabólica também. Camille sabia que ela comandava o show.

— Vou deixar a jaqueta em casa — disse ela.

Fecharam a porta da garagem e ela a trancou com a chave que tinha. Enquanto isso, Phillip começou a subir os degraus do château. Ela o segurou e ele a fitou com surpresa.

— Não moro mais lá. Por enquanto — disse ela com calma, mas com certo embaraço.

Ele ficou confuso. Era a única pessoa que sabia agora, além de Simone.

— Como assim? Onde você está morando?

Ele achava que ela ainda morava no château, onde vivera a vida toda, e que lhe pertencia agora.

— Maxine arrumou um lugar para mim lá nos fundos — disse Camille.

Ela se sentiu humilhada de admitir isso, mas era a realidade de sua vida agora, nas mãos de Maxine.

— Então, quem está morando no château? — perguntou Phillip, intrigado.

— Maxine e os filhos dela — disse Camille baixinho.

Ela foi na frente, mostrando o caminho ao contornar o château, até a trilha dos fundos que levava ao velho celeiro.

— E você não está mais no château — disse ele, seguindo-a, mas a deteve segurando-a pelo braço gentilmente. — Está de brincadeira? O que está acontecendo aqui? Eles a expulsaram de sua casa ou você quis se mudar?

— Eu não quis nada. Ela queria dar meu quarto a Gabriel, aquele que você acabou de conhecer. Ela é poderosa, é uma mulher acostumada a conseguir o que quer.

Eles chegaram ao pequeno celeiro pintado. Phillip ficou horrorizado quando entrou. Ela estava vivendo com móveis surrados, como um dos trabalhadores do vinhedo, não como a dona da casa.

Ela pendurou cuidadosamente a jaqueta de camurça do pai em um cabide.

— Meu Deus, Millie — ele a chamava assim quando ela era uma menininha, e ele adolescente. — Como pode morar aqui?

Ela se sentiu envergonhada.

— Não tive escolha. Não valia a pena brigar com ela, é só por mais um ano. Para ser sincera, eu me sinto mais segura aqui, longe daqueles dois.

Ele não sabia o que ela estava insinuando, mas lhe pareceu algo ameaçador.

— Você vai congelar no inverno — disse ele, furioso, com vontade de gritar. — Precisa tirá-los daqui!

— Estou tentando, mas meu pai deixou em testamento que ela moraria no château até eu fazer vinte e cinco anos, daqui a um ano. Não posso tirá-la de lá antes disso, a menos que ela queira ir.

— Mas ele não queria que você morasse em um barraco, e ela e os filhos, no château. Você come aqui? Não há cozinha.

Ele estava chocado e preocupado com ela, mais que nos últimos seis meses. Havia imaginado que ela estivesse bem, e também andara muito ocupado. Agora se sentia culpado e queria ajudá-la, mas não sabia como. Havia imaginado que Maxine fosse um aborrecimento para Camille, mas não que a havia tirado de casa. De repente, percebeu que Camille não tinha ninguém para defendê-la do abuso e do desrespeito de Maxine.

— A mãe dela é maravilhosa. Maxine a colocou naquele chalé ali. É melhor que meu celeiro e tem uma cozinha de verdade. Ela cozinha para nós todas as noites. Maxine também não gosta dela.

— Camille, isso é loucura!

Ele ia falar com seu pai sobre o assunto, mas não quis dizer isso a ela.

— Quando ela a expulsou de casa?

— Há uns três meses. Fazia um pouco de frio na época, mas agora está bom. Eles estão atrás de dinheiro; pelo menos Maxine. Ela quer que eu lhe pague para ir embora. Caso contrário, vai ficar até o final do prazo do testamento de meu pai. Então estou esperando; não vou pagar para ela ir embora.

Ele ficou se perguntando se acaso ela não deveria pagar, mas não quis sondar quanto Maxine queria para ir embora. Eram bandidos, seu pai tinha razão, e estavam se aproveitando de Camille ao máximo. Phillip a admirava por ter encarado tudo isso sozinha durante todos aqueles meses; percebeu como ela era forte e passou a respeitá-la ainda mais.

Eles foram voltando para a garagem. Phillip estava calado, pensando em tudo que havia visto e ouvido. O olhar de Camille quando lhe mostrara o celeiro o assombrava. Ela era sua amiga, e ele não suportava que ninguém a tratasse assim. Camille não tinha ninguém para protegê-la, e ele tinha certeza de que Sam não tinha ideia daquilo pelo que ela estava passando. Como ele, seu pai achava que ela estivesse bem. Tecnicamente, ela estava, mas também vivia um pesadelo sozinha.

— Você vem à nossa festa de Quatro de Julho? — perguntou ela, para mudar de assunto.

Ele sacudiu a cabeça com pesar.

— Não posso. Os pais da minha noiva têm uma casa em Sun Valley, e eu prometi que iria com ela. É importante para ela. Francesca simplesmente não fica à vontade aqui ainda.

Camille ficou se perguntando como eles resolveriam isso quando se casassem. A vida dele era ali em Napa Valley.

Eles conversaram mais alguns minutos, até que ele teve que ir para um compromisso em nome do pai. Acabara ficando muito mais tempo do que pretendia, entre o confronto com Gabriel, guardar o carro e levá-la até o celeiro. Ficou abalado com o que vira, mas feliz por ter ido.

Phillip foi à reunião da vinícola e, quando chegou em casa, duas horas depois, foi imediatamente procurar o pai. Encontrou-o trabalhando no escritório e entrou com uma expressão sombria.

— Eu vi umas coisas muito perturbadoras esta tarde, quero lhe contar — disse, sentando-se em frente ao pai.

Sam se recostou na cadeira e olhou para o filho. Era óbvio que Phillip estava chateado.

— Na vinícola que você foi ver?

Ele tinha esperanças de fechar um acordo com eles, por isso o comentário de Phillip não lhe caiu bem.

— Não. Passei para visitar Camille no caminho. Fazia tempo que não a via.

— Como ela está? — perguntou Sam, com certa preocupação.

— Estou preocupado com ela, pai. Ela está morando em um galpão atrás da casa. Não está mais vivendo no château, eles é que estão. Aquela cretina que se casou com o pai dela a expulsou de casa há três meses, e ela está morando em um celeiro pequeno e cheio de correntes de ar.

Sam franziu a testa.

— Eles usam as coisas do pai de Camille. Maxine está tentando extorquir dinheiro dela para ir embora. E a tratam como uma Cinderela.

Seu pai sorriu ao ouvir a comparação.

— Eles estão se aproveitando dela. Quem são essas pessoas, como podem fazer isso e ficar impunes?

Não parecia certo para Phillip, ele não conseguia entender.

— Não creio que o pai dela soubesse quem eles eram. Eu lhe disse para verificar os antecedentes daquela mulher, mas ele ficou furioso. Eu desconfiei, porque ela sempre me pareceu vigarista. E os filhos dela também.

— Você poderia checar agora? Talvez eles tenham antecedentes criminais. Tenho medo de que a machuquem. Há algo muito errado ali. Quase dei um soco em um deles hoje pela maneira como a tratou. Ele estava dirigindo o carro de Christophe, o Aston Martin, e vestindo a jaqueta dele, e ela quase chorou tentando fazê-lo devolver tudo.

— Não saia por aí batendo em ninguém, não vai ajudar. Vou tentar fazer algumas averiguações. Chris era muito crédulo, foi enganado por ela. Ela tentou comigo quando a conheci, ela vai atrás de qualquer conta bancária gorda, é uma vigarista. Vou ver o que consigo descobrir. Talvez possamos ajudar Camille a se livrar deles.

— Obrigado, pai — disse Phillip, emocionado.

Durante o restante da tarde, ele pensou nela naquele celeiro miserável. O que ela havia feito para merecer isso? Só porque o pai se casara com a mulher errada? Ele estava arrasado, pensando nela o tempo todo, preocupado com ela.

Phillip ainda estava incomodado com isso quando foi encontrar Francesca em Sun Valley uma semana depois. Sam ainda não tivera notícias do serviço internacional de detetives que havia contratado para investigar Maxine e seus filhos. Mas lhe haviam avisado que poderia demorar um pouco. Phillip passara a ligar para ver como Camille estava. Ela se emocionava sempre que ele entrava em contato. Era bom saber que seu protetor da infância ainda cuidava dela. E, como quando eram crianças, ele sempre a fazia se sentir segura, mesmo que ela não estivesse, com Maxine por perto.

Capítulo 15

Os preparativos para a festa de Quatro de Julho na vinícola tomaram todo o tempo de Maxine a partir de meados de junho. Ela havia alugado decorações elaboradas de uma companhia teatral de Los Angeles que fornecia cenários de filmes. Insistiu em colocar mesas compridas, em vez de redondas, porque estavam na moda, embora custassem o dobro do preço. A conta das flores seria astronômica, e Camille se perguntava se realmente valia a pena ser indulgente com ela antes de chegar o grande dia.

Mas, quando tudo estava montado, ficou incrível. Os fogos de artifício no final durariam meia hora, como os grandes shows pirotécnicos da cidade, mesmo sendo apenas uma festa privada em Napa Valley. Maxine a transformou em um evento, e a vinícola tuitava sobre a festa diariamente, sob a supervisão de Camille. Seus seguidores no Facebook e no Twitter se multiplicaram exponencialmente.

Simone havia concordado em ir à festa; Camille lhe prometera uma mesa à sombra antes de o sol se pôr. Ficaria quente no início da festa e fresco à noite.

Maxine comprou sua roupa de um estilista de Nova York. Era um macacão branco que mostrava cada centímetro de seu corpo espetacular. Contratou um fotógrafo e um cinegrafista, e queria que fosse tudo para a internet depois da festa. Camille concordou, pois era uma boa publicidade, especialmente para o ramo de casamentos, que havia deslanchado.

— Você deveria me contratar como diretora de marketing — disse Maxine, presunçosa, enquanto ela e Camille examinavam tudo antes de a festa começar.

Camille concordou prontamente que tudo estava ótimo, exceto as contas. O custo, inicialmente excessivo, triplicara nas últimas duas semanas.

— Eu não poderia bancar você — disse Camille com sinceridade.

Mas a divulgação foi boa. Mandaram convites e estavam esperando uma multidão. As pessoas imploravam para ir. Haveria aulas e dancinhas com coreografia depois do jantar, além de dançarinas contratadas no Texas e uma banda de Las Vegas. Maxine havia feito tudo às custas de Camille e aproveitaria a divulgação para si também.

Alexandre e Gabriel estavam de jeans branco e camisa azul de manga comprida, mocassins de couro de crocodilo Hermès sem meias, como se estivessem em Palm Beach ou Saint Tropez. Camille também estava de jeans branco, camiseta vermelha e rasteirinha. Era uma noite de trabalho para ela. Ficou aliviada quando viu Sam na multidão no meio da festa e emocionada por ver um rosto familiar.

— Estava procurando você — disse ele, sorrindo calorosamente e a abraçando.

Camille se recordou do pai e teve que lutar contra as lágrimas.

— Como vão as coisas? — perguntou ele.

— Sem problemas até agora — disse ela, observando tudo.

— Não estava me referindo à festa. Como vai o resto? — perguntou baixinho, para que ninguém mais pudesse ouvir.

— Ok — disse ela, perguntando-se se Phillip havia contado a ele sobre sua visita antes de ir para Sun Valley.

Ela estava chateada por ele não estar lá. Mas ele havia mandado várias mensagens para dizer que estava pensando nela.

— Vamos almoçar um dia desses para conversar — prometeu Sam.

A festa não era o lugar certo para isso, e ele queria saber mais pela boca de Camille, não apenas pela do filho, que poderia estar exagerando as coisas. Parecia mesmo um pouco exagerado para Sam, mesmo não gostando de Maxine. E Phillip sempre tentava proteger Camille.

A condessa o viu assim que ele chegou e abriu caminho pela multidão para se juntar a eles um minuto depois. Olhou timidamente para Sam. Não havia como evitar olhar para o corpo dela; aquela roupa havia sido feita para isso. Sam não era imune à beleza dela, mas claramente não gostava da mulher que a possuía. Ela o cumprimentou e o abraçou meio apertado demais, sedutora. Elizabeth estava em um comício político em Los Angeles e não pudera ir, o que, aparentemente, deu a Maxine a impressão de que Sam estava disponível. Mas não era assim que ele via as coisas, especialmente com ela. Não a suportava, o que ficava claro quando falava com ela.

— Mal posso esperar por seu Baile da Colheita — disse ela. — Você é um exemplo para todos nós. Ninguém poderia superá-lo.

— É uma tradição em Napa Valley, as pessoas já o esperam. Às vezes, acho que é meio demais. As perucas e fantasias são muito quentes — disse ele casualmente.

Sam gostaria de poder se livrar de Maxine, mas ela não se afastou um centímetro. Ele notou que os lábios dela eram sensuais e não conseguia tirar os olhos de seus seios, mesmo não gostando dela. Entendeu exatamente o que havia conquistado Christophe. Ela tinha uma sensualidade inebriante impossível de ignorar, e ele suspeitava que ela devia ser ótima na cama. Mas ela o fazia pensar em um louva-a-deus fêmea, que mata o amante depois de usá-lo. Era perigosa; não havia matado Christophe, claro, dada a maneira como ele havia morrido, mas era fácil acreditar que ela guardava segredos a sete chaves, e todos do sexo masculino. Sam não a estava ouvindo, mas recuperou a atenção a tempo de ouvi-la dizer algo sobre jantar com ele. Ele olhou para ela, surpreso.

— Por que você iria querer jantar comigo? — perguntou, olhando-a bem nos olhos.

Os olhos profundos e escuros dela o sugavam como ímãs.

— Você é um homem muito interessante — disse baixinho, só para ele ouvir.

Camille já havia saído e fora ver Simone, que parecia estar se divertindo conversando com todos, com um cigarro e uma taça de vinho tinto na mão. Ela não levara Choupette porque sabia que estaria muito quente. Mas Simone estava bem.

— O que faz de mim um homem interessante? — perguntou Sam, fazendo o jogo dela e a satisfazendo por isso. — Seria dinheiro? — acrescentou, estreitando os olhos.

Ele era um daqueles homens que ela nunca conquistaria. Maxine suspeitou disso naquele momento, mas ainda não estava pronta para aceitar a derrota. Sabia que ele a achava atraente, sempre achara. E ela já estava de olho nele antes de conhecer Christophe. Queria Sam, mas havia sido mais fácil conquistar o amigo dele.

Ela não respondeu à pergunta de Sam, e ele continuou incitando-a; não conseguia resistir.

— É fascinante como algumas mulheres reagem ao dinheiro, não é? É quase como uma droga.

Uma das coisas que ele amava em Elizabeth era que ela não se importava com o dinheiro que ele tinha. Ela gostava dele pelo homem que era, independentemente de sua renda ou sucesso. Não se impressionava com ele. Maxine estava praticamente babando.

— Eu não gosto de você, Maxine — disse ele com sinceridade. — E acho que você também não gostaria de mim se me conhecesse. Sou mais forte do que você pensa e não sou tão polido quanto Christophe. Você teve muita sorte de conseguir conquistá-lo, mas, às vezes, a sorte muda e é preciso aceitar a derrota e ir embora. Talvez este seja seu momento.

Ele olhava para a multidão enquanto falava com Maxine, como se ela nem sequer merecesse toda sua atenção.

— Acho que você não tem boas cartas na mão. As maiores chances estão com a banca. E estou atento a Camille.

Ele a olhou nos olhos para deixar claro que, se ela fizesse algo com Camille, teria que pagar.

— O que ela lhe disse? — perguntou Maxine, fuzilando-o com o olhar.

— Nada, mas eu sei o que está acontecendo aqui. Estou de olho em você, e meu filho também. Camille é como uma filha para mim, e não vou deixar que nada aconteça com ela. Não se esqueça.

— Tenho sido muito gentil com ela desde a morte de Christophe. Ela é uma garota muito difícil, é muito grossa com meus filhos.

— Duvido. Ela tem a natureza doce do pai. E você é tão gentil que a faz dormir em um celeiro, em vez de no château que é dela, onde você está morando com seus filhos? Talvez seja hora de você ir cuidar de sua vida — disse ele, fixando nela um olhar impiedoso.

— O pai de Camille quis que eu ficasse de olho nela até ela completar vinte e cinco anos.

— Acho que ela não precisa disso. Vamos ver como vão as coisas; não creio que você vá encontrar o que está procurando aqui. Christophe foi um bilhete premiado para você, mas não há muitos desses aqui. Tenha uma boa noite — disse por fim. — Bela festa.

Sam se afastou dela, indo para o meio da multidão. Ela tinha dado aquela festa para impressioná-lo, mas isso não significava nada para ele. Ele só havia ido para mostrar que estava de olho. Maxine tinha certeza de que Camille havia contado algo a ele ou havia feito o papel de pobre menina rica com Phillip. Mas sua enteada lhe pagaria; já estava cansada daquela garota. E Sam tinha razão, Napa Valley não era para ela. Os realmente ricos eram casados ou grossos como Sam. Ela duvidava que aguentasse mais um ano. O que tinha que fazer era encontrar uma maneira de fazer Camille lhe pagar para que pudesse ir para mesas de jogo melhores. Estava completamente farta.

— Já achou a próxima vítima? — perguntou Alex, aproximando-se. — Vi você conversando com Sam Marshall. Outro padrasto em sua mira?

— Não... ele não é meu tipo — disse ela, indo atrás de outros peixes para fisgar.

Mas não havia muitos lá naquela noite. Sam era seu alvo principal, mas sua missão fracassara, assim como a festa. Ele foi embora antes dos fogos de artifício, e ela o viu partir com ódio no olhar.

A festa de Quatro de Julho que os pais de Francesca deram em Sun Valley foi menos divertida do que Phillip esperava. Eles tinham amigos muito conservadores, e a maioria dos convidados era da idade deles, não da filha. O entretenimento que contrataram eram dois músicos: um tocava banjo, e o outro, acordeão. Era doloroso ouvi-los. Phillip só conseguia pensar no que estava perdendo em Napa Valley. Sabia que seu pai estava na festa do Château Joy naquela noite e desejava estar lá também.

— Legal, não é? — disse Francesca, sorrindo para ele.

Ela estava feliz por não estarem em Napa Valley, para variar. Sun Valley era muito mais a cara dela.

— Está mais parado do que eu esperava — disse ele com sinceridade.

Phillip ficou imaginando se o casamento também seria assim. Eles se casariam em Sun Valley em setembro, em um clube de campo do qual os pais dela eram sócios, e haveria duzentos convidados, a maioria amigos deles. Phillip não tivera voz na cerimônia de casamento. A mãe de Francesca estava planejando tudo, e seria muito tradicional. Isso o fez sentir falta do lado um pouco barulhento, mais pé no chão de Napa Valley, inclusive dos *nouveaux riches*, que ele achava muito mais divertidos.

Francesca tinha uma irmã e um irmão mais velhos, ambos casados, que moravam em Grosse Point, Michigan, como os pais. Passavam o verão e o Natal em Sun Valley, e Francesca esperava fazer o mesmo com Phillip. Ele a conhecera em um casamento em Miami, onde se divertiram muito com a banda de salsa e a multidão presente na festa.

Desde então, eles se encontravam aos fins de semana; ela ia para Napa Valley, mas não gostava nada disso. E, em comparação com seus pais, ela achava que o pai de Phillip era meio rude. E Sam não fingia ser diferente. O jovem era mais polido e mais educado. Havia feito MBA em Harvard, e ela não conseguia entender por que ele queria desperdiçar a vida na vinícola em Napa Valley, mesmo ganhando muito dinheiro. Ela achava que ele deveria trabalhar em um banco, como o pai dela. Sua mãe nunca havia trabalhado e era presidente da Junior League. Francesca estava morando em San Francisco nos últimos seis meses para ficar mais perto dele e queria trabalhar em um museu, mas era recepcionista de uma agência de publicidade desde que chegara, o que odiava. Sentia falta de Michigan, onde sua família e todos os seus amigos moravam. Ficava reclamando que a Califórnia era muito diferente, mas ele achava que ela se acostumaria.

Ela estava falando sobre as flores do casamento. O acordeão fazia o ouvido dele zumbir, e o banjo o irritava. Estava se sentindo claustrofóbico, queria ir para outro lugar com ela. Ele havia sugerido lua de mel no Taiti, em Bali ou na República Dominicana, mas Francesca queria ir para o Havaí ou Palm Beach.

— Não quer ir para um lugar mais animado? — perguntou ele gentilmente. — E Paris?

Ela pensou por um minuto e sacudiu a cabeça.

— Não. O clima de Paris é terrível. Minha irmã foi passar a lua de mel lá e choveu o tempo todo.

Ela não tinha um espírito aventureiro, mas ele gostara disso nela no início. Achara que ela seria uma boa pessoa com quem constituir uma família, diferente de outras garotas com quem se relacionara, que queriam sair o tempo todo. Mas Phillip começara a sentir falta disso e se sentia culpado. A única vez que ele a vira solta havia sido no casamento em Miami, onde ela enchera a cara de margaritas o fim de semana inteiro. Lá ela havia sido muito mais divertida.

A festa parecia não acabar nunca. Por fim, os convidados foram embora. Jantaram no clube de campo aquela noite e, depois, ele saiu com Francesca para beber alguma coisa. Ele queria ver algo mais animado que as pessoas tristes com quem estivera o dia todo. Estava sentado no bar com ela, quando, de repente, foi como se houvesse sido atingido por um raio ou houvesse recuperado a sensatez. O que estava fazendo com aquela mulher que já o entediava antes de se casarem? Ela disse que queria quatro filhos nos próximos cinco anos. Phillip ficou pensando nisso, mas não sabia o que dizer a ela. Resolveu dormir e não fazer nada precipitadamente. Mas, quando voltaram ao clube de campo para almoçar no dia seguinte, Phillip só pensava em sair correndo dali.

Ele a chamou para uma longa caminhada e lhe deu as más notícias.

— Acho que não posso fazer isso. Ou não estou pronto para casar, ou você não é a pessoa certa para mim. Eu amo Napa Valley, você odeia. Eu amo o ramo em que trabalho, você não. Adoro ir para lugares exóticos, e esse é seu pior pesadelo. Não estou pronto para ter filhos, mal acabei de chegar à idade adulta. Você quer quatro imediatamente, o que me apavora. Acho que precisamos cancelar o casamento antes que ambos cometamos um erro terrível.

— Acho que você tem fobia de casamento — disse ela, assoando o nariz em um lenço de papel que tinha no bolso.

Ele se sentiu horrível ao fazer isso com ela, mas se sentia pior fazendo isso consigo mesmo. Era como se tivesse que abrir mão de sua vida para se casar com ela, e não queria fazer isso nunca. Ela restringia a vida dele dia a dia. E ele nunca seria um banqueiro em Grosse Pointe como o pai dela. Phillip queria ser como seu pai e administrar a maior vinícola de Napa Valley, mesmo que Sam fosse rude. Ele o amava assim mesmo e o achava o homem mais inteligente que conhecia.

Phillip comprou uma passagem para Boise naquela noite, e ele e Francesa contaram aos pais dela antes de ele partir. Ele não esperava que acabasse assim, mas sabia que era o certo. Ela lhe devolveu a aliança antes de ele ir. E, quando entrou no avião naquela noite, sentiu-se livre e aliviado como nunca na vida. Havia feito o que era certo. Tinha trinta e um anos e era um homem livre de novo. Nunca havia se sentido tão feliz na vida.

Capítulo 16

Phillip chamou aquele período de "Verão da Liberdade". Depois de romper o noivado com Francesca, ficou envergonhado por perceber que não estava apaixonado. Só queria ser um homem casado, havia se convencido de que era hora de casar, visto que muitos amigos seus já haviam se casado àquela mesma idade. Ela parecia o tipo certo de mulher para se casar, mas não com ele. E o alívio que sentiu depois de terminar com ela foi muito maior do que qualquer emoção que experimentara enquanto estavam juntos – exceto na noite em que a conhecera.

Ele jantou com o pai quando voltou de Sun Valley e os dois conversaram sobre o assunto. Phillip pensava no que fazer. Estava firme na carreira desde que se formara, mas, aparentemente, não conseguia colocar sua vida amorosa no caminho certo.

— O que você está buscando? — perguntou o pai.

Mas Phillip não sabia o que responder.

— Não sei, uma mulher que me enlouqueça, que me arrebate... e glamour, excitação.

Francesca certamente não era assim, tampouco as mulheres com quem ele saía. No fundo do coração, ele queria um amor como o de seus pais, que foram loucamente apaixonados um pelo outro até o dia em que a mãe morreu. E, de certa forma, o relacionamento de seu pai com Elizabeth também tinha substância. Nenhum dos dois queria se casar, por motivos próprios, mas davam profundidade e perspectiva à vida um do outro. E, embora morassem em cidades diferentes e não se vissem com frequência, conversavam muito todos os dias. Eles se entendiam e se gostavam; ambos eram honestos e não usavam artifícios.

Phillip não queria uma mulher que fingisse ser algo que não era ou que o quisesse por causa de seu pai ou por interesse. Tinha que ser algo verdadeiro, e nenhum relacionamento que ele tivera até então havia sido assim. Seus próprios sentimentos também não eram verdadeiros, mas pelo menos ele se distraía e se divertia. Mas não podia falar sobre nada sério com nenhuma delas.

Seu pai achava que, um dia, o filho encontraria o que queria, e tinha tempo de sobra para descobrir o que era importante para ele. Phillip ainda era jovem.

Ele perguntou ao pai várias vezes, durante o verão, se tinha notícias da agência de detetives que contratara para investigar Maxine e os filhos. Mas Sam disse que não o haviam contatado, certamente porque não haviam encontrado informações sobre ela. Ele tinha certeza de que entrariam em contato se achassem algo. Mas estava demorando.

Phillip ligou para Camille várias vezes; ela insistia que estava bem. Também mandava mensagens e passou pelo escritório dela uma vez. Ela disse que fazia muito calor no celeiro e que não tinha ar-condicionado, mas que já estava acostumada; parecia não se importar. Sua vida era mais simples assim. Ela focava no trabalho, tentando aumentar o alcance da vinícola. Maxine aparecia no escritório de vez em quando, mas, no momento, estava mais interessada em sua vida social. Era convidada a todos os lugares e também dava muitas festas. Alex e Gabriel estavam falando sobre voltar à Europa. Gabriel queria encontrar os amigos na Itália, e Alex havia sido convidado para andar de barco na Grécia. Estavam cansados de Napa Valley e não conheciam pessoas de quem gostassem.

Alex estava namorando uma garota de uma família rica, que tinha uma importante coleção de arte, mas ela era jovem e ele disse à mãe que não gostava dela. E não havia esperança de se aproximar de

Camille; Alex havia jogado essa chance por água abaixo e ela não estava disposta a pagar um centavo a Maxine para ir embora.

Faltava uma semana para o Baile da Colheita que Sam dava todos os anos. Maxine disse aos filhos que queria que eles fossem com ela.

— Por quê? Você não precisa de nós.

Maxine estava saindo com dois viúvos de San Francisco e um divorciado de Dallas que estava passando o verão em Napa, mas nenhum deles era substancial o suficiente para ela. E ainda estava de olho em Sam, o homem perfeito. Ele era um desafio para ela desde que a rejeitara. Nunca um homem a havia rejeitado antes, e ela não aceitara bem isso; tinha que conquistá-lo. Tinha que fazer com que ele a quisesse. Ela só o havia visto uma vez, em um jantar naquele verão, e ele não falara com ela. Mas Maxine não desistia; estava elaborando sua fantasia para o baile de máscaras. Seria ainda mais fabulosa que a que usara com Christophe no ano anterior.

Camille contou a Simone sobre o baile; a velha perguntou se ela iria, mas ela disse que não queria. A única vez que havia ido ao baile fora com seu pai, quando sua mãe estava doente. Disse que ficaria muito triste de ir sem ele.

— Bobagem — disse Simone, soltando anéis de fumaça em sua direção, pensativa.

Estavam no chalé dela. Haviam comido uma salada, já que estava calor demais para cozinhar.

— Na sua idade, você não tem tempo para ficar triste. Tem que ir e conhecer um príncipe encantado.

Camille riu. Simone dizia que acreditava em contos de fadas. E, dois dias depois, estava esperando Camille toda empolgada.

— O que andou fazendo? — perguntou Camille. — Está com cara de quem aprontou.

O cabelo de Simone estava desgrenhado, e ela estava com um vestido de verão verde-claro, a cor de seus olhos.

— Roubei uma coisa para você — disse ela, rindo como uma garotinha.

— O que você roubou? — perguntou Camille, meio chocada.

Mas tinha certeza de que não era nada importante, visto que Simone era uma mulher honesta. O que poderia ser?

— Eu sei onde Maxine guarda seus vestidos de baile. Estão em caixas, no sótão. Conheço as caixas porque eu mesma embalei os vestidos e mandei para cá quando ela saiu de Paris. Hoje de manhã, ela saiu e eu subi e abri algumas caixas. Encontrei um perfeito para você!

Ela foi buscar o vestido no quarto. Era de um rosa bem clarinho, com camadas de chiffon sobre uma saia de crinolina.

— Ela não o usa há anos. Usava quando era modelo e mais nova que você.

Os olhos de Simone brilhavam de excitação enquanto ela segurava aquele vestido requintado.

— Maxine vai me matar se descobrir que você o pegou. E onde eu usaria isso?

Era o vestido mais lindo que Camille já havia visto.

— No Baile da Colheita, claro, para conhecer seu príncipe encantado. Encontrei uma máscara que devia ser de sua mãe e uma peruca empoada. Vai ficar parecendo uma jovem Maria Antonieta.

— Não quero ir ao baile — insistiu Camille, embora sensibilizada pelos esforços de Simone.

— Maxine nem vai se lembrar do vestido — afirmou Simone. — E você só precisa voltar para casa antes dela para que ela não a veja. Camille, você tem que ir. Não disse que é o evento mais importante do ano em Napa Valley? Você não pode trabalhar o tempo todo, precisa se divertir. Ainda mais na sua idade.

— Não tenho com quem ir e também não tenho sapatos.

Ela usou todas as desculpas que lhe ocorreram para se safar, mas Simone foi revirar um baú que tinha em seu quarto, onde guardava coisas sentimentais e lembranças do passado. Tinha livros de poesia e cartas de amor do marido, e um par de luvas de pelica que usara quando jovem. Tirou um pacote embrulhado em papel de seda enquanto Camille a observava. Cuidadosamente, revelou um par de sapatos brilhantes.

— Usei estes sapatos no único baile a que já fui — disse Simone, segurando os sapatos com reverência, lembrando-se de uma noite mágica setenta anos antes, a noite em que seu marido a pedira em casamento. — Eles merecem ir a um baile de novo — disse, séria.

Choupette os cheirou e se afastou.

— Parecem muito pequenos — disse Camille, duvidosa. — Acho que não vão me servir.

— Experimente — disse Simone, entregando-os a ela.

Camille tirou as sapatilhas e colocou os sapatos brilhantes. Serviram perfeitamente, como se houvessem sido feitos para ela.

— Viu? Você tem que usá-los no baile.

Simone insistiu para que Camille experimentasse tudo que havia pegado. Camille experimentou para deixá-la feliz, mas ainda não pretendia ir ao baile. Como iria? Com quem? Ela se sentiria mal se fosse sozinha.

— Seu amigo Phillip vai cuidar de você.

Pelo que Camille lhe contara, Simone o achava um jovem muito meigo, que parecia querer proteger a garota como um irmão mais velho. Era um querido amigo de infância.

— Avise-lhe que vai e ele cuidará de você.

Era uma ideia. Ela não precisava ir, mas Simone havia se empenhado tanto, mexendo nos velhos vestidos de baile de Maxine, que não queria decepcioná-la. Era muito importante para Simone que ela fosse.

— O melhor momento para fazer essas coisas é na juventude. Vai se arrepender mais tarde se não for. Quando tiver minha idade, vai precisar de algo para recordar. Não pode recordar ter ido trabalhar todos os dias, precisa de magia em sua vida.

Isso fazia sentido, mas, enquanto guardavam o vestido, os sapatos, a peruca e a máscara no armário de Simone, onde ninguém os veria, Camille ainda não tinha certeza.

— Vou pensar — disse Camille com cautela.

— Ligue para Phillip. Talvez ele mande um carro para buscá-la.

— Isso já é demais.

Mas tudo que Simone havia dito fazia sentido. Ou faria, se Camille quisesse ir. Ela voltou para o celeiro e se deitou na cama, recordando quando havia ido com o pai e como ele estava bonito. Queria poder ir com ele de novo. Fechou os olhos e ficou relembrando a dança com ele. Christophe havia sido seu príncipe encantado; ela sabia que nunca haveria ninguém como ele. Por um momento, sentiu que ele queria que ela fosse ao baile. Talvez Simone estivesse certa; ela precisava de um pouco de magia na vida. Era uma ideia.

Simone estava no jardim no dia seguinte, depois de recolher os ovos de suas galinhas, e ouviu vozes do outro lado de uma das sebes que as cercavam. Reconheceu Maxine e Alex imediatamente, e ela estava reclamando de Camille.

— Estou cansada dela e da vinícola. Ela administra aquele lugar como um santuário ao pai.

Mãe e filho concordavam que, sem Cesare, era impossível obter as pequenas, mas úteis, quantias de dinheiro que ele lhes fornecia. Ela comentou que o dinheiro que tinha dado a ele fora desperdiçado e que o legado de Christophe estava acabando. Havia gasto a maior parte em festas nos últimos seis meses. Receber convidados era caro, mas nenhum homem digno – segundo a escala dela – havia aparecido.

— E Sam Marshall? — perguntou Alex.

— Eu o verei no baile daqui a três dias — respondeu Maxine. — Mas temos que fazer alguma coisa, assustar Camille para ela me pagar. Ela é mais forte do que eu pensava — comentou com naturalidade.

— Podemos nos livrar dela para sempre — sugeriu Alex com maldade. — Não se esqueça de que você herdará metade de tudo se ela morrer antes de completar vinte e cinco anos. Seria uma sorte inesperada para todos nós.

— Claro que não esqueci, mas não seja ridículo. Você não pode bater na cabeça dela com uma cadeira, nem atirar nela, pelo amor de Deus. Seria óbvio demais. Não consegue pensar em algo mais sutil para assustá-la? Estou farta dela, ela é irritante. Teria sido útil se ela se casasse com você, mas você estragou tudo.

— Eu não "estraguei" nada. Ela não estava interessada.

— Normalmente, as mulheres não ficam interessadas quando um bêbado tenta estuprá-las.

Ele havia confessado isso à mãe, mas culpara o vinho.

— Foi um erro — disse ele, enquanto voltavam para o château.

Simone ficou paralisada depois de ouvi-los. Não podia acreditar que se atreveriam a tentar matar Camille, mas esperava tudo deles. Maxine tinha tudo a ganhar se a jovem morresse nos próximos nove meses. E sua oportunidade era agora, enquanto morava no château. Depois, seria mais difícil alcançar Camille. Simone não confiava em nenhum deles. E se a envenenassem ou fizessem algo mais sutil?

Simone voltou para sua casa. Fumou um cigarro, observando Choupette. Depois de apagá-lo, incapaz de se conter por mais um instante, foi até o château, entrou pela porta da frente e foi procurar a filha. Encontrou-a sozinha na cozinha, lendo jornais franceses no iPad.

Maxine ficou surpresa ao ver sua mãe de novo com o Converse de cano alto e outro vestido florido. Normalmente, ela fazia grandes esforços para evitar Simone e a considerava uma vergonha.

— O que você quer? — disse Maxine, rude.

— Só tenho uma coisa a lhe dizer — disse Simone. — Se acontecer alguma coisa com aquela garota, por mais inocente que pareça, irei à polícia e contarei o que ouvi você dizer agora mesmo no jardim.

Maxine ficou levemente desconfortável, mas tentou ignorá-la.

— Não faço ideia do que você está falando. — Ela estreitou os olhos e fitou a mãe. — Mas se você me denunciar à polícia por qualquer coisa, ou seus netos, vou declará-la incapaz e trancá-la em um asilo para sempre. Você é uma velha senil e ninguém vai acreditar em você.

— Não tenha tanta certeza. Eu sou mais sã do que você. Você já a torturou o suficiente. Ela perdeu os pais e teve que aturar você, e está morando em um celeiro por sua causa. Eu prometo, Maxine, que, se você machucá-la, providenciarei para que vá parar na prisão.

— E eu providenciarei para ver você morta — disse Maxine cruelmente. — Agora, saia de minha casa.

— A casa não é *sua*, é *dela*. E você não me assusta. Tenho oitenta e sete anos, fiz as pazes com a morte há muito tempo. Se me matarem, não importa, mas, se a matarem, vocês vão para a cadeia, onde é o lugar de vocês. Você é uma pessoa terrível, tenho vergonha de ser sua mãe.

Então Simone saiu do château e voltou para sua casa. Estava trêmula; tomou um chá de camomila para se acalmar e ficou conjecturando o que Maxine faria; se ousaria tentar se livrar de Camille ou assustá-la para que pagasse para ela ir embora, ou se pensaria duas vezes. Mas Simone havia falado sério, cada palavra. E, mais que nunca, queria que Camille fosse ao baile. A jovem precisava de uma vida melhor que essa que tinha, vivendo em um celeiro, banida de seu lar de direito.

Quando Camille apareceu, Simone ainda estava abalada e chateada. A jovem perguntou se algo havia acontecido, mas a senhora disse apenas que o calor lhe dera dor de cabeça.

— Mas eu queria lhe dizer uma coisa; coisa de uma velha tola. Tenha cuidado com Maxine e Alex, e com Gabriel também. Nunca confie neles.

— Eles lhe disseram alguma coisa? — perguntou Camille, confusa.

Simone estava sendo muito veemente, o que não era comum; ela era uma pessoa gentil.

— Não precisam dizer nada, são pessoas terríveis, os três. Quero que você tome cuidado, só isso. E hoje tomei uma decisão. Você vai ao baile, querendo ou não. Ligue para Phillip e diga que você vai. Sou sua avó agora, e você tem que fazer o que eu digo. Você vai — disse com firmeza.

Camille sorriu.

— Decidi ir. Quero usar os sapatos e o vestido.

Ela e Simone trocaram um sorriso. A decisão estava tomada: Camille iria ao baile.

Capítulo 17

Na manhã do Baile da Colheita, Sam estava supervisionando a instalação do sistema de som e os testes. Tudo parecia estar em ordem. Estavam instalando a iluminação havia três dias. Seria, como sempre, um evento espetacular, e os convites eram os mais cobiçados de Napa Valley durante o ano todo. Quem ia jamais esquecia e implorava para ser convidado de novo antes de ir embora. Ser um baile de máscaras o diferenciava de todos os outros e lhe dava uma aura de elegância incomparável. E, apesar de todo o trabalho, a mão de obra para montar tudo, as reclamações antecipadas e a enorme despesa, Sam até se divertia. E era sempre um momento de nostalgia e uma homenagem à falecida esposa que tanto amara.

Toda a sua equipe e os demais contratados estavam havia dias correndo para todo lado solucionando problemas, comunicando-se por walkie-talkies. Ele também tinha um na mão quando saiu da área onde quinhentas pessoas se sentariam para jantar; estava a caminho da casa quando uma de suas assistentes o chamou. Ela usou o codinome dele e ele respondeu imediatamente.

— Big Bird na escuta — disse, enquanto passava por dois seguranças na frente de sua casa.

— É uma ligação de Paris. Estão aguardando na linha. Não sei do que se trata, o inglês deles é bem rudimentar. Digo que você liga depois e pego o recado?

Não lhe ocorria quem poderia ser, mas logo se lembrou.

— Negativo. Vou atender em meu escritório. Estou quase lá. Peça para esperar, por favor.

Ele atendeu à ligação em seu escritório dois minutos depois. Uma francesa de voz sexy lhe pediu que esperasse um minuto. O diretor da agência de detetives atendeu e se apresentou. Sam ficou aliviado ao ouvi-lo falar inglês; ficara preocupado por um minuto. Fora seu advogado quem lhe indicara essa agência que fazia investigações particulares de natureza delicada em Paris. Ele havia dito a Sam que eles eram capazes de desenterrar histórias antigas difíceis de encontrar. O silêncio deles desde junho o levara a acreditar que não havia história para desenterrar sobre Maxine, que ela era apenas uma interesseira comum e muito talentosa que dera sorte com Christophe. Sam sentia a responsabilidade de proteger Camille depois que Phillip lhe dissera como ela estava sendo tratada por Maxine e os filhos. Queria ter certeza de que não havia nenhuma atividade criminosa ali, mas o silêncio da agência o tranquilizara, pois pensava que, se houvesse algo ruim, teriam entrado em contato.

Por isso, estava esperando um relatório banal e um pedido de desculpas por não terem entrado em contato antes.

— Sr. Marshall? — disse uma voz masculina, profunda e séria, do outro lado da linha.

Eram seis horas da tarde em Paris, ainda horário comercial lá.

— Sim, Sam Marshall — confirmou.

Como era de esperar, o diretor da agência pediu desculpas pela longa demora e disse que havia sido muito difícil obter as informações que Sam queria.

— É possível apagar um registro criminal na França depois de cinco anos, por isso tivemos que investigar muito. Queríamos saber se não havia registros criminais sobre madame Lammenais. — Ele não se referiu a Maxine como "condessa", título que ela ainda usava quando lhe convinha. — Mas talvez ela só tenha uma reputação ruim.

Sam achou engraçada a maneira como ele falou e sorriu.

— De fato, ela tem uma história interessante — prosseguiu o agente. — Ela teve três maridos na França antes de se casar com o sr. Lammenais. Um na juventude, que morreu recentemente, há dois meses, em um acidente de moto no sul da França. Ele é o pai de seus dois filhos e teve uma segunda família na Inglaterra. Conseguimos falar com a irmã dele, que era jovem quando o irmão se casou com madame Lammenais; ela mal se lembra dela. Disse que seus pais não gostavam de Maxine, falavam mal dela, diziam que estava atrás de dinheiro e que seu irmão nunca falava com ela. A mulher havia esquecido que ele tivera dois filhos com Maxine, pois nunca os conheceu. Ele teve cinco filhos com a atual viúva, com quem teve um longo casamento.

Ele consultou alguns papéis e prosseguiu momentos depois.

— Parece que ela teve um segundo casamento relativamente breve. Seu segundo marido cometeu suicídio há muito tempo, dois anos depois de se divorciarem. Não conseguimos descobrir nada sobre ele, exceto que trabalhava em uma editora. Ele não tinha parentes vivos e eles não tiveram filhos. Parece ter tido uma vida comum e não era um homem rico. Ela se casou, então, com o conde de Pantin, há cerca de doze anos. Foi amante dele durante dois anos antes disso. Ele se casou com Maxine depois que sua esposa morreu. De acordo com a filha do conde, o caso deles levou a mãe a um declínio precoce e ela morreu de câncer. Disse que seu pai estava completamente apaixonado por Maxine. Ele era quarenta e três anos mais velho e extremamente generoso com ela. Os filhos dele são mais velhos que ela e se opuseram ao casamento. Eles não tiveram filhos juntos, e os filhos dele a culpam por afastá-los do pai; supostamente, para obter dinheiro sem o conhecimento deles. Dizem que ele lhe dava o que ela quisesse. E eles tinham um estilo de vida bastante extravagante quando se casaram. Roupas de alta-costura, joias caras, iates alugados para férias, viagens luxuosas. Ele tinha uma importante coleção de obras de arte de mestres holandeses, e eles têm certeza de que ela o coagiu a lhe dar vários quadros, e alguns ela vendeu após a morte dele. Quando a saúde dele piorou, aos oitenta e poucos anos, ela o transferiu para o château da família em Périgord e impediu que os filhos o vissem. Só recentemente conseguimos entrar em contato com dois empregados, que confirmaram que era verdade. Ela não permitia que ninguém o visse e o mantinha isolado. Entramos em contato com o médico do conde de Pantin; ele se recusou a comentar, mas não negou o que a governanta e o caseiro haviam dito. Aparentemente, ela o mantinha longe de todos, e a governanta disse que, às vezes, era bastante bruta com ele. Um dia, eles o encontraram na cadeira de rodas dentro de um armário, depois de uma discussão sobre um quadro que ela queria que ele lhe desse; coisa que ele acabou fazendo.

O relato descrevia Maxine como gananciosa, indelicada e abusiva, a ponto de ser cruel, extorquindo objetos valiosos de um velho doente.

— Uma das coisas mais perturbadoras que todos os filhos dele disseram é que acreditam que ela o matou; mas não há nada factual para apoiar suas alegações. Segundo o atestado de óbito, ele morreu de insuficiência cardíaca durante o sono. Tinha quase noventa e um anos, e sua morte, nessa idade, depois de anos de problemas de saúde, não levantou suspeitas. Após a morte do pai, os filhos tentaram recuperar o château da família, mas ela se recusou a desocupá-lo se não lhe pagassem para sair. Aparentemente, ela ganhou muito dinheiro com eles. O conde deixara um quarto de seus bens para ela, de acordo com a lei francesa, mas ela queria muito mais. Também queria metade da parte deles, o que lhe daria mais da metade dos bens de seu falecido marido. E brigou com eles pela casa de Paris também. A filha disse que Maxine ameaçou expor fatos sobre seu pai à imprensa. Aparentemente, ele havia tido muitas amantes enquanto era casado com a mãe deles, que era alcoólatra. Ela ameaçou expor todas as coisas desagradáveis que sabia sobre a família, incluindo o fato de que um dos filhos casados do conde é gay e presidente de um respeitado banco francês. Eles optaram por contentá-la dando-lhe uma grande quantia em vez de arriscar desgraçar a família na imprensa. Eles têm muito rancor dela.

"Acho que as alegações de que ela o matou são falsas, e não podemos saber em que estado ele estava no momento de sua morte. Talvez ele tenha chegado a tal ponto que não queria mais viver e pedido a ajuda dela. Mas não há nada no atestado de óbito que indique crime. Ele não via os filhos e os netos havia quatro anos no momento de sua morte. E eles ainda estão muito tristes por isso. Sentem que ela roubou deles os últimos anos com o pai, a fim de controlá-lo. O caseiro confirmou isso e disse que, quando lhe dava banho, o conde dizia que sentia falta dos filhos. Às vezes até chorava."

Ao ouvir esse relato, Sam se sentiu mal. A imagem de um homem velho, solitário, isolado, à mercê de uma mulher mais jovem gananciosa e controladora, afastado de sua família, trancado em um armário como punição, sendo extorquido, era de cortar o coração. Mesmo que ela não o tivesse matado, havia sido inimaginavelmente cruel. Para Sam, era fácil acreditar nisso. Todos os seus instintos o alertavam do perigo cada vez que a via. E ele não podia deixar de se perguntar se Christophe teria acreditado em um relatório como esse, uma vez que sempre pensava o melhor de todos, mesmo de uma mulher que mal conhecia e que o tinha sob seu domínio.

— Parece que ela estava muito endividada antes de deixar a França. Alugou um apartamento caro, viajou e se divertiu muito, sem dúvida, tentando arranjar um marido novo. Ela teve que vender vários quadros e algumas joias para quitar suas dívidas antes de ir para os Estados Unidos. Acredito que seus enteados tiveram o cuidado de garantir que a reputação dela a precedesse em Paris para que as portas das pessoas que Maxine tentasse "caçar" ficassem firmemente cerradas para ela. A sociedade é muito fechada aqui. Suponho que pensou que fosse ter mais sorte nos Estados Unidos, onde ninguém sabia quem ela era.

"Não há registro de atividade criminosa, no caso dela, que alguém possa provar; o que não se aplica ao filho Alexandre Duvalier, ou ao mais novo, Gabriel, ambos do primeiro casamento. O mais velho, Alexandre, foi expulso de cinco escolas particulares de Paris e de um internato na Suíça por trapacear e roubar. Também foi expulso da universidade. Tinha um emprego em um banco, que seu padrasto aparentemente lhe arranjou, e foi acusado de fraude e peculato aos vinte e três anos. Teria sido processado, mas o padrasto interveio. Ele foi demitido e não conseguiu mais arranjar emprego desde então. Parece que a mãe o sustenta.

"O mais novo ainda está matriculado na universidade e tem um histórico envolvendo drogas. Foi preso algumas vezes por posse de maconha e haxixe. Parece ser um típico garoto mimado que está desencaminhado. A mãe também o sustenta. Ela também tem uma mãe bastante idosa, na casa dos oitenta anos, que morava em um bairro pobre de Paris, em situação de indigência. O porteiro do prédio disse que a condessa nunca a visitava e, antes de partir, o aluguel não era pago havia meses; até que a condessa quitou a dívida. Ninguém nunca viu Maxine no prédio e todos disseram que a mãe era uma mulher muito boa. Ela também nunca via os netos. O nome da mãe é Simone Braque. Não sabemos o que aconteceu com ela; pode ter morrido nesse meio-tempo, não a investigamos, pois não conseguimos localizá-la para entrevistá-la e não queríamos que ela alertasse a filha sobre nossa investigação."

— Na verdade, ela está aqui em Napa Valley também — disse Sam com calma. — Os filhos dela também.

Eles, sem dúvida, não eram boa gente. Nem Maxine. Ela não era como a famosa Viúva Negra, com uma série de maridos mortos atrás de si que ela mesma havia matado, mas havia usado, abusado, extorquido e feito tudo que podia para conseguir dinheiro de homens com quem se relacionara, independentemente de quão cruel tivesse que ser. O instinto de Sam estava certo: ela era uma mulher perigosa, e nenhum homem estava seguro em sua companhia uma vez que ela colocasse suas garras nele. Sentia-se aliviado por Christophe não ter vivido para saber de tudo isso. Ele teria sido um cordeiro levado ao matadouro nas mãos de Maxine. O amigo não era páreo para ela, tampouco Camille. Phillip também tinha razão, por isso Sam estava seriamente preocupado com a filha de seu amigo, e tirá-la do château para morar em um estábulo e tentar extorquir dinheiro dela não era nada comparado ao que Maxine era capaz de fazer quando queria. E, de acordo com o testamento de Christophe, Camille teria que aturá-la por mais nove meses.

Pensar nisso fez Sam estremecer; ele faria tudo que pudesse para detê-la. O fato de que Maxine herdaria tudo se algo acontecesse com Camille antes do próximo mês de junho colocava a jovem em perigo iminente, e isso era alarmante.

— Obrigado pelo relatório tão completo — disse Sam, ainda digerindo tudo que acabara de ouvir.

— Temos tudo escrito, tanto em papel quanto eletronicamente, mas quis lhe falar pessoalmente para o caso de que tenha alguma dúvida. Desculpe por termos demorado tanto, mas, no caso de madame Lammenais, foi um trabalho árduo, visto que boa parte são rumores e ela não tem antecedentes criminais.

— Mas deveria, por abuso de idosos, no mínimo — disse Sam com ferocidade.

Ele estava furioso por tudo que havia descoberto e pelo que Camille tinha que enfrentar involuntariamente.

— É o que pensam os enteados dela, mas essas coisas são difíceis de provar. E, se ele tinha medo dela, pode ser que tenha negado se tiver sido questionado. Os dois empregados da casa disseram que ele a amou até o fim. Ela parece ser uma dessas mulheres que sabem manipular os homens. Havia muitas assim nas cortes reais francesas, e a natureza humana não muda muito ao longo dos séculos. Mulheres como ela existem desde o início dos tempos, mas é lamentável quando pessoas boas são vítimas delas. O conde de Pantin parecia um bom homem, pelo que todos diziam sobre ele. Era um financista muito importante em Paris quando mais jovem, mas já era bastante velho quando a conheceu; provavelmente se sentiu vulnerável e lisonjeado pelas atenções que ela lhe deva, dada a disparidade de idades.

Era fácil reconstruir o que havia acontecido. Ela conseguira tirar menos dele do que esperava devido à resistência dos enteados, mas o suficiente para satisfazer suas necessidades até conhecer Christophe. Provavelmente teria tirado tudo dele ou tentado fazê-lo deserdar Camille, coisa legalmente impossível na França, mas perfeitamente possível nos Estados Unidos. Velhos tolos faziam isso o tempo todo quando encontravam uma *femme fatale* de vinte e dois anos e deserdavam seus filhos. Mas Sam não imaginava Christophe fazendo isso a qualquer idade. Ele amava sua filha demais para deixar Maxine manipulá-lo a esse ponto. Mas, sem dúvida, ela era uma profissional em lidar com homens, e Sam faria tudo que pudesse para tirar Maxine e os filhos dela da vida de Camille para sempre.

Ele agradeceu novamente pelo relatório completo e estava andando pelo corredor de cenho franzido quando se deparou com Phillip saindo de casa. Ele havia ido buscar a playlist que tinha feito para o DJ tocar nos intervalos da orquestra. Phillip havia sido DJ na faculdade e ainda fazia isso de vez em quando para os amigos. Estava feliz, descontraído, e se surpreendeu ao ver seu pai tão sombrio.

— Algo errado?

Phillip tinha uma acompanhante para aquela noite – uma garota que alguém lhe havia arranjado – e estava ansioso. Estava trabalhando demais, mas prometera ficar ao lado de Camille quando ela chegasse. Ela havia dito que seus meios-irmãos malvados não iriam à festa e estava nervosa por ter que ficar sozinha. Dissera que a "avó fada-madrinha" a havia convencido a ir, e Phillip ficara feliz por isso. Faria com que ela se divertisse e a trataria como a irmã mais nova que era para ele.

— Na verdade, sim — disse Sam. — Acabei de receber uma ligação de Paris, da agência de detetives que contratei em junho. Não tiveram pressa, e percebi que não inventaram nada. Assim como eu, tinham instintos sobre a "condessa" — disse em tom de desdém. — Não tenho tempo para falar sobre isso agora, mas vamos conversar amanhã. Precisamos ajudar Camille e tirar aquela bruxa de lá. A moça não consegue lidar com isso sozinha.

Phillip ficou imediatamente preocupado; seus instintos protetores foram despertados – uma característica que herdara do pai. Por mais que Phillip gostasse de se divertir, quando se tratava de coisas sérias, estava sempre pronto.

— Ela tem antecedentes criminais? — perguntou Phillip, preocupado.

— Não, mas deveria. Ela e os filhos são muito ruins. São como abutres; ela teria tentado tirar tudo de Chris quando encontrasse uma vítima melhor. Que bom que não fui eu — disse Sam.

Phillip sorriu; conhecia bem o pai.

— Você é teimoso demais para uma mulher assim, pai.

Sam riu.

— Talvez você tenha razão. Elizabeth me chamou de rabugento ontem.

— Mas é um rabugento bonzinho, pelo menos.

Não havia homem na terra mais gentil que Sam Marshall, mas ele era alérgico a pessoas desonestas e tinha um forte sistema de detecção precoce para elas. Fazia anos que tinha que se proteger.

— Vamos conversar sobre isso amanhã de manhã e ver o que fazer. Vai dizer alguma coisa a Camille hoje?

— Não antes da festa. Quero falar com você primeiro, já que a conhece melhor. Não quero assustá-la, por isso quero sua opinião sobre como proceder.

Sam tinha um profundo respeito pelo julgamento do filho, razão pela qual eles se davam bem nos negócios. Eles se admiravam mutuamente.

— Procure não se preocupar com isso esta noite, vamos conversar amanhã cedo. Nada vai acontecer esta noite, tenho certeza de que a condessa está ocupada preparando sua roupa e decidindo quem vai atacar.

Sam assentiu; estava levando muito a sério o que ouvira do detetive.

— Está tudo certo para esta noite? — perguntou Phillip, e Sam garantiu que sim.

Phillip saiu com a playlist para o DJ. Sam percebeu que ele estava mais maduro. O noivado com Francesca havia sido inútil, mas parecia ter lhe ensinado algo: o tipo de mulher que não queria.

Phillip estava cada vez mais independente e levava sua vida amorosa menos a sério. Divertia-se com as garotas com quem saía, mas não se iludia mais pensando que durariam mais que uma noite casual ou um fim de semana. Se Christophe houvesse sido assim, não teriam que se preocupar com Maxine agora. Mas ela estava profundamente enraizada na vida de Camille, e Sam suspeitava que seria difícil se livrar dela e que teriam que pagar um preço. Mas ele e Phillip conversariam sobre o assunto no dia seguinte. Não fazia sentido se preocupar com isso em um dia em que estavam tão ocupados.

Maxine passou o dia inteiro preparando sua fantasia. O vestido havia sido passado com perfeição e estava pendurado em seu closet. Era azul-celeste bem clarinho, e ela usaria sapatos de cetim com fivelas antigas para combinar. A peruca e a máscara estavam prontas, portanto ela se deitou para dar uma cochilada antes de se vestir. Pensou em Sam Marshall enquanto estava deitada ali; não podia imaginar que ele fosse capaz de resistir a ela. Sua cintura era fina, seus seios eram fartos. Havia feito botox recentemente e seu rosto estava perfeito. Ela havia visto a namorada de Sam quando iam a festas juntos. Tinha cintura roliça, um rosto nada digno de nota, estava uns sete quilos acima do peso e andava sempre malvestida e fora de moda, com roupas unissex e mais adequadas para uma campanha política ou uma biblioteca. Ele merecia muito mais que isso, e Maxine tinha certeza de que, dada a oportunidade certa, poderia seduzi-lo. Ele nunca havia tido uma mulher como ela e, como todos os outros, quando saboreasse seus prazeres, iria querer mais. O contrário era inconcebível para ela.

— Quer comer alguma coisa antes de ir? — perguntou Simone enquanto ela e Camille caminhavam no jardim com Choupette naquela tarde.

Haviam acabado de pegar os ovos do galinheiro.

— Não, obrigada — disse Camille, sorrindo. — Haverá muita comida lá.

Ela pretendia sair depois de Maxine para que não se cruzassem e pudesse evitá-la na festa. Estava contente porque os meninos não iriam e não precisava se preocupar com eles.

Ouviram Maxine ir embora em uma limusine que ela havia alugado. Era um Rolls-Royce branco com motorista, que Camille achou vulgar. Ela pretendia ir com uma das vans da vinícola, sem identificação, que não era nada elegante, mas a levaria até lá, e era inócua o suficiente para não chamar a atenção.

Depois de vesti-la, Simone se levantou e acenou para Camille enquanto se afastava. Parecia uma princesa de contos de fadas, e os sapatos brilhantes que Simone lhe emprestara davam o toque perfeito. Tinham cristais e strass, e um arco de vidro, e refletiam as cores do arco-íris quando a luz batia neles. Camille estava emocionada usando aqueles sapatos e o lindo vestido rosa de Maxine.

— Tente evitar sua encantadora madrasta — advertiu Simone de novo.

Os meninos haviam saído para jantar. Simone ficou acenando enquanto pôde ver Camille na entrada e, em seguida, voltou para sua casinha, com Choupette atrás. Seu coração se alegrou ao ver uma jovem tão bonita saindo para se divertir em um baile de máscaras. Ela não conseguia pensar em nada melhor. Acomodou-se em uma cadeira confortável com um livro, feliz por tê-la convencido a ir.

Capítulo 18

Havia vinte manobristas esperando para pegar os carros quando Camille chegou. Ela pegou o tíquete e o guardou na bolsa, e foi pela trilha de cascalho até o jardim por onde as pessoas entravam. Era como viajar no tempo, para a corte de Luís XV. A decoração do jardim lembrava Versalhes. As mulheres ajeitavam suas saias enormes; os homens, suas perucas, e todos os convidados seguravam máscaras diante do rosto.

Camille pegou seu celular para ligar para Phillip.

— Onde você está? — perguntou quando ele atendeu.

— No bar, claro. Minha acompanhante me deu o cano. Está com catapora, pegou do priminho.

— Bem feito, isso é o que acontece quando você namora meninas de doze anos — brincou ela.

Ele riu.

— Ela é mais velha que você, mas não muito. Ande logo, estou entediado.

Ele ainda não havia visto seus amigos; os convidados eram, a maior parte, pessoas da geração de seu pai.

— Onde fica o bar? — perguntou Camille. — A propósito, estou com um vestido rosa-claro. Maxine está de azul-claro. Avise-me se a vir.

— Sim, eu mando uma mensagem. O bar fica bem no fundo. Há mais três ou quatro, mas o caviar e o *foie gras* estão neste.

Sam dava tudo de si para o Baile da Colheita todos os anos. Ele e Elizabeth estavam cumprimentando os convidados em uma área central.

Passaram-se quinze minutos até Camille conseguir encontrar Phillip. Ele segurava uma taça de champanhe, que entregou a ela. Ela bebeu um gole. A festa estava tão elaborada que mais parecia um casamento com umas duzentas noivas.

— Você está linda — disse Phillip, admirando-a.

Ela estava mesmo muito elegante, e ele se surpreendeu quando a viu naquele vestido espetacular.

— Onde arranjou esse vestido?

— Não pergunte — disse ela, girando para ele. — Minha avó fada-madrinha me deu.

Quando a saia girou, ele viu os sapatos brilhantes e sorriu.

— Agora está mesmo parecendo a Cinderela. E eu vou me transformar em uma abóbora à meia-noite ou em um rato branco? — provocou ele.

— Não, você é o príncipe encantado, não se transforma em nada. Fica só correndo por aí procurando o outro sapato durante dez anos, colocando-o nos pés grandes de mulheres feias.

— Legal. — Ele riu. — E você, o que faz?

— Esfrego o chão do castelo até você me encontrar. Ou, na versão moderna, talvez eu saia e arranje um emprego.

— Você já tem um emprego — disse ele. — Administra uma vinícola.

— Ah, sim — disse ela, rindo por trás de sua máscara.

E, nesse exato momento, ela viu Maxine à distância e se escondeu atrás de Phillip. A madrasta ia em direção a Sam, que estava feliz conversando com Elizabeth, que usava um vestido muito bonito.

— Acha que Liz e seu pai vão se casar um dia? — perguntou ela, sempre curiosa sobre eles.

— Quem sabe? Talvez não. Eles gostam das coisas do jeito que estão, e meu pai não poderia passar tanto tempo em Washington. Ele tem que estar aqui por causa da vinícola.

— Talvez ela desista da política — disse Camille.

Phillip riu.

— Não é provável. Meu pai acha que ela deveria concorrer à presidência. Mas não acho que ela vá se candidatar. Vice-presidente, talvez.

Foram caminhando, sem pressa, em direção às mesas de jantar. Phillip havia reservado um lugar para ela de um lado seu, e para sua acompanhante do outro; mas, agora, ficaria um lugar vazio. Ele não sentia falta dela, estava se divertindo com Camille. Cumprimentaram todos os convidados que reconheceram e dançaram antes de o jantar começar. Notaram Maxine em uma mesa perto do estacionamento, o mais longe possível da mesa de Sam. Estava sentada a uma mesa de velhos, intensamente engajada em uma conversa com um deles.

— Ela é capaz de falar com uma pedra se for preciso — comentou Camille.

— Só se a pedra tiver muito dinheiro — disse Phillip, e os dois riram.

Eles dançaram ao som da banda e do DJ e, depois de um tempo, ambos se cansaram de cumprimentar as pessoas e fugiram para o jardim onde ela e Phillip costumavam brincar quando crianças. Não estava sendo usado para a festa, e apenas amigos íntimos sabiam onde ficava. Estava deserto quando chegaram, cheio de rosas e um pequeno gazebo. Havia um banco de mármore que parecia ser de um jardim inglês e dois balanços. Camille foi até eles, atraída por lembranças. Recordou estar ali, com a mãe dela e a dele conversando sentadas no banco, enquanto eles brincavam de pega-pega e Phillip a perseguia por entre as árvores.

— Eu adorava vir aqui quando éramos crianças — disse ela.

Ele sorriu e foi atrás dela para empurrá-la no balanço.

— Você era muito corajosa — disse ele, perdido em suas próprias lembranças. — Eu a derrubei uma vez e você esfolou o joelho, e disse à sua mãe que havia tropeçado.

— Eu me lembro disso — disse ela, sorrindo e esticando os pés para dar impulso enquanto admirava seus sapatos brilhantes que espreitavam sob sua saia enorme. — Você sempre foi legal comigo. Menos no dia em que colocou um sapo na cesta de piquenique.

Os dois riram. Tudo parecia muito distante agora, fazia parte da infância feliz que haviam compartilhado, com pais que os amavam e uma vida protegida. Mas, conforme foram crescendo, inevitavelmente a vida real foi intervindo.

— Não é melhor voltarmos à mesa? — perguntou ela.

Ele rejeitou a ideia.

— Gosto mais daqui. Poderemos ver os fogos de artifício quando começarem, e estão todos tão bêbados e se divertindo que não querem saber onde estamos.

Camille tirou os sapatos quando desceu do balanço para não arranhá-los na grama úmida. Foram se sentar no banco onde a mãe dele e a dela haviam se sentado; ela colocou os sapatos debaixo do banco e ficaram juntos olhando as estrelas. Então começaram os fogos de artifício. Estavam melhores que nunca esse ano. Duraram mais de meia hora; Camille olhou para o relógio, nervosa, quando terminaram.

— Simone me disse para ficar de olho em Maxine para poder voltar para casa antes dela, para ela não me ver entrar com este vestido. Tenho que passar pelo château para chegar à minha casa.

Mas eles não sabiam onde estava Maxine. Estavam naquele jardim privado havia mais de uma hora, desfrutando da privacidade, das lembranças e da paz.

— Vamos tentar ver onde ela está — sugeriu Camille.

Ele correu atrás dela pelo jardim, como fazia quando eram crianças, e foi só quando voltaram à mesa que ela percebeu que havia esquecido os sapatos debaixo do banco.

— Posso ir buscá-los — ofereceu ele galantemente.

Porém, assim que ele disse isso, Camille viu que Maxine estava saindo, esperando seu carro na longa fila de convidados que partiam.

— Tudo bem, eu os pego amanhã. Tenho que ir para casa.

Camille estava em pânico, sem saber como sair sem que Maxine a visse e soubesse que ela estava na festa com o vestido roubado. Explicou seu dilema a Phillip; ele a pegou pela mão e a levou a um portãozinho lateral.

— Eu sei onde estacionaram os carros. As chaves ficam no banco.

Ela o seguiu, descalça, por uma longa trilha de grama, até um enorme estacionamento normalmente usado para veículos da vinícola, que haviam sido retirados naquela noite. Encontraram a van do Château Joy e foram até lá.

— Obrigado por cuidar tão bem de mim — disse ela. — Eu me diverti muito com você. Foi como ser criança de novo, ali no jardim — disse, lembrando-se de sua mãe.

— Eu também gostei — disse ele, dando-lhe um beijo no rosto.

Ela notou um par de chinelos que alguém havia deixado no banco de trás e os calçou, e ele riu dela de novo. Independentemente de Camille estar crescida ou de usar aquele vestido tão elegante, ele sempre se divertia com ela.

— Não me lembro de ter lido que a Cinderela volta para casa de chinelos — disse ele.

— Só quando esquece os sapatos no jardim.

Ela esperava que Simone não ficasse brava por tê-los esquecido, mas ninguém os encontraria onde ela os deixara.

— Vou levá-los para você amanhã. Vá com cuidado.

Ele acenou. Ela pegou uma saída pelos fundos da propriedade, que conhecia bem, para pegar a St. Helena e chegar em casa. Com um pouco de sorte, Maxine ainda estaria atrás, presa no engarrafamento dos convidados que saíam, e ela poderia chegar em casa antes. A noite havia sido ótima, e ela estava feliz por ter ido.

Ela estava a uns dois quilômetros de casa, torcendo para que Maxine ainda não houvesse chegado, quando sentiu cheiro de queimado pela janela aberta e viu fumaça no céu. A fumaça obscurecia as estrelas em alguns lugares; era bem preta, e ela sabia que isso significava fogo ativo que ainda não havia sido controlado. Por causa do calor e dos verões secos, o fogo era um de seus grandes medos no vale. Já haviam acontecido incêndios devastadores ao longo dos anos.

A fumaça ia piorando conforme ela se aproximava de sua propriedade, então ela pisou fundo. Já dava para ouvir o fogo a essa altura, assim como o som de água correndo, e, quando fez a última curva da estrada, viu uma parede de chamas atrás do château. Parou a van e desceu do carro. O fogo parecia vir do chalé de Simone. Quando chegou lá, viu chamas ao redor, que se estendiam até seu celeiro e já iam em direção aos vinhedos. Então viu uma mulher pequenina através das chamas. Era Simone tentando decidir como passar, com Choupette nos braços. Camille também não conseguia ver um modo de chegar até ela. As chamas eram mais altas que o chalé, e faíscas voavam por toda parte. Camille estava com o celular na mão por puro instinto, então ligou para os bombeiros e, assim que deu o endereço e seu nome, desamarrou o vestido e o tirou. Ela sabia que, se tentasse atravessar as chamas com aquele vestido transparente, iria incendiá-lo. Então ficou ali de chinelo, calcinha e sutiã, tentando descobrir como chegar até Simone e a cachorrinha. Foi quando viu Alexandre parado ao lado olhando de soslaio para ela. Camille apontou para Simone e gritou com ele por cima do rugido das chamas.

— Sua avó! Pegue sua avó! — gritou.

Mas ele ficou parado ali, rindo dela, fazendo-a se perguntar se estava bêbado de novo. Não havia sinal do irmão dele nem de Maxine. Camille continuou acenando para Simone recuar e não ficar tão perto das chamas, então correu para Alex e gritou com ele:

— Pelo amor de Deus, tire sua avó de lá!

— Está louca? — gritou ele. — Não dá para passar pelas chamas.

Mas Camille ia passar. Não podia deixar Simone ser queimada viva. Os vinhedos dos fundos já estavam queimando, e as chamas avançavam em direção ao château, mas tudo que ela conseguia ver era Simone, corajosamente parada ali, esperando para ser resgatada com Choupette nos braços. A fumaça estava insuportável. Enquanto Camille procurava uma mangueira para criar uma abertura para poder pegar Simone, ouviu sirenes à distância e, em menos de um minuto, uma fileira de caminhões dos bombeiros entrou pelo portão e parou diante do château. Os bombeiros correram para as chamas com as mangueiras. Ela agarrou um deles pelo braço e apontou para Simone. Ele colocou uma máscara de oxigênio e assentiu. Assim que mais dois homens com trajes de amianto chegaram, os três atravessaram as chamas, colocaram um cobertor de amianto sobre Simone e a tiraram dali. Deixaram-na o mais longe possível das chamas, e Camille correu para ela quando a viu emergir da manta segurando Choupette, que estava atordoada. Camille ainda estava de calcinha e sutiã; um dos bombeiros lhe entregou uma jaqueta e voltou para combater as chamas.

— O que aconteceu? — gritou Camille acima do alvoroço.

Simone estava abalada, mas alerta.

— Não sei, senti cheiro de gasolina e Choupette começou a ganir e latir, e vi chamas do lado de fora descendo pela trilha de sua casa. Minhas pobres galinhas... — disse, angustiada.

Camille a abraçou e ficaram observando os bombeiros combaterem o incêndio no chalé, enquanto outros corriam para os vinhedos. Receberam ordens de ir para o château, pois o fogo estava indo naquela direção. Nesse momento, Camille se lembrou de Alex e da expressão terrível dele enquanto observava sua avó andar de um lado para o outro, presa atrás das chamas. Mas ele havia desaparecido; Camille não o via em lugar nenhum.

Elas estavam entre dois caminhões de bombeiro quando Maxine chegou em casa com seu Rolls-Royce alugado. Disseram ao motorista para estacionar na beira da estrada. Camille viu outro carro atrás dela, que não reconheceu, e voltou a observar o fogo que se aproximava do château. Ficava se perguntando se acaso perderiam tudo naquela noite, pois uma fina serpente de chamas descia a colina através dos vinhedos. Outros bombeiros correram na direção deles para apagar o fogo.

— Meu Deus, o que está acontecendo? — perguntou Maxine, subindo o morro correndo, ainda com a fantasia completa.

E como Camille estava de calcinha e sutiã por baixo do casaco do bombeiro, Maxine não percebeu que sua enteada também estivera na festa – Camille havia deixado a peruca e a máscara na van, quando estava a caminho de casa.

— Onde estão os meninos? — gritou para Camille.

Camille disse que não sabia, mas jamais esqueceria o rosto de Alexandre, pronto para ver sua avó queimar viva e rindo dela. Isso ficaria gravado em sua mente para sempre.

Maxine correu para o château, mas dois bombeiros a detiveram.

— Você não pode entrar lá — disseram.

Estavam molhando o telhado, que corria o risco de pegar fogo a qualquer momento.

— Meus filhos estão lá! — gritou ela.

— Não há ninguém lá dentro, nós verificamos.

Nesse momento, Alexandre e Gabriel contornaram o château e foram em direção à mãe. Ao se aproximarem, ela sentiu que as roupas deles cheiravam a gasolina e estavam manchadas.

— O que vocês *fizeram*? — gritou para os dois.

Alexandre olhou para ela com raiva. Os bombeiros estavam ocupados demais para prestar atenção neles, mas Camille os observava atentamente.

— Fizemos o que você mandou — disse Alexandre.

— Eu disse para vocês se livrarem dela, por exemplo, fazendo-a ir embora, não para matarem a garota e incendiarem a casa.

Não havia dúvidas sobre como o incêndio havia começado. O fedor deles contava a história toda. Camille olhava para eles com horror quando viu Phillip chegar correndo com uma expressão de pânico e alívio imediato ao ver que ela estava bem. Era ele no carro atrás de Maxine; pegara o primeiro que encontrara.

— Walsh, o chefe dos bombeiros, estava saindo da festa quando recebeu o alarme e contou a mim e a papai onde era. Vim o mais rápido que pude — disse ele a Camille, e fitou Maxine com raiva.

Ele ouvira o que ela acabara de dizer e entendera perfeitamente, pela gasolina nas roupas dos meninos, como o fogo havia começado.

— Vocês quase mataram sua avó! — gritou Camille para eles.

Maxine olhou para os filhos com fúria.

— Vocês são uns idiotas! Têm noção do problema que causaram?

— Você herda tudo se ela morrer, mãe — lembrou Alexandre, falando de Camille como se ela não estivesse ali.

Mas ela ouviu cada palavra que eles disseram, assim como Phillip e Simone. Assim que Alexandre falou, Phillip o puxou e lhe deu um soco, o mais forte que pôde, e os dois começaram a brigar. Gabriel, que estava ao lado, queria sair correndo dali, enquanto Alexandre ficava gritando com a mãe:

— Você mandou que nos livrássemos dela!

Dois bombeiros tiveram que parar o que estavam fazendo para separá-los. A polícia e o xerife chegaram logo depois, com Sam e Elizabeth logo atrás. Gabriel tentou fugir, pulou no carro que estava usando e tentou atravessar os vinhedos, mas um dos carros do xerife o deteve. E o chefe dos bombeiros confirmou que havia sido um incêndio criminoso. Havia gasolina por todo o château e o chalé.

Sob o olhar de Phillip, Simone e Camille, Maxine e seus filhos foram algemados e presos por incêndio criminoso e tentativa de homicídio. Maxine não estava lá quando acontecera e ficava explicando isso à polícia, dizendo que não sabia de nada. Mas seus filhos já haviam dito, diante de testemunhas, que ela os havia mandado fazer aquilo. Que havia sido ideia dela. Ela ficou insistindo que não havia dito isso, como se assustar Camille para que ela lhe pagasse fosse mais aceitável que tentativa de assassinato. Os três foram colocados em dois carros da polícia e levados. Os Marshall, Elizabeth, Simone e Camille ficaram em frente à garagem observando os bombeiros jogando água no château e nos vinhedos mais próximos. O chalé fora muito atingido, e o celeiro onde Camille morava havia desaparecido. A lateral do château mais próxima às chamas estava enegrecida. Todos rezavam para que a casa, os vinhedos e a vinícola não se transformassem em ruínas naquela noite. Tudo dependia do vento.

Capítulo 19

Foi uma longa noite vendo os vinhedos pegando fogo no Château Joy, mas os bombeiros conseguiram restringir o incêndio a uma única área. Algumas dependências e galpões foram destruídos, além do chalé e do celeiro. O vento mudou de direção, e as chamas não alcançaram a vinícola. E, por algum milagre, o château foi poupado. Uma lateral ficou preta devido à fumaça, mas poderia ser lavada, e nada havia sido queimado nem danificado. Foi uma noite chocante para todos, especialmente para Camille, que sabia como havia acontecido, quem fora responsável e por quê. Essa era a parte mais perturbadora. Maxine e seus dois filhos estavam detidos por incêndio criminoso e duas acusações de tentativa de homicídio doloso qualificado. Tudo poderia facilmente ter dado muito errado e Camille e Simone estariam mortas.

Elizabeth e Sam saíram duas horas depois de chegarem, pois a situação parecia estar sob controle. Phillip ficou até as cinco da manhã, quando Camille e Simone puderam se refugiar no château. A garota acomodou a amiga no quarto de Maxine. Ela havia passado por muita coisa naquela noite. E Choupette estava choramingando e tossindo por causa da fumaça, deitada na cama ao lado de Simone.

Camille ficou sozinha na cozinha depois, pensando no que havia acontecido. Os bombeiros continuavam trabalhando nos vinhedos para o caso de o vento mudar de novo e para garantir que as últimas brasas desaparecessem.

Phillip ficou alguns minutos mais, disse a Camille para descansar um pouco e prometeu voltar em algumas horas. Tinham muito a conversar, mas ambos estavam muito cansados e chocados por perceber que Alexandre e Gabriel haviam tentado matá-la, e ela quase perdera o château e a vinícola. E Simone quase morrera também.

Apesar do incêndio da noite anterior e de apenas duas horas de sono, Phillip arranjou tempo para conversar com o pai pela manhã sobre o resultado da investigação na França. À luz do que havia acontecido, nada que seu pai lhe disse foi surpreendente. Maxine era uma mulher perigosa e má, e Phillip tinha certeza de que ela desejava que Camille morresse misteriosamente para herdar tudo. E seus filhos haviam interpretado ao pé da letra o que ela disse e tentado resolver o problema, sem muita habilidade, mas quase efetivamente. O plano havia sido mal executado e saído pela culatra. Os três ficariam presos por muito tempo. O mandato de Maxine no Château Joy estava acabado, e ela e os filhos se foram. Finalmente. E nunca mais poderiam machucar ou atormentar Camille.

Phillip e Sam conversaram bastante, comentaram que Christophe havia sido muito tolo e ingênuo, pois tinha muito bom coração. Tudo poderia ter sido muito pior, mas havia sido ruim e aterrorizante o suficiente. Se os ventos houvessem mudado para o outro lado, Camille poderia ter morrido ou perdido tudo.

Depois do café da manhã, Phillip queria voltar ao château para ver o que poderia fazer para ajudar Camille. Teriam que limpar muita coisa e, no futuro, replantar a parte queimada do vinhedo.

Ele passou pelo jardim primeiro e pegou os sapatos dela debaixo do banco. Ficou olhando para eles durante um minuto, recordando os dois brincando no jardim quando crianças. Então enfiou os sapatos nos bolsos do paletó e voltou para o Château Joy.

Phillip encontrou Camille fazendo ovos mexidos na cozinha, Simone sentada à mesa meio atordoada e Choupette correndo pela cozinha latindo. Ele entrou e Camille sorriu.

— Já tomou café da manhã? — perguntou ela.

Deixou os ovos na frente de Simone, cujo apetite parecia saudável, apesar das aventuras da noite anterior. Estivera se lamentando pelas galinhas antes de Phillip chegar, e Camille prometera comprar mais.

— Acabei de tomar café da manhã com meu pai — Phillip disse, sério.

Ele queria lhe contar o que Sam havia descoberto sobre Maxine e os filhos, mas era cedo; ela tinha muito a digerir. Então lembrou-se dos sapatos e os entregou a ela.

— Acho que são seus, Cinderela — disse com uma leve reverência.

Ela sorriu, lembrando-se de ter ficado sentada com ele no jardim na noite anterior.

— Na verdade, são de Simone — disse ela, pegando-os das mãos dele e entregando-os à sua legítima dona, que sorriu ao vê-los.

— Nesse caso — disse Phillip a Simone —, você deve ser minha princesa encantada, e eu sou seu príncipe encantado.

Os três riram.

— Talvez você seja meio novo para mim. Não tem um avô para me apresentar? — perguntou ela com ar inocente.

— Não, lamento — disse ele.

Ela revirou os olhos, toda francesa, e acendeu um cigarro assim que terminou de comer os ovos. E disse, voltando-se para Camille:

— Graças a Deus você usou os sapatos ontem à noite; senão eu os teria perdido no incêndio. Guardo esses sapatos há setenta anos — disse ela, nostálgica.

Tudo que ela tinha no chalé havia estragado por causa da fumaça, da água ou do fogo; mas, pelo menos, ela e Choupette estavam vivas. E tudo que Camille tinha no celeiro havia virado cinzas. Mas ela não havia levado nada de valor para lá, exceto fotos de seus pais e a jaqueta favorita de seu pai. Mas, dadas as possibilidades, haviam perdido muito pouco.

Simone passara a noite pensando nos netos, no ato inconsequente que haviam cometido, e na filha, que o havia provocado. Camille havia ligado para a companhia de seguros naquela manhã; eles iriam durante a semana. Tinham um bom seguro, mas era perturbador, de qualquer maneira, principalmente porque fora um incêndio criminoso, causado por pessoas que eles conheciam e que lhes desejavam mal; queriam Camille morta e estavam dispostos a sacrificar Simone também.

A jovem havia inspecionado os aposentos do château naquela manhã, e tudo que queria era se livrar de cada fragmento de evidência da presença de Maxine e seus filhos. Queria jogar tudo fora e apagá-los de sua vida para sempre.

Simone estava triste, bebendo seu café e fumando seu cigarro. Camille sentiu pena dela. A única filha e os dois netos dela haviam se revelado criminosos e tentado matá-la. A moça sabia que devia ser uma sensação horrível para ela, mesmo que não fosse surpresa que eles fossem maus. Mas o eram em um grau muito maior do que ela temia.

Mas sua tristeza era por outro motivo, ela explicou a Camille quando Phillip saiu para olhar o local e avaliar os danos.

— Terei que deixar você agora — disse Simone com lágrimas nos olhos. — Estou me sentindo péssima pelo que Maxine e os meninos fizeram. Nunca poderei me redimir por eles, Camille. Seu pai era uma boa pessoa, você não merecia nada disso. E eu não tenho mais justificativa para ficar aqui. Minha família horrível não mora mais aqui, e estou feliz por você. Mas, toda vez que me vir, vai se lembrar de Maxine, e não posso fazer isso com você. Voltarei para a França assim que conseguir me organizar. Recebo uma pequena aposentadoria lá, vou arrumar um quarto na casa de alguém no campo. Não quero voltar para Paris.

— Não quero que você vá embora — disse Camille, com lágrimas nos olhos. — Você é minha avó fada-madrinha, é a única família que tenho.

Camille disse isso com tristeza, e Simone se emocionou profundamente.

— Você é a única família que eu quero — disse Simone —, exceto Choupette, claro. Ela é minha família também.

A cachorrinha abanou o rabo, como se concordasse. Estava suja de fumaça e cinzas que haviam caído na noite anterior; Simone comentara que lhe daria um banho na pia.

Ambas sabiam que teriam que prestar depoimento à polícia sobre Maxine e os meninos. E, se houvesse julgamento, teriam que testemunhar. Mas Phillip achava que se declarariam culpados e tentariam fazer um acordo. Seria terrível para Maxine ser presa nos Estados Unidos. Não era o que ela havia planejado.

— Onde eu moraria se ficasse aqui? — disse Simone, pensando sobre isso. — Não quero ser uma intrusa no château.

— Você não é uma intrusa. Quero você aqui, Simone. Além disso, quem vai fazer cassoulet e morcela e rognons para mim?

— Bom argumento — disse Simone, sorrindo.

Elas haviam se afeiçoado muito, uma se refugiando na outra e se protegendo de Maxine.

— Podemos reformar uns quartos lá em cima.

Havia muitos sótãos, depósitos e cômodos que ninguém nunca usava que podiam ser transformados em uma suíte para Simone.

— Podemos reformar o andar de cima e fazer uma sala de estar e uma suíte para você — disse Camille.

— E uma cozinha? — perguntou, com os olhos iluminados.

— Se é o que você quer — disse Camille.

Ela queria que Simone ficasse a todo custo. Haviam passado a se amar e sobrevivido a dificuldades e à quase morte juntas.

— Só não quero ser um estorvo.

— Eu ficaria muito sozinha aqui sem você.

Elas jantavam juntas todas as noites havia quase um ano. Ainda estavam falando sobre isso quando Phillip voltou de uma caminhada pelos campos e vinhedos. François, o gerente do vinhedo, e vários trabalhadores o haviam acompanhado para ajudar na limpeza. Camille mal podia esperar para começar a se livrar das coisas de Maxine. Guardaria as valiosas no depósito e jogaria o resto fora. Sua casa parecia ter sido envenenada pela madrasta e ela parecia ter sido vítima de um feitiço maligno. Por isso, Camille queria que cada fragmento da mulher fosse retirado dali imediatamente. A aranha sumira e a teia seria retirada. Ela ficaria com o quarto de seus pais e daria a Simone o quarto de hóspedes até reformar o andar de cima.

— Quer dar uma volta comigo? — perguntou Phillip quando voltou.

Ele havia deixado suas botas do lado de fora, cobertas de lama e cinzas. Camille calçou as suas galochas pesadas para caminhar com ele pelos vinhedos. Ela havia encontrado uma calça jeans velha no armário de seu quarto e uma camisa de trabalho do pai, e os vestiu junto com suas velhas galochas que guardava em um galpão de ferramentas no château. Havia perdido a maior parte de suas roupas quando o celeiro pegara fogo; assim como Simone. Mas isso não tinha importância em comparação com a vida delas.

Quando saíram, sentiram o cheiro pungente e acre de fumaça ainda no ar. Os bombeiros ainda estavam limpando algumas áreas, e havia inspetores da polícia analisando o local e colocando amostras de solo com gasolina em sacos plásticos como evidência. E também estavam tirando fotos. A polícia havia isolado certas áreas; aquilo era uma cena de crime agora. Camille havia recebido uma mensagem desesperada de Maxine, da prisão, pedindo-lhe que arranjasse advogados imediatamente. No que dizia respeito a Camille, ela que usasse seu próprio dinheiro e contatos para conseguir aquilo de que precisasse. A condessa estava fora de sua vida. E teriam que usar a Defensoria Pública se estivessem sem dinheiro.

— Lamento por tudo isso ter acontecido — disse Phillip, solidário, enquanto caminhavam.

Pararam e ficaram olhando os restos do celeiro. Não havia mais nada. Mais tarde, com um ancinho e uma pá, Camille tentaria encontrar alguma coisa de valor sentimental que houvesse esquecido. Simone queria fazer o mesmo no chalé, e Camille prometeu ajudá-la. Estava aliviada por Simone ficar; não queria perdê-la agora.

— Foi legal ontem à noite — disse Camille baixinho, referindo-se o baile. — Antes do fogo. Eu me diverti muito na festa.

— Adorei ficar no jardim com você. Não ia lá havia anos. Lembro que você adorava se balançar lá. Fiquei sentado lá um tempo, pensando, quando voltei para pegar seus sapatos esta manhã... Ah, desculpe, os sapatos de Simone.

Ele sorriu e ela riu. Pensar em Simone como Cinderela era engraçado.

— Percebi uma coisa lá. Talvez eu não seja tão diferente de seu pai. Ele foi enganado por todo aquele deslumbramento e sofisticação, aqueles artifícios com que Maxine tentara conquistá-lo. Tenho feito a mesma coisa com todas as mulheres com quem saí desde que acabei a faculdade. Tive a ideia certa com Francesca, mas com a mulher errada. Ela teria me deixado louco. Acho que nossos pais acertaram de primeira. Eles não gostavam de nada chamativo nem extravagante; queriam construir algo juntos. Você e eu não fomos criados no meio de toda aquela porcaria de ostentação pela qual as pessoas se apaixonam. Eles trabalhavam duro, e nós também. Tiveram um casamento verdadeiro, eram pessoas verdadeiras. Seu pai era meio sonhador, mas era muito focado, assim como o meu. Ele transformou seus sonhos em algo real. Veja tudo isso, veja o que ele construiu para você, o legado que deixou! Meu pai fez a mesma coisa, só cresceu mais do que esperava. Mas nenhum de nós liga para ostentação.

— Isso significa que você vai trocar sua Ferrari por uma SUV? — provocou ela.

— Imediatamente. Isso significa que finalmente descobri o que quero. Não quero um troféu, alguém para exibir. Quero uma pessoa real e quero ser real com ela. Isso é meu conto de fadas.

Ele estava pronto para uma vida *real* e sabia disso. A noite anterior e tudo que Camille havia passado o fizeram despertar. Seu pai teria ficado orgulhoso de ouvir suas palavras. Sam sempre soubera que Phillip chegaria lá, só não sabia quando.

— Engraçado — respondeu Camille —, sempre achei que meus pais tinham uma vida de conto de fadas, e era isso que eu queria quando crescesse. Queria o que eles tinham. Mas deu tudo errado; mamãe ficou doente e morreu. O avião onde estava meu pai caiu. São coisas esquisitas, mas acontecem com as pessoas. Acho que, desde que minha mãe morreu, eu não acreditava que coisas boas pudessem acontecer. Maxine foi uma bomba de veneno em nossa vida. Por mais charmosa que ela tenha sido no começo, eu sabia que era uma falsa e que me odiava. Papai nunca acreditou nisso, ele não queria enxergar a verdade. Mas eu sentia. E em quem confiar depois disso? Como acreditar em finais felizes se o príncipe e a princesa morrem no final?

Ela estava pensando em seus pais.

— Não dá para saber como termina — disse ele gentilmente.

Estavam sentados em um banco com vista para o vale. Os vinhedos dela se estendiam por quilômetros e mais além, assim como os dele. Eles eram príncipe e princesa no pequeno reino onde viviam desde sempre.

— Mas é preciso acreditar em alguma coisa. Em si mesmo, em primeiro lugar. E uns nos outros. E, com um pouco de sorte, o príncipe e a princesa só morrem bem velhinhos. Minha mãe e a sua morreram jovens, e seu pai também, mas isso nem sempre acontece. Veja Simone. Ela está cheia de energia, mesmo com aqueles cigarros nojentos pendurados na boca. Acho que vai viver até os cem anos.

Camille sorriu, pensando no que ele acabara de dizer. Ela gostou dessa ideia. Queria que sua avó fada-madrinha vivesse para sempre. Precisava dela. De certa forma, Simone havia sido mágica para ela. E a senhora também precisava dela como compensação por sua família.

— Eu quero que isso aconteça conosco: que morramos bem velhinhos, juntos — disse Phillip, olhando-a nos olhos.

Ela lhe dera forças; ele queria protegê-la. Camille era uma mulher muito corajosa, passara por muita coisa e não se deixara destruir. Ela era tão pura, doce, honesta e aberta como quando eram crianças. A falta de sorte e a mágoa não a haviam estragado, e isso o fez se sentir uma pessoa melhor estando com ela. Ela tornava a vida dele maior e melhor, e era isso que seu pai sempre lhe dissera para procurar.

Phillip sabia que o havia encontrado em Camille. Sempre estivera lá, mas ele simplesmente não sabia. Até agora.

— Eu amo você, Camille — disse ele, com a voz séria que ela recordava de sua infância.

Ela confiara nele quando pequena e continuava confiando. Isso nunca havia mudado.

— Desculpe por ter demorado tanto para descobrir. Não sei o que eu estava esperando. Eu já deveria saber há anos o quanto a amo.

— De qualquer maneira, eu não estava pronta para você ainda.

Ela só havia descoberto as coisas importantes recentemente: o que ela queria, de quem precisava, quem respeitava e quem não.

— Ora, você acabou sendo o príncipe encantado, afinal.

Ela sorriu e ele a beijou, e ficaram sentados no banco por um longo tempo, olhando para o vale que ambos amavam, onde ambos haviam nascido.

— É mesmo como um conto de fadas, não é? — disse ela baixinho, sorrindo, com o braço dele ao redor dela. — A bruxa malvada foi embora, e o príncipe acabou sendo você.

— E eu fiquei com a princesa dos contos de fadas... Apesar de que Simone é a dona dos sapatos de cristal.

Os dois riram. Desceram lentamente a colina, de mãos dadas. Não estavam com pressa. Replantariam os vinhedos juntos e consertariam o que havia sido estragado. O conto de fadas estava só começando. E, mesmo sem dizer nada, os dois sabiam que seriam felizes para sempre. Tudo que tinham que fazer era construir o futuro juntos. No vale mágico que eles amavam e onde haviam sido criados, a hora deles havia chegado. E o melhor de tudo é que era real.